JN223149

彼女が探偵でなければ

If She Were Not a Detective

逸木裕

Yu Itsuki

角川書店

彼女が探偵でなければ

目　次

装画　げみ
装丁　原田郁麻

時の子 ――2022年夏

1

目が覚めてから最初にすることは、部屋の電灯を消すことだ。

この三年ほど、ずっと明るいところで眠っている。深く眠れたためしはない。

カーテンを開けると、東向きの窓から夏の直射日光が入り込んできた。

僕は顔を洗って水を飲み、一階に下りた。

〈九条《くじよう》時計店〉の中に入ると、大量の時計が僕を迎える。マイクロファイバーの手袋を嵌《は》め、ショーケースの中にある懐中時計を手に取る。眠たい頭を抱えながら、僕はリューズを回しはじめた。

時計は、密室だ。テン輪《ワ》、ガンギ車、香箱、ヒゲゼンマイ……金属でできた様々な部品が、織り上げられるように小さく精緻《せいち》なシステムへとまとまり、頑丈なケースに密閉される。外部から干渉されることのない密室で、システムは動き続ける。

唯一、内部へのアクセスを許されているのが、リューズだ。回転させることでヒゲゼンマイが巻き上げられ、動力を内部にため込む。

〈九条時計店〉には、七十四個の機械式時計がある。リューズは急速に回すとほかの部品にダメージを与えるので、ゆっくり回す必要がある。ひとつのゼンマイを巻き上げるのに、最低十秒。七十四個巻き上げるのに、十二分二十秒。毎朝、自分の十二分二十秒を時計に捧《ささ》げるのが、僕の日課だった。

〈面倒くさいなら、やらなくていい〉

店中の時計のリューズを回す僕を見て、父は言った。両親が離婚したころだから、もう六年も前のことだ。

〈別に、だいじょうぶ〉

そう答えたのは、強がりじゃなかった。リューズを回すのは好きだった。与えた力が時計に留《とど》まり、解放されることで時を刻み出す。自分が時計の精密な機構の一部になれたような気がして、嬉《うれ》しかった。

七十四個目の腕時計のゼンマイを巻き上げたところで、僕は店の奥に下がり、二階へ戻った。途中の窓から、朝日を反射してキラキラと光る広い諏訪《すわ》湖が見える。〈九条時計店〉は長野県の上《かみ》諏訪にあり、一階が店舗、二階が居住スペースだ。

六十日前までここで、父とふたりで暮らしていた。

いまは、僕ひとりしか住んでいない。

父の部屋に入ると、正面に仏壇がある。飾られているのは、父が描いた時計のスケッチと、古いブレゲのクラシック。父はスケッチが趣味で、よく時計の絵を描いていた。ブレゲは、父が珍しく好んでつけていた時計だ。〈気に入った時計がないんだ〉と、父は時計師のくせに、あまり腕時計をつけることはなかった。

僕はブレゲを手に取り、リューズを回した。七十五個目のゼンマイを巻き上げ、仏壇に手を合わせた。

父の死因は、心筋梗塞《こうそく》だった。四年前から不整脈を患っていて、息切れや目眩《めまい》がするようになり、ペースメーカーを埋め込もうとしていた矢先の出来事だった。

期末試験の直前だったので、僕は試験をひとつも受けられなかった。夏休み明けに追試をやってくれるというので、このところは勉強に追われる日々だ。まあ暇だったとしても、特にやることはないけれど。

午前を数学の勉強にあて、昼食に炒飯《チャーハン》を作って野菜スープと一緒に食べた。少し休んでまた勉強をはじめようとしたところで、スマホに着信があった。

「瞬《しゅん》、元気？」

母からの電話だった。高校に上がってからスマホを持たせてもらったけれど、連絡を取り合っている相手は母のほか、数人しかいない。

「元気だよ。いま、炒飯食べたとこ」

「野菜は食べてる？　肉とかお菓子ばかり食べてない？」

「野菜スープ、作り置きしてるから大丈夫。菓子とか嫌いだし」

「台風きてるでしょ？　戸締まり、しなさいよ」

「判ってるって」

今日は朝から風が強い。関東地方を大型台風が直撃していて、その余波が離れた諏訪のほうまできている。

「……それで」

母の声色が変わった。

「松本《まつもと》にくるって話、考えてくれた？」

「……うん」

母は父と離婚したあと、故郷である松本市に引っ越し、いまはひとりで暮らしている。父はもともと住んでいた上諏訪に留まり、僕を引き取ったのだ。

「うん、って？」

「行くよ、松本に」

「なんだか、あまり乗り気じゃないみたい」

「そんなことないよ。ありがたいと思ってる」

「前にも言ったけど、高校出るまではうちにいていいよ。そこから先は、好きにしなさい」

母は軽く、ため息をついた。

「今度こそ、普通の家族になろうね」

「……判ってる」

「同じことは繰り返したくない。普通の家族になって、普通の生活を送ろう？　ね？」

「判ってるって」

「野菜、食べなさいよ」

電話が切れると、風の音があたりに残った。窓を揺らす音は、ますます強くなっている。外の喧騒《けんそう》とは対照的に、僕の内側は静かだ。母に何を言われても、心は揺らがない。

僕はシャーペンを持ち、数学の問題を解きはじめた。


階下からチャイムが聞こえ、上半身を起こした。

いつの間にかテーブルに突っ伏して眠ってしまったらしい。壁の時計を見ると、十七時になっている。

もう一度チャイムが鳴る。ガタガタと窓を揺らす風の音は、ますます強くなっている。

店はずっと閉じているので、客ではないだろう。たぶん、美桜《みお》がきたんじゃないか——重たい瞼《まぶた》をこすりながら、僕は階段を下りた。

〈九条時計店〉には表口があり、その脇に住居用の玄関がある。チャイムが鳴っているのは、そこからだ。ドアを開けると、外から塊のような風が吹き込んだ。

「こんにちは」

立っていたのは美桜ではなく、見たことのない小柄な女性だった。童顔で、おっとりとした雰囲気だ。左手首に、大きなスマートウォッチをつけている。

「突然すみません。こちらのお店に用があって、伺ったんですが……」

「あ、いま、お休みしてるんです」

「お休み？　もしかして定休日、ですか」

「いえ。父――店主が、死んでしまったんです。もうずっと店を閉めてて」

女性は目を丸くした。変だなと、僕は思った。〈九条時計店〉にくる客層は二種類しかいない。九十パーセントが近所の人、残りの十パーセントが〈父の作る時計が好きだ〉というマニアだ。そのどちらも、父が死んだことは知っているだろう。

「あの……どういった御用ですか？」

「九条計介《けいすけ》さんに、時計のオーバーホールをお願いしたかったんです。わたしの父が、計介さんから時計をいただいたことがありまして」

「父の作った時計ですか？」

「はい」

女性は小さなケースを取り出した。あまり見たことはないけれど、それが名刺入れだということくらいは判る。

「森田《もりた》みどりと申します」

肩書きの書かれていない、名前だけの名刺だった。

2

「心臓のご病気だったんですか、怖いですね……」

みどりさんはそう呟《つぶや》いて、仏壇に手を合わせた。誰かが線香を上げてくれるのは、久しぶりのことだ。

階下の店舗に向かい、机を挟んで座る。掃除はしているのだが、二ヶ月もシャッターが下りているので店内は湿った臭いがする。台風が過ぎたら、風を通したほうがいいかもしれない。

「そろそろオーバーホールのタイミングだからと、父から時計を預かってきたんです」

みどりさんはそう言って、鞄《かばん》から細長いケースを取り出した。開けると、中から腕時計が現れる。フェルトのシートに置かれたそれを見て、僕は興味を惹《ひ》かれた。

透明な時計だった。

本来あるはずの文字盤がなく、何時何分なのかがパッと見て判りづらい。短針と長針の奥にむき出しの歯車が見える、いわゆるスケルトンの時計だけれど、特徴的なのは裏蓋《うらぶた》もシースルーバック加工になっていることだった。時計越しに、敷かれたフェルトが見える。ケースやベゼルに使われているのは白磁のような白みがかったシルバーで、金属の部分が極端に細い。物体としての存在感が、極限まで削《そ》ぎ落とされている。風の中に手を突っ込んで、そこから抜き出したような時計だった。

「試作品だと聞いています」みどりさんが言った。

「仕事のお礼としていただいてしまったので、せめて定期的なオーバーホールはこちらに頼みたいと、父が言っていまして。以前お願いしてから三年が経ったので、持ってきたんです」

「失礼します」

マイクロファイバーの手袋を嵌めて、時計を手に取る。

意欲的な時計だ。引き算の美意識がデザインから感じられるし、トゥールビヨン機構が組み込まれているのに驚く。とても難度の高い仕様だ。

父――九条計介は、時計師だった。

時計制作の専門学校を卒業後、スイスに渡り、現地の時計メーカーに就職して〈時計の谷《ウオッチ・バレー》〉と呼ばれるジュー渓谷で働いていた。スイスでの仕事は楽しかったらしく、仏壇に飾られた写真も、レマン湖を背景に二十代の父が微笑んでいるものだ。メーカーの技師として制作や修理に携わりつつ、自分でも趣味の時計を作って暮らしていたと聞いた。

母は輸入雑貨の商社で働いていた人で、スイスに赴任していたころに父と出会った。結婚して日本に帰ってきたのは、母が僕を身ごもり、日本での子育てを望んだからだ。父はジュー渓谷をあとにして、ここ上諏訪で国内の時計メーカーに転職した。でもその生活は、長くは続かなかった。

時計を、シートの上に戻す。

「あの、間違っていたら、すみません」

みどりさんの話を聞いていて、ひとつ思いあたることがあった。

「もしかして——時計をもらったお父さんって、探偵さん、ですか」

みどりさんの目が、少し曇った。

三年周期でオーバーホールをしていて、以前一度やったということは、この時計がみどりさんのお父さんの手に渡ったのは六年前だ。〈時計を世話になった探偵にあげた〉と、そのころに父が言っていた。

「嫌なことを思い出させたのなら、ごめんなさい。昔、わたしと父とで、計介さんの依頼を担当させていただいたんです」

みどりさんはもう一枚、名刺を差し出してきた。今度は〈サカキ・エージェンシー〉という会社の名前が入っていた。

「父とは同じ会社で働いています。ちょうど別件で長野にくる仕事があって、それなら休暇ついでにオーバーホールに出してきてくれと言われていて。ごめんなさい、こんな話をするつもりじゃなかった」

「大丈夫です。別に、嫌なことなんか思い出してないです」

「ありがとう。気を遣わせちゃって、ごめんね」

別に気を遣っているつもりはない。確かに探偵の調査で時期は早まったのだろうけど、僕の家庭は、いずれ崩壊していたはずだからだ。

父は僕が三歳のころに時計メーカーをやめて、〈九条時計店〉を開いた。もともと極度にマイペースな人間で、日本でのサラリーマン生活は水が合わなかったらしい。〈自分の時計を本格的に作る〉——昔からの夢を叶《かな》えるために、時計店をやりながら個人制作もする生活に切り替えた。

勝手な決断に怒ったのは、母だ。生活が一気に不安定になった上に、時計など作ったところで売れるかも判らない。ただ父は、他人の不満を聞くような人ではない。

物心ついてから記憶に残っているのは、母が父をなじる声だ。どうしていつもそうなの。どうして私に言ってくれないの。どうして普通になれないの。僕たちは、壊れた時計みたいだった。歯車が全然嚙《か》み合っていなくて、抽象的な母の「どうして」は、ボロボロの機構が上げる軋《きし》み音そのものだった。

離婚の原因は、母の浮気だった。〈探偵なんか雇わなくても、ひとこと言ってくれたら、いつでも離婚してあげたのにね〉。母は出て行くときに、呆《あき》れたように僕に言った。

「そろそろ、帰ります」みどりさんは時計をケースに戻した。

「そうだ。この辺に、美味《おい》しいお蕎麦《そば》屋さんはありますか。ホテルは取ったんですけど、あまり現地のことを調べてなくて」

「あ、それなら、いい店があります……」

そのときだった。

突然、視界が真っ暗になった。

何の音も、衝撃もなかった。あたりは、外から吹きつける風がシャッターを揺らす音で満たされている。世界から光という概念だけが、一瞬でなくなってしまったみたいだった。

「停電……？」暗闇の中、みどりさんの声が聞こえる。

「電信柱でも倒れたのかな。それとも変電所に何かが……」

みどりさんの声は徐々に小さくなり、やがて、何も聞こえなくなった。

昏《くら》い。

深い闇に、身体が侵食されている。視覚。聴覚。嗅覚《きゅうかく》。僕の感覚のひとつひとつに闇が入り込み、電源を落としていく。

いや、僕のほうが、闇を侵食しているのかもしれない。肌。爪。髪の毛。僕の身体が少しずつ闇の中に溶け出して、消えていく。そんな感じもする。いつの間にか、僕は闇そのものと同化していた。空間中に広がる、虚《うつ》ろな何かになっていた。

「九条くん？」遠くからみどりさんの声がする。

「どうしたの？　大丈夫？」

闇の中に、小さな光が灯《とも》った。スマートウォッチの光のようだった。みどりさんは僕に近づき、肩を叩《たた》いてくれる。実感が伴わない。僕はそこにいながら、そこにいない。

明かりがついた。

電気が復旧したのだ。目の前に、みどりさんの顔があった。心配そうな表情で僕の目を覗《のぞ》き込んでいる。

「大丈夫？　停電、びっくりしたの？」

深い眠りから目覚めきれていないように、上手《うま》く身体が動かなかった。言葉は頭の中に浮かんでいるのに、言えない。

「救急車、呼ぶ？」みどりさんの不安の色が、ますます濃くなる。

「ちょっと様子がおかしい。もしかして暗いところ、苦手だった？　救急車が嫌なら、近くのお医者さんとかに送っていくよ？」

「大丈夫、です」

やっと、声が出た。

「ちょっとびっくりしただけです。もう大丈夫です」

「いや、とてもそんな風には見えないよ」

「本当に平気です。なんでもないですから」

「経験上、大丈夫じゃない人ほど、そういうことを言うんだけどな」

みどりさんはスマホを出した。このままでは、本当に救急車を呼ばれてしまいそうだ。本当にこんなことは、なんでもないのに。

「暗闇が苦手なんです」

仕方がない。あちこちで何度もしている話を、する必要がありそうだ。

「実は三年前に、暗い場所に閉じ込められたことがあって」

みどりさんは目を丸くする。僕のことを心配してくれる、母性のようなものを感じた。あちこちでしているけれど、母にしたことはなかったなと、僕は思った。

3

父は、上諏訪の市街から霧《きり》ヶ峰《みね》に上っていく途中に、小さな工房を持っている。時計制作には専門的な工具が必要だ。父は空き家を買い、フライス盤や旋盤などを持ち込んで、時計を作りはじめた。独特の美意識を持つ父の時計には熱心なファンがいたものの、時計が完成品として売られることはほとんどなく、試作品を作っては知人に譲るといったことをやっていたので、ほとんど儲《もう》けはなかったみたいだ。

工房の庭に、小さな防空壕《ごう》がある。

諏訪は太平洋戦争のころ疎開地とされていて、あちこちに防空壕が作られていた。結局空襲がくることはなく、いまではほとんどが跡形もなくなって、残っているのはいくつかだけだ。

父はその中に入るのが、好きだった。

もともと携帯電話も持っていない人だったけれど、防空壕に入るときは時計すら持たず、完全に身ひとつで過ごしていると言っていた。父は常に時計に囲まれていた。たぶん、そういうものから完全に解放される時間が、必要だったのだと思う。

ある日のことだった。

僕はひとりで工房に向かっていた。十五分ほどバスに乗り、そこからまた十五分歩き、脇道を二十メートルほど進んだ先の山沿いの土地に、工房はある。父の姿は見えなかった。時刻は十五時ごろ。僕はその足で、防空壕に向かった。

防空壕は、地下に向かって掘られていた。しっかりした造りで、わずかに傾斜をつけた地面に木の枠と扉があり、開くと地下へのスロープが延びている。そこを下った先に、六畳ほどの空間がある。もともと掘られていたものに父が長年かけて手を入れていて、床も壁も天井も木で補強されていた。

中には、小さな折りたたみ椅子が置かれていた。広げて腰を下ろすと、痛いほどの静けさに包まれた。

真っ暗だった。

静かな闇に包まれ、自分の奥底の強張《こわば》っていた部分が安らいでいく。防空壕の中にいると、普段の自分が否応《いやおう》なく世界とつながっていることに気づかされる。すべてのしがらみから切り離され、僕はあたりの静寂に溶けていく。自分が自分でなくなるような自傷めいた快感が、深い闇の中にあった。

どれくらいそこにいたのだろう。少し眠っていた気もする。

〈瞬？〉

入り口から声が聞こえ、僕は顔を上げた。

〈どうしてここにいる？〉

父がやってきたのだ。僕は慌てて、椅子から腰を上げた。

言葉自体の強さに反し、父の声に僕を責める色はなかった。スロープを下って、防空壕の中に入ってくる。僕は立ち上がり、外に出ようとした。

〈別にいたいのなら、いてもいい〉

父は僕を制するように言った。

〈気が済んだなら出て行けばいいし、俺に遠慮する必要はない。好きにしなさい〉

父はそう続けると椅子に座り、すべての力を抜いたように沈み込んだ。

——僕たちは、違う時間を生きている。

大切にしている場所に勝手に踏み込まれたというのに、父は苛立《いらだ》ちひとつ見せない。同じ場所にいるのに、違う時間の中にいる。父と一緒にいると、よくそんな感覚に陥る。

六歳ごろの出来事を、僕は思い出していた。

僕は父と母と、回転寿司《ずし》を食べに行った。父は食事に興味のない人間で、家族全員で外食に行くことなどほとんどなかった。たぶん母が、一家団欒《だんらん》をせがむ形で実現したのだと思う。

初めて入った回転寿司店は、遊園地みたいで面白かった。寿司も美味しかったけれど、僕は店内を巡る巨大なベルトコンベアに惹かれた。あちこちにコーナーがあるのに、ベルトがスムーズに回転していく――いまはその理由を〈ベルトが角丸の形をしていて、コーナーにフィットするように曲がるからだ〉と答えられるけど、当時はまるで魔法を見せられているように不思議だった。

そんな楽しい会をぶち壊したのは、父だった。

父は寿司を三皿ほどつまんだあと、なぜか手帳を取り出して、回転している寿司の模写をはじめた。〈何やってんの〉〈恥ずかしいよ〉〈そんなことやるなら、もう帰って〉。母が何を言っても、父は聞こえていないみたいに、絵を描き続けていた。〈あんたに期待したのが馬鹿だった〉。母は最終的にそう吐き捨て、僕の手を引っ張って店を出た。

暗い防空壕は、あの回転寿司の店内と同じだった。父の周囲にはいつも、違う時間が流れている。時計の内部に干渉できないように、誰もその中には入れない。たとえ家族であっても。

そのときだった。

防空壕の扉の向こうで、何か大きなものが滑り落ちるような音がした。

〈なんだ？〉

深い闇の中、父が立ち上がり、スロープを登って出口のほうへ向かった。

〈扉の上に、何かがある〉

扉はわずかに傾斜して、こちらに覆いかぶさるように作られている。父が押し上げようとしたが、びくともしなかった。

〈地すべりか……？〉

僕は父の隣に立ち、一緒に扉を押し上げた。その瞬間、隙間からパラパラと土砂が落ちてきた。工房の庭は、山沿いにあった。崖《がけ》から土砂が滑り落ち、出口を塞《ふさ》いでしまったのだ。その日は晴れていたが、それまでに長雨が降っていたりすると、雨を吸収した地面が地すべりを起こすことがある——あとで調べて得た知識だった。

僕たちは、閉じ込められた。

父は携帯電話を持っていない。防空壕の中に入るときは、時計すら持ち込まない。僕もそれに倣《なら》い、手ぶらで入っていた。

〈叫ぶな〉

助けを呼ぼうとした僕を、父は鋭く制した。

〈どうせこのあたりは、人は通らない。酸素が無駄になる〉

隣家は遠く、大声を出したところで届く距離ではなかった。

先ほどまで安息を覚えていた闇が、牙《きば》を剝《む》いた気がした。父は僕に注意をしただけで、もう何も話そうとしなかった。再び自分の時間の中に、入ってしまったみたいだった。

意識が、薄らいでいく。

恐怖が、心を侵食する。いくら押しても扉は開かない。周囲に家はなく、助けを呼ぶこともできない。水や食料を調達する手段はなく、そもそも酸素がどれくらい持つのかも全く判らない。

巨大な時計の中にいる気がした。

時計は密封されていて、アクセスするためのリューズすらこの空間には存在しない。ゼンマイを巻き上げない時計は、やがて止まるだけだ。僕は、ここで死ぬ。巨大で静かな、時計の中で——。暗く狭い密室で永遠に駆動し続ける歯車の孤独が、判った気がした。

〈瞬〉

不意に、温かいものが僕を包んだ。

父が僕を、抱きしめてくれていた。

濃い黒に塗りつぶされ、父の姿はよく見えなかった。闇に抱かれているような気がした。

父は僕の肩に顎《あご》を乗せ、強く抱きしめてくれていた。その少し不自然な姿勢に、父の無器用さを感じた。首元から、銅の匂いがした。時計師の肌は、金属の匂いがする。染み込んでいるので、洗っても拭《ぬぐ》っても落ちない。

〈寝るな〉

闇の中から、囁《ささや》かれる。

〈眠ってはいけない。静かに、じっとしていなさい〉

言われなくとも、眠気はこなかった。

闇と同化するように、僕たちはその場に佇《たたず》み続けた。

＊

「……それで、どうなったの？」

みどりさんは、僕の話に興味を覚えたみたいだった。わずかに前傾姿勢になっている。

「何時間かして、近所のおばあさんが通りかかったんです。その人が、助けてくれて」

「でも、隣の家までは離れていたんだよね？　どうして君たちが閉じ込められているって判ったの？」

「父が呼んでくれたんです。通りを歩いているおばあさんに、声をかけてくれて」

「さっきの話だと、通りまで二十メートルはあるんだよね。なんでおばあさんが歩いているって判ったの？」

「静かでしたし、気配を察知して呼んだんだと思います。頑張って起きてはいたのだがいつの間にか
僕はあのとき、思いのほか疲れていたのだろう。頑張って起きてはいたのだがいつの間にか
ぼんやりしていたようで、父が叫んでいた記憶はあるのだが、なんとなくしか覚えていない。

外からおばあさんの声が聞こえたあたりで失神し、気がつくと消防団の人に助けられていた。

おばあさんには一度、父とお礼を言いにいった。農業をやっている八十歳くらいの人だった。

三年前は元気だったけれど、去年、感染症で亡くなってしまったと聞いた。

「助けられたのは、何時くらいの話？」

「夜です。正確な時間は覚えてないですけど」

「防空壕に入ったのは、十五時くらい？」

「ええ、さっき言った通りです」

「土砂崩れは、ひどいものだったの？」

「いえ、規模は小さかったはずです。工房も無事でした」

みどりさんがしつこく質問を繰り返すのが、少し気になった。この話にはこれ以上の続きはない。ほんの数時間閉じ込められ、そこから助け出されて、僕は暗闇が苦手になった。それだけの話だ。

いくつかの置き時計が、一斉に鳴りはじめた。

鐘を打つ音。カッコウを模した音。毎時ゼロ分になると、〈九条時計店〉は賑《にぎ》やかな音で満ちる。もう十八時だ。

「君は、お父さんに似てるね」

みどりさんの言葉に、耳が引かれた。

「雰囲気が一緒だよ。すごく静かで、安定してる。トラウマになった出来事を話すときも、さっき停電になったときもそう。防空壕の中でも、きっと落ち着いていたんだね」

「もともとの性格なんです。変ですか」

「変じゃないよ。どっしりしている人のほうが、頼りになる。学校でも人気あるんじゃない？」

僕は首を振った。あまりそういうことについて話す気分じゃなかった。

「今日は色々と、ありがとう」みどりさんは、鞄を肩にかける。

「最後に、聞きたいんだけど——美味しいお蕎麦屋さんは、どこにあるのかな」

4

翌日、僕は店のリューズをすべて巻き上げたあと、父の時計を見ていた。

〈少し手元に置いておく？〉と、みどりさんが置いていってくれたのだ。

文字盤がなく、裏蓋までがガラス張りになっているので、内部の機構がすべて見える。左側に調速機《テンプ》と脱進機が格納された円形の籠《キャリッジ》があり、それが丸ごと、地球が自転するように滑らかに回っている。最高難度の機構と言われている、トゥールビヨンだ。美しい。いつまでも見ていられる。

子供のころから、時計の機構が好きだった。

父はジャンク品の腕時計や懐中時計をたくさん持っていた。それらを分解し、また動くように組み立て直すことが、幼かった僕にとっての最高の娯楽だった。

〈テレビゲームとかに夢中になるより、よっぽどいいわね〉

母は嬉しそうに言っていた。〈パパに似たんだろうね。教えてもいないのに同じものに興味を覚えるなんて、親子って面白いわね……〉。母は、僕と父の間にある、見えない絆《きずな》を想像するのが嬉しかったのだろう。親子が自然と似ることが、母にとって家族を感じられる瞬間だったのだと思う。

でもそれは、的外れだと思っていた。

僕は時計以外にも、色々なものを分解してたからだ。電動鉛筆削り。カセットデッキ。壊れたドライヤー。動かなくなったノートパソコン……要するに僕は、機械を動かすシステムに興味があったのだ。母は〈時計が好き〉という曖昧《あいまい》な共通項で僕と父をくくっていたけれど、僕の興味はもっと広範な対象に向けられていた。

父は、時計を好きだったのだろうか。

ずっと時計師を仕事にしていて、こんなにも精緻な時計を作ってしまえる人だ。嫌いだったはずがない。でも、父から時計への執着や愛を聞いたことはない。僕が時計を分解していても、父は関心を示そうとすらしなかった。〈いい職人は、いつも静かだ〉。時計を分解する僕に父が語ったのは、その一言だけだ。

トゥールビヨンは回転する。透明な時計の中で、虚空に滑らかな円を描く。文字盤のない時計は、短針と長針が何時何分を指しているのか判りづらい。それでも、複雑な機構を含んだこの時計を見ていると、引き込まれるようだ。裏蓋を開けて、内部を触ってみたくなる――。

僕はそこで、時計をケースにしまった。

この三年ほど、時計の分解はしていない。もうやらないと決めたからだ。

僕は朝食を作るために、腰を上げた。

そこで階下から、玄関のチャイムが鳴った。

「おはよ」

ドアを開けると、美桜が立っていた。美桜は陸上部で短距離走をやっているので、夏の時期はいつも肌が浅黒く焼けている。

台風は遠ざかり、空は抜けるような青空だった。穏やかな風が、諏訪湖のほうから吹いてきている。

「これ、パパから」

重箱を差し出される。開けると、海老《えび》やかぼちゃの天ぷらが入っていた。美桜のお父さんが作る天ぷらは絶品で、冷めても衣がさくさくとしていて美味しい。

「〈お客さんを紹介してくれてありがとう〉って言ってたよ。〈俺も、時計を買う人を紹介してあげたいんだけど〉だって」

「ありがたいけど……いま時計屋は休業してるから、紹介されても何もできないよ。それに、時計は高いし……」

「冗談だよ。真面目だな」

美桜の実家はここから歩いて五分のところにある、〈いわさき〉という蕎麦屋だ。創業八十年の老舗《しにせ》で、昨日みどりさんに薦めたのもこの店だった。

美桜は、別の紙袋を渡してくる。見ると、ラップに包まれたおにぎりが四つも入っていた。

「ありがとう。これもお父さんから？」

「違うよ。私が握ったの」

「そうなんだ。ありがたいけど、四つも食べれるかな」

「半分は私が食べるんだよ」美桜は呆れたように言った。

「湖、行こうよ。散歩しよ」

岩崎《いわさき》美桜は幼馴染《おさななじ》みで、高校の同級生でもあった。たまにこんな風にやってきては、散歩に行こうと誘ってくる。お互い、空気みたいな存在だ。特に話もせずに、一緒の空間にいられる。

向こうに、諏訪湖が見えてきた。

時計は気候の変化に弱いので、涼しいところで作られる。スイスのジュー渓谷が〈時計の谷《ウオッチ・バレー》〉と言われるのは、気温と湿度が低く、部品を清掃するための清水をレマン湖やジュー湖から大量に確保できるからだ。

ここ諏訪も〈東洋のスイス〉と呼ばれるほど、時計産業が栄えている。標高の高い場所にあり、諏訪湖が街の中心に広がっているからだろう。ただ諏訪湖は水質が悪いことでも有名で、目の前に広がる湖は〈スイス〉という言葉には似つかわしくないほど濁っている。〈俺の中の湖のイメージが汚れる〉と、父は近づきもしなかった。

湖を見渡せるベンチに並んで座る。子供のころは藻の臭いが漂っていて嫌だったけれど、最近は浄化されつつあるのか、湖畔にいても嫌な臭いはしなくなった。僕はおにぎりを頬張った。程よく冷めたご飯の甘みと、焼いた明太子《めんたいこ》の旨味《うまみ》が、口の中に溢《あふ》れかえった。

「昨日紹介してくれたお客さん、誰？」

おにぎりを頬張りながら、美桜が聞いてきた。

「探偵だって」

「探偵？」

「うん。母さんが離婚したときに、調査した人だって」

「なんでそんな人が、いまさら来るの？」

「父さんが、作った時計をお礼にあげてたみたいで、オーバーホールしてほしいんだって」

「瞬にはできないの？　オーバーホール」

「無理だよ。時計師じゃないし」

「あんなに山のように分解してたのに、無理なの？」

「あの時計、トゥールビヨンなんだ」

時計作りにおいて問題になるのが、重力の存在だ。

機械式腕時計の中にはヒゲゼンマイという部品が入っていて、巻き上げられたゼンマイの力が規則正しく解放されることで、時計の針が動く。

ただしこの部分は非常に繊細で、わずかな重力が動作に影響を与えかねない。トゥールビヨンは〈時計の歴史を二百年早めた〉と言われるアブラアン＝ルイ・ブレゲが開発した機構で、重力を平均化するために調速機《テンプ》と脱進機をキャリッジに格納し、それを丸ごと回転させることで……。

「瞬」

説明の流れを断ち切るように、美桜が声を上げた。

「礼子《れいこ》さんから、話、聞いてる？」

突然出てきた母の名に、僕は言葉を止めた。美桜は、覚悟を決めたような口調になっている。どうやらこの話をしたくて、僕を誘い出したらしい。

「松本市で一緒に暮らさないかって、言われてるんだよね？　どうするの？」

「誰から聞いたんだよ、そんなこと」

我ながら馬鹿な質問だった。母から直接聞いたに決まってる。一時期近所付き合いのあった母と美桜は仲がよく、いまでも連絡を取っているのだ。

「行ったほうがいいよ。松本に」湖を見つめながら、美桜は言う。

「高校生があの家にひとりで暮らすなんて、無理だよ。行く先がないならともかく、礼子さんは来てもいいって言ってるんでしょ？　甘えてもいいんじゃない？」

「うん。まあ……」

「私、瞬のこと、ずっと心配してる」

美桜は、強い口調になる。

「お父さんのことを悪く言いたくはないけど……計介さん、まともな大人じゃなかったよね。時計を作るために山奥にこもったり、お店も開けたり開けなかったり……離婚するって聞いたとき、瞬は礼子さんについていくと思ってた。なのに、あそこに残って……」

「別に、残りたくて残ったわけじゃない。母さんが僕をいらないって言ったんだよ」

「でもいまは、受け入れてくれるって言ってるんでしょ？　人は変わるものだよ。瞬も、変わらないとね」

ふと、湖の右手を、遊覧船が動いていくのが見えた。

諏訪湖を一周する二階建ての遊覧船で、夏休みということもあって、昼前にもかかわらず甲板は大勢のお客さんで賑わっている。

〈時間とは何か。判るか、瞬〉

ふと、父からそんな話をされたことを思い出した。時間とは何か――哲学的な命題だ。

〈時間とはって……時がどれくらい進んだかの量、ってことでしょ？〉

〈じゃあ、時とはなんだ？　時は見えないし、触れない。本当に時などというものは、存在するのか。時とは、人間が勝手に作り出した妄想じゃないのか〉

〈難しくて判らないよ〉

〈じゃあ人間は、何によって時を感じていると思う？〉

〈……時計？〉

〈違う〉

そうだ。あのとき父は珍しく、嫌っていた諏訪湖の湖畔にいたのだ。ベンチに座り、スケッチブックに絵を描きつけていた。防空壕に閉じ込められて、しばらく経ったころだった。

〈反復だ〉

父は、そう言った。

〈人類が最初に時間の概念を見つけたのは、一日の反復だった。日が昇って、沈む。それが延々と繰り返される。天体の運行から時間が発見されたから、時計と天文学には、密接な関係

があった。反復の中から人類は時間の概念を獲得して、より細かい単位に刻んでいった〉

砂の落下、振り子の振幅、クォーツの振動……人間はより正確な反復をもとに時を細かく刻んでいき、いまはセシウムが決められた回数振動した長さが〈一秒〉だと決められている――

父は、独り言のように言っていた。

〈時は遍在していて、我々はそれを観測できない。反復する何かが存在することで、人間は初めて時を感じることができる〉

父とそんな話をしたのは、初めてだった。スケッチを描くペンは止まっていた。父にとって大切なことを言っているのだと思った。

〈だから俺は、時計を作ってる〉

父は、言った。

〈人間は時を観測する必要がある。どうせ時を刻むのなら――〉

「瞬」

鋭い声がした。

「どうしていつも、自分の世界に閉じこもっちゃうの？　私は真剣に話してるのに……」

美桜が不快そうな表情で、僕のことを睨《にら》みつけていた。

「ごめん」

「口先だけで謝らないで。いくら言っても、何も変わらなかったくせに」

「うん……」

「もう一度聞くよ。明日《あした》の午後、時間もらえない？」

気がつかないうちに、そんなことを言われていたようだ。

「十二時に、うちの店にきて。天ぷらそば、おごってあげるから」

「なんで？　用があるなら、いまでいいじゃん」

「とにかくきて。さっきのことは、それで許してあげる。謝るなら、行動で示して」

なんだろう。美桜からこんな形で呼び出されるなど、初めてのことだ。

美桜は立ち上がった。高校に練習に行くのだろう。

九月に新人戦があるらしく、追い込みの練習をしていると言っていた。来年の総体に出ることを目標に、食事管理とトレーニングを積み重ねているとも。ひとつの目的のために生活の隅々までをコントロールできる彼女に、父はだらしない人間に見えていたに違いない。

「そうだ」思い出したように、美桜は言った。

「言おうと思ってたんだ。昨日のお客さん、ちょっと変なことを言ってた」

「お客さんって……僕が紹介した人？」

「そう。〈九条さんの工房はどこにあるのか〉とか、〈防空壕はまだあるのか〉とか」

「防空壕？」

僕は首をかしげた。閉じ込められたときの話に食いついているとは思ったけれど、やけに興味を惹かれているみたいだ。何がそんなに、気になるのだろう。

美桜は「じゃあね」と言うと、ゆっくり歩いて去って行く。遅筋が優位にならないようにと、なるべくジョギングをしないようにしているらしい。本当に美桜は、ちゃんとした人だ。

湖を見た。遊覧船は遠くに去り、ほとんど見えなくなっていた。

5

〈どうしていつも、自分の世界に閉じこもっちゃうの？〉

家への帰り道、美桜の言葉を思い出していた。前にも同じような言葉を、言われたことがあったからだ。

三年前、中学二年生のころ、僕と美桜は、少しだけ付き合っていた。

前から好きだった、百メートル走の県大会で入賞したら言おうと、心に決めていた——告白されたのは、一緒に散歩をしているときだった。特に断る理由はなかったし、美桜のことは僕も好きだと思っていた。僕は美桜の告白を、受け入れることにした。

〈別れよう〉

そう言われたのは、一ヶ月後のことだ。

その日僕たちは、諏訪大社の近くで会っていた。境内を歩いているときに、美桜がしていた腕時計のベルトが壊れていることに気がついた。僕は近くにあったベンチに座り、持っていたドライバーのセットで直しはじめた。

美桜の時計は状態が悪く、ベルト以外にもあちこちにガタがきていた。リューズを回すときに指に残る、ジャリジャリとした感触。風防についていた細かい傷。手に持って振った際、中の歯車が滑るように動いてしまう違和感。システムがあるべき構造になっていないことが、気持ち悪かった。僕は徹底的に、その時計の狂いを修正したくなった。

〈どうかしてるよ、瞬〉

気がつくと、修理をはじめて三十分ほどが経っていた。美桜は気味の悪いものを見るような表情で、僕のことを見ていた。

〈いつもは、そんなんじゃないのに……私がお弁当作っても嬉しそうにしないし、映画見ても平然としてるし……それなのに、時計には夢中になって……。別れよう。このままじゃ私、瞬のことが嫌いになっちゃう〉

嬉しそうにしない。平然としている。それは、母にもずっと言われてきたことだった。僕はどうやら、感情の動きが普通の人よりも極度に少ないらしい。〈すごく静かで、安定してる〉。みどりさんが探偵の観察眼で、僕のことを見抜いたように。

要するに僕は、まともな人間ではないのだ。まともな母や美桜は、僕から遠ざからないと、正気を保つことができない。

僕が防空壕に入ったのは、その翌日のことだった。安息を覚える中、僕は誓った。もう時計に執着するのはやめる。〈普通〉の人間になって、〈普通〉に生きるのだと。

その日から、時計の分解は一度もしていない。

家に帰り着いた。僕は二階に閉じこもり、勉強をはじめた。

階下からチャイムが響いたのは、夕方ごろだった。

「こんにちは」

玄関を開けると、みどりさんが立っていた。外を歩き回ったのか、昨日よりも少し日焼けしている。

「昨日はお蕎麦屋さん、教えてくれてありがとう。本当に美味しかったよ。三色そばも、山菜の天ぷらも」

「店の人から、来てくれたって聞きました。喜んでもらえたならよかったです」

僕は、ケースに入れた父の時計を差し出す。

「ありがとうございました。父の作ったものを見れてよかったです。メンテナンス先が、見つかるといいですね」

「九条くん。折り入って、ひとつ相談があるんだけど」

時計を受けとりながら、みどりさんは声を落とした。

「防空壕を、見学させてくれないかな」

美桜の声を思い出した。〈昨日のお客さん、ちょっと変なことを言ってた〉。

「君の話が、昨日から引っかかっててね」

「防空壕に閉じ込められたときの話ですか」

「そう。真っ暗な中に閉じ込められて、外には人通りがない。電話も、ほかの通信手段もない。それなのにどうして君たちは、その場所から脱出できたのか」

「なんでそんなことが気になるんですか。おばあさんが通りかかって、父が声を上げただけですよ」

みどりさんは微笑んだまま、返事をしない。何か言いたくない理由がありそうだった。

──まあ、いいか。

父が死んでから、工房には行っていない。そのうち片づけなければならないと思って、ずっとあと回しになっていた。ちょうどいい機会かもしれない。

「判りました。行きましょう」

「ありがとう。いまでいい？　ちょうど車に乗ってきたんだ」

玄関を出ると、銀色の軽自動車があった。僕は頷《うなず》いて、助手席に乗り込んだ。

「下の子は、いま四歳だね。上の子は六歳になって、来年から小学生」

みどりさんは運転しながら、家族の話を聞かせてくれた。今日のみどりさんはスマートウォッチではなく、古い国産の腕時計をしている。スマートウォッチは仕事中につけているだけで、本当は機械式時計のほうが好きなのだそうだ。

「可愛いですか、子供は」

「可愛いけど、それ以上に面白いよ。ふたりとも全然性格が違うからね」

「どんな風に違うんですか」

「下の子はとにかく甘えん坊でね。甘えん坊っていうより、甘え上手？　悪戯《いたずら》とかされても許しちゃえるような、不思議な愛嬌《あいきょう》があるんだよね。上の子は、夫に似てる。とにかく本の虫で、将来あの子と結婚する人は、家中本だらけにされて大変だと思うよ」

——普通の家族だ。

父と母は信頼し合っていて、子供をよく見ている。子供たちは両親を困らせることもあるだろうけれど、それは甘咬《あまが》みくらいのもので、家庭が崩壊するような致命的な打撃は与えない。

〈今度こそ、普通の家族になろうね〉

母はたぶん、みどりさんの家庭のようなものが欲しかったのだと思う。いや、いまでも欲しいのかもしれない。それには僕が、〈普通〉にならなければならない。

「計介さんって、どんな人だったの？」

みどりさんが聞いてくる。

「そうですね……実はよく判らないんです。父ときちんと話したことって、ほとんどなくて」

「まあ男親と男の子って、ちょっと距離があるもんね」

「距離というか……父は僕に対して、関心がなかったんだと思います」

「でも防空壕に閉じ込められたとき、お父さんは君のことを、抱きしめてくれた」

「ええ、まあ……」

「シャイなだけで、なんだかんだと君のことを気にかけてくれていたんじゃないかな。父親ってマイペースなようで、結構子供のことを見てたりするよ」

「そうですかね」

ふと、影のようなものが心をよぎった。父からされて嫌だったことを思い出したからだ。

僕は中学一年生のときに、学校で転んで頭を打って入院したことがある。幸い軽い怪我で済み、一日で退院して家に帰ることができた。

そのとき、父は僕のことを、無言で抱きしめてくれたのだ。父からそんなことをされるのは初めてだった。それ以降父はたまに、僕を抱擁するようになった。テストの成績が悪かったとき。意味もなく落ち込んでいるタイミング。離婚した母と、面会した帰り。父は唐突に僕の身体を抱き、しばらくじっと佇んでいた。意図が判らずに、僕は戸惑うばかりだった。

父は、〈普通〉の親子になろうとしていたのかもしれない。

当時、母と離婚してから二年が経っていた。父は父なりに、家庭が破綻《はたん》したことに責任を感じていたのではないだろうか。だから僕の肩に顎を乗せ、ぎこちないハグをすることで、愛情を伝えているつもりだった。

ただそれは、形だけのものだったとも思う。僕を抱きしめる父からは、何の感情も伝わってこなかった。それをすれば愛情表現をしたことになるとでもいうような、外面だけを取り繕った儀式。愛情ではなく、贖罪《しょくざい》が伝わってくるようなハグ。僕は、父の抱擁が嫌だった。

本心は聞いたことがないから判らない。僕と父は最後まで、向き合うことがなかった。

「やっぱりね」

父にしばしば抱擁されていたことを伝えると、みどりさんは納得したように言った。そこに複雑な感情を持っていたことは、言わなかった。

山道を上り、脇道を二十メートルくらい入ったところに父の工房がある。

工房は平屋の小さな一戸建てだ。庭の隅には防空壕が残っていて、〈立入禁止〉という札が立っていた。

「あれは？」

みどりさんが、庭の一角を指差す。石の円盤の上に、斜めに棒を立てたオブジェがあった。

「あれは、日時計です」

「太陽の角度で時刻を知るってやつ？」

「はい。父は色々な時計を作っていたんです」

僕は工房の入り口の脇にある花壇に、みどりさんを連れていく。

父はここに、〈花時計〉を作ろうとしていた。

現在では、花壇の中に大きな時計を設置したものを花時計と呼ぶけれど、もともとは植物の開花によって時刻を知るものだった。開花時刻の決まった花を何十種類も植えておくと、花が開いている状況によって時刻が判るのだ。一時期の父はイヌガラシやウニサボテンといった珍しい花を調達して植えていたのだけれど、結局多くの花を一カ所で咲かせるのが難しいらしく、花時計は上手く作れなかった。

「へええ。時計師って、こんな色々な種類の時計を作るものなんだ？」

「作らないと思います。父はちょっと、変わってましたから」

「ふうん。面白いなあ……」

みどりさんは角度を変えて、花壇や日時計を眺め出す。以前連れてきた美桜は、こんなものには見向きもしなかった。好奇心の強い人だと思った。

「みどりさん」僕は、さっきから気になっていることを聞くことにした。

「もしかして、もうここにきてたんじゃないですか」

みどりさんの動きが、ぴたりと止まる。みどりさんはカーナビを見ながら運転していたものの、ハンドル捌《さば》きがあまりにも手慣れている気がした。初めて通る山道のはずなのに、一切の迷いなく車を走らせていた。

「鋭いんだね。時計師の息子さんは、観察眼も優れているのかな」

「さあ。父とは、関係ないと思いますけど」

「午前中にきたの。でも、安心して。工房の中にも、防空壕の中にも入ってない」

どちらも施錠されているから、その点は心配していない。でもこの人は、鍵《かぎ》がかかっていなかったら遠慮なく中に踏み込んでいたのではないか——そんな風に思わせる、危うさがある。

「六年前に計介さんに会ったときに、不思議なことがあったんだよね」

みどりさんは、思い出すように言った。

「計介さんの依頼をこなしたのは父で、わたしは最初の面談に立ち会っただけなんだけど——計介さんは向かい合っていても身体がほとんど動かなくて、マネキン相手に話しているみたいだった。一流の時計師って、時間が止まっているみたいな感じなんだって思ったよ」

〈いい職人は、いつも静かだ〉。そう、父もまた、静かで落ち着いていた人だった。

「あのとき、面談室には振り子が動く置き時計があった。計介さんは突然、〈この時計をどけてくれ〉と言ったの。〈振り子の動きが狂っていて、気持ち悪いから〉って」

「そんなに、おかしな動きをしていたんですか」

「わたしには判らなかった。そもそも振り子自体、かすかに音が聞こえるくらいのものだったしね。〈狂った時計で時間を感じたくない〉——そこまで言われたら仕方がないから、わたしは時計を外に出して、面談を続けた。うちの初回面談は、四十五分で一区切りなんだけど、話が進んで、そろそろ終了時間が近づいたとき——計介さんは、不意に言った。〈もういいです。

残り三分で話すことはないので〉って」

「それの、何が不思議なんですか」

「計介さんは、時計を持っていなかったの」

父は気に入ったものがない限り、腕時計をしない人だった。そのときには何もお気に入りがなかったのだろう。

「あのとき面談室には、わたしが使っていたノートパソコンに表示されているものしか、時計はなかった。それなのに計介さんは、正確に時刻を当ててみせた。時計師の体内時計ってすごいんだなってびっくりした記憶があってね。そうしたら今度は諏訪湖で、不思議なことが起きていた。つい、調べたくなっちゃったんだ」

みどりさんは防空壕を指差す。

「あそこ、入ってもいいかな」

「いいですけど、危ないですよ。昨日、天気が荒れてましたし」

みどりさんは悪戯っぽく微笑んだ。忠告を聞く気はなさそうだ。僕は鍵を取り出し、入り口の扉にかけてある南京錠《ナンキン》を開けた。

みどりさんはパーカーにジーンズという恰好《かっこう》で、汚れることも厭《いと》わずに中に入っていく。深い闇が扉の向こうに見えて、僕は反射的に、防空壕から距離を取った。

「藤村《ふじむら》サチさんって名前、覚えてる？」

防空壕の奥から響いた名前に、僕は驚いた。藤村サチさんとは、防空壕に閉じ込められた僕たちを発見し、通報してくれたおばあさんだ。

「午前中にここにきたとき、藤村サチさんの息子夫婦と少し話したの。ひとつ、興味深いことが判った。サチさんは当時息子夫婦と同居していて、朝と夜の散歩が日課だったんだって」

「そうなんですか。初めて聞きました」

「長年農家をやっていた人だったから、時間には正確だったみたいね。朝の七時と夜の十九時に出発して、決められたコースを散歩して、家に帰って家族とご飯を食べる。同じサイクルを、毎日繰り返していた。だから君たちが救出されたのは、十九時過ぎということになる」

「それの何が興味深いんですか」

「ごめん。扉、閉めてもらっていいかな？」

みどりさんは、会話を遮断するように言う。

微妙に話が噛み合わないこの感じは、父との会話を思い出させる。何かに夢中になると、ほかのことがどうでもよくなってしまうのだ。

「鍵は、開けときますから」

僕は扉を閉じ、工房に向かった。中の状態を一度、見ておきたかった。

父は空き家を時計工房に作り変えていて、中は広い作業部屋のほかに小さな個室とトイレがあるだけだ。

玄関から中に入り、作業部屋に向かう。

金属と油の匂いが、ツンと鼻をついた。中央に大きな作業机がある。壁沿いは棚になっていて、工具箱や顕微鏡、スケールなどが並んでいる。棚の上部にはたくさんの置き時計があり、砂時計やオイルを使ったタイマーまでもがある。

机は散らかり放題で、卓上旋盤の横に大小様々なドライバーとペンチが、それぞれ二十本ほど。開封すらしていない郵便物の山からマグカップまで、どこから手をつけていいか判らないほどだ。普通の人なら、見ているだけで気が滅入《めい》ってくるだろう。

居心地がいい、と思った。

ほとんどきたことがないのに、何年も住んでいる場所に帰ってきたような気さえした。大量の工具と時計が乱雑に散らかった部屋にいると、気分が落ち着く。いるべき場所にいると、思えてくる。

工房の窓から裏庭が見えた。

父が倒れていた、場所だった。

父の遺体を見つけたのは、郵便配達人だった。ポストに郵便物があまりにもたまっていることを不審に思い、裏手に回って見たところ、父が倒れていたのだそうだ。死後、五日が経っていた。

〈瞬は、おかしいって思わなかったの?〉

父が死んでしばらくして、美桜に暗い声で言われた。

〈父親が五日も帰ってこなかったら、普通は心配するものだよ。外にずっと晒《さら》されていた計介さんが、かわいそうすぎるよ……〉

その通りだと思った。美桜が僕の立場だったなら、たぶん異変を察知してすぐに工房に捜しに行っていただろう。僕が〈普通〉でなかったから、父は遺体を、家族に見つけてもらうことができなかった。

――僕は父のことを、どれくらい判っていたのだろう。

さっきまで居心地のよさを感じていた作業部屋が、途端によそよそしいものに見えた。勝手に共感をしていたが、僕は、この部屋で働く父の姿を知らない。

庭のほうから、防空壕の扉を開閉する音が聞こえてくる。僕はみどりさんほど、父のことを知ろうとしたのだろうか。父のぎこちないハグにしても、あれは贖罪と義務感からきたものではなく、父なりの愛情表現だった――そういう可能性はないだろうか。父は違う時間を生きていて、僕とは交わろうとしない。僕は父の気持ちをそんな風に決めつけて、それ以上向き合おうとしなかったのではないか。

作業部屋を出て、父の個室に入る。

混沌《こんとん》そのもののような作業部屋に比べ、個室はものが少なくすっきりとしていた。寝床としても使っていたであろうリクライニングチェアに、小さな机。二段ある本棚には、時計の図鑑や、哲学の本などが並んでいる。

その片隅に、小さなスケッチブックがあった。父はこれをあちこちに持ち出し、筆を走らせていた。父が趣味の絵を描いていたものだった。

広げてみると、腕時計の絵が現れた。父がスイスにいたころに働いていたメーカーの製品だった。国内外の名器。諏訪大社の近くにある水運儀象台《すいうんぎしょうだい》。父が作ろうとしていた花時計の完成イメージと思《おぼ》しき、チューリップやヨルガオが咲いている花壇。

父が描いていたのは、時計だけではなかった。諏訪湖を周遊する遊覧船。満月や三日月。旅先で描いたと思われる、茅葺《かやぶ》き屋根の古い家と水車。大量のメトロノームが並んでいる絵は、たぶん〈クラシックのコンサートで、メトロノームがたくさん鳴っているだけの曲を聴いた〉と言っていたときのものだろう。父の描く絵は写実的で、本物さながらの手触りがあった。

そこに僕は、奇妙なものを見つけた。

スケッチではなく、健康診断の記録用紙が貼りつけてあった。父のではなく、僕のものだ。

中学一年生のときに頭を打ってから、僕は定期的に健康診断を受けていた。二年間にわたって五回受けた診断結果が、スケッチブックに糊《のり》づけされている。なぜこんなものが、ここにあるのだろうか。

父はやはり、僕のことを気にかけてくれていたのだろうか。

用紙はきっちりと余白を等間隔にし、神経質なほど丁寧に貼られている。その手つきに、優しさを感じた。父は僕に後遺症がなくてよかったと、記録用紙を見るたびに思ってくれていたのかもしれない。五枚の用紙が整然と並ぶページから、父の思いが伝わってくる気がした。

「終わったよ、ありがとう」

みどりさんが、引き上げてきた。ハンカチで顔を拭っているが、やはり服のあちこちが汚れてしまっている。

「どうでしたか。何か収穫がありました？」

「うーん、どうだろうね」

「防空壕なんか調べて、何か判るんですか？」

「まだはっきりしたことは判らなかった。でも、判らないことは判ったよ」

判らないと言っているけれど、みどりさんに悲観的な色はない。厄介な道中を楽しんでいるようにも見える。

「やっぱり、遠すぎるんだよね。あの防空壕」

みどりさんは、庭のほうを見ながら言う。

「表の通りから離れすぎている。君たちが助け出されたのは、サチさんが散歩していた時刻から考えて、夜の十九時くらい。表通りから工房までは二十メートルくらいあって、間に街灯はない。土砂崩れが起きていても、サチさんは気づくことすらできなかったはず」

「通りを歩いているサチさんの足音を聞いて、父が呼んだんです。父が突然叫び出したのは、なんとなく記憶にあります」

「あそこに入ってみて判ったけど、外の音なんか聞こえないよ。ましてや当日は扉が土砂で塞がれていた。ほとんど何も聞こえなかったんじゃないの？」

「でも僕たちは、助かったんです」

「そうなんだよねえ」

みどりさんは再び、自らの時間に沈み込んでしまう。

「計介さんがやろうとしていたことは、判ってるんだよね。たぶん」

「え？」

「でもその方法が判らない。なんとなく、判りかけている気もするけど……」

みどりさんはそこで、僕の持っているスケッチブックに目を留めた。「父は絵を描くのが、趣味だったんです」と言って渡す。

「へええ、時計の絵かあ。上手なもんだね」

「時計以外にも色々描いていたみたいです。街でスケッチをする父の姿を、たまに見掛けていました」

「これは、諏訪湖の遊覧船かな」

「はい。乗ってみたらどうですか」

みどりさんは返事をしなかった。もう、自分の時間の中に入っている。

「みどりさん……？」

僕はそこで、彼女の左手首のあたりを指差した。

「時計が、止まってます」

「あれ……ほんとだ」

さっきまで動いていた腕時計が、ぴたりと止まってしまっている。

「電池切れかもしれませんけど、いきなり止まったのなら、どこかが壊れてるのかもしれません。早めに時計店に持っていったほうがいいですよ」

「防空壕に入ったとき、ぶつけちゃったかな。まあ、大丈夫だよ。一万円くらいの安物だし」

「じゃあ、僕に修理させてもらえませんか」

自分で言った言葉に、僕は驚いた。考えるより先に、口から言葉が出ていた。

「ありがたいけど、わたし、明日帰るんだよね。郵送してもらうのも申し訳ないよ」

「明日までに直します。裏蓋を開けてみて、直せなさそうならそのままお返しします」

「いいの？　なんだか申し訳ないな」

「父の工房を、使ってみたくて」

口にしてみて、僕は自分の気持ちに気がついた。

父の使った道具を使い、父の工房で時計に向き合ってみたい。そうすることで、判らなかった父のことが、少しは判るのではないか――。僕は無意識の奥で、そんな風に考えていたのだ。

「十五分くらい歩いたところにバス停がありますから、作業が終わったら終バスに乗って帰ります。明日の午前に〈九条時計店〉にきてください。そこでお渡しします」

「判った、ありがとう。別に、壊しちゃってもいいからね」

僕は時計を受けとった。止まった時計は、冷たい。金属の冷たさではなく、死骸《しがい》のような冷たさだ。

これに熱を宿したいと、僕は感じた。

6

時計に向き合うのは、三年ぶりのことだ。

みどりさんには威勢のいいことを言ってしまったけれど、本当に修理できるのか不安だった。時計を直すときにこんな気持ちを感じるのは、初めてのことだ。父はたぶん時計師として、もっと大きなプレッシャーの中で仕事をしていたのだろう。

僕は、時計を裏返した。

裏蓋はこじ開けタイプのものだった。棚の小物入れからこじ開け用の工具を出し、裏蓋に差し込んで開ける。歯車や調速機《テンプ》がところ狭しと詰め込まれた、精緻な機構が現れた。安物であっても時計というだけで、それは何よりも精密なのだ。

クォーツタイプの時計は、まず電池切れかどうかを確かめる必要がある。ボタン電池をピンセットで取り出し、新しいものを詰めて裏蓋を閉じる。針は、動かない。

時計とは難儀なものであるということを、僕は思い出していた。蓋を開け、色々な部分を触ってもどこが壊れているのか判らない。原因すら特定できないのに、いじっている途中でいきなり動き出したりする。限りなく精密なくせにどこかいい加減で、すべてが工業製品でできているのに、動物みたいでもある。忘れていた。時計はコントロールしようとする人間を、翻弄《ほんろう》する。

それにしても、使い込まれた時計だった。

探偵の仕事とは、たぶん身体を酷使するのだろう。時計もそれに合わせて消耗していて、外装はあちこち傷だらけだし、内部も少し見ただけで油が固着しているのが判る。時計は、使う人を表す。おっとりしているみどりさんが持つ激しさが、時計の中に封じ込められていた。

僕はベルトを外し、アルカリイオン水をマグカップにためたものにつけ込んだ。プラスティック製の風防も傷だらけだが、研磨すれば多少はマシになるだろう。直すべきところを、頭の中にリストアップしていく。

時計の針が動かなかった理由は、一時間ほどで判った。内部の微小なネジが外れ、調速機《テンプ》の下に潜り込んで動作を妨害していたのだ。ネジを取り出してもとの穴に嵌め込んだところ、調《テ》速機《ンプ》が回転をはじめ、針も動きはじめた。

一応動いたものの、まだ万全な状態とは言えない。僕は電池を取り出して時計を止め、ネジをひとつずつ外しはじめた。時計は密閉されているので埃《ほこり》こそ入っていないが、長年にわたり稼働し続けた機構はくたびれてくる。ひとつひとつの部品を洗浄し、固着した油を拭《ふ》き取って新鮮なものを差す。研磨できそうなパーツは磨き上げる。ストックされている新品の部品があれば、それと入れ替えるのもいい。時計が僕の手の中で、新しく生まれ変わっていく。

〈どうかしてるよ、瞬〉

〈それなのに、時計には夢中になって……〉

美桜の言う通り、僕はどうかしているのだろう。両親が離婚しても、父が死んでも、いいなと思っていた女子に告白されても、暗いところに閉じ込められても、そこまで大きく感情が動かない。

でも。

時計を触るときだけは別だ。僕の中にある止まった歯車が動き出し、凍結されていた時間が解けて僕を満たす。

僕は無心になった。思考を積極的に排除しているのではなく、自然と心の声が止んでいた。この時計を、より正しくする。いつの間にか僕は、そのための機械になっていた。

ブーン、ブーン……。

スマホのバイブが小刻みに机を叩く音で、僕は目を覚ました。

どうやら眠ってしまったらしい。外は、明るかった。

「いま、どこにいるの?」

スピーカーから聞こえてきたのは、美桜の冷たい声だった。

「どこって……工房。父さんの」

「は? 今日、約束したよね?」

「約束?」

〈明日の午後、時間もらえない? 十二時に、うちの店にきて〉

慌てて周囲に目を走らせた。工房の中に山のようにある時計はすべて、十二時十五分を指している。

「ごめん。寝坊した」

「寝坊? 工房で何やってるの」

「ちょっと時計のオーバーホールをやってて。やってるうちに、夢中になっちゃって……」

美桜が絶句するのが伝わってきた。その奥で、ハハッと呆れたように笑う声が聞こえた。

「だから言ったでしょ。あの子は変わらない。どうかしてるんだよ」

母の声だった。その瞬間に、美桜が僕を呼び出した理由を知った。

「今日、礼子さんを呼んでたんだよ」

美桜は、涙声になっている。

「礼子さんが諏訪にくるから、瞬と一緒に美味しいものでも食べてもらって、ゆっくり話し合ってもらおうと思ってたのに。そのために、瞬を呼んだのに」

「美桜ちゃん、気にしなくていいよ。こうなるんじゃないかなって思ってた」

母の慰めを背景に、しばらく、美桜が泣く声が続いた。長い付き合いだけど、美桜の涙声を聞くのは初めてだった。

それから何かを話した気がするけれど、よく覚えていない。気がつくと電話は切れていて、僕の手のひらの中にはできるところまで磨き上げられた、みどりさんの時計があった。

〈別れよう。このままじゃ私、瞬のことが嫌いになっちゃう〉

今度こそ僕は、取り返しがつかないほどに嫌われたんだろう。もう美桜は、散歩にも誘ってくれないかもしれない。寂しかった。ふたりでどうでもいい雑談をしている時間は、好きだったのだ。

それでも、時計を修理しているときほど、心は動かない。

そのことに僕は、たまらない気持ちになった。

「九条くん」

庭のほうから、声がした。

みどりさんが顔を覗かせていた。

「時計店のほうに行ったんだけど、いなかったからきてみた。時計、どうかな？」

「あ……わざわざ、すみません」

玄関から入り直してきたみどりさんに、僕は時計を手渡した。みどりさんの目が、驚きに見開かれる。

「すごい。新品みたいだよ。こんなに綺麗になるなんて」

時計の面白いところは、本来見えないはずの内部を洗浄することで、明らかに見た目がよくなるところだ。針の動きが滑らかになる以上に、言葉では上手く説明できない輝きが時計に宿る。今回は内部のメンテナンスに加え、ベルトも風防もベゼルも徹底的に磨き上げた。光を閉じ込めたように、時計が輝いて見えた。

「ありがとう。これからはもっと大事に使うよ」

「もう、東京に帰るんですか」

「うん。計介さんからいただいた時計は、オーバーホールをやってくれるお店を探してみる」

「はい。お役に立てなくてすみません」

「とんでもないよ。ありがとうね、色々時計のことを知れて、楽しかったよ」

ふと、僕はあることに気がついた。

みどりさんの様子が、なんだかおかしい。理由は判らないけれど、早くここから立ち去りたがっているように見える。

「みどりさん」

僕は、仮説を口にした。

「もしかして——謎が解けたんじゃないですか」

父と僕が、なぜ防空壕から出ることができたのか。その答えが、判ったのではないか。

「君は本当に、鋭いんだね」

そう口にしたみどりさんの表情は、なぜか、曇っていた。

「確かに、答えが判ったと思う。でも、それを君に伝えるつもりはなかった」

「なぜですか」

「君にとって、あまり聞きたい話じゃないと思うから」

「そんな風に言われたら、余計に気になるじゃないですか」

「そうだよね、ごめん。ちょっとおかしくなってるな。言わなくていいことを言ってる……」

「別に構いません」僕は言った。

「父があの日、何かをしたんですか？　それなら、聞かせてください。聞いてみたいです」

みどりさんは考えを整理するように小刻みに頷くと、「判った」と鞄に手を突っ込んだ。

出してきたのは、仕事中につけているというスマートウォッチだった。みどりさんは何やら操作をして、僕に手渡してくる。

「ちょっとこれを、つけてもらってもいい？」

「僕が巻くんですか」

画面に目を落としたけれど、スリープモードになっているようで真っ暗だった。スマートウォッチには機械式時計のような機構としての面白みがないので、あまり好きじゃない。巻くとケースが大きすぎて、左手が落ち着かなかった。

「最初におや？　と思ったのは、この工房にきたときなんだ」

みどりさんは、話しはじめた。

「この工房には、時計がたくさんあるよね。日時計、砂時計、花時計……。時計師は機械式の時計だけ作るものだと思っていたから、ちょっと驚いた。計介さんは単なる時計職人じゃなくて、もっと広い意味で時計と向き合っているんだなって、わたしは感じた」

そうかもしれない。父は時計を作ることよりも、時そのものに興味があったのだと思う。時計のシステムだけを見ている僕とは、その点が違う。

「そこでわたしは、そのスケッチブックを見た」

みどりさんは、父が使っていたスケッチブックを取り上げた。昨日から、この部屋に置きっぱなしになっていたのだ。

「計介さんは、時計の絵を描くのが好きだったみたいだね。この中にも、時計のスケッチがたくさん出てくる。でもそれだけじゃない。ほかのものもたくさん描かれている。諏訪湖の遊覧船、満月、茅葺き屋根の家と水車、メトロノーム……」

「父は、絵を描くこと自体が好きでしたから」

「単純に、それだけの理由なのかな？」

僕は首をかしげた。みどりさんが何を言いたいのか、判らなかった。

「本当に計介さんは、色々な絵を描いていただけだったのか——そう疑問を抱いたときに、わたしは、これらに共通点があることに気づいたの」

「共通点？　なんですか」

「全部、反復していること」

反復。

そんな言葉が出てくるとは思わず、僕は身を硬くした。

「そのスケッチブックに描かれているものは、すべて反復している。遊覧船は毎日定時に出て、同じ時間に帰ってくる。月は、同じテンポで満ち欠けを繰り返す。水車は同じ速度で回り続け、メトロノームは指定されたテンポを刻み続ける」

僕は、父と食べに行った回転寿司を思い出していた。父は食事もそこそこに、突然手帳を取り出して寿司のスケッチをはじめていた。あのときは父の度を越したマイペースぶりに困惑したものだけれど、よく考えてみると、あれも反復だ。寿司は同じ時間をかけて一周し、手元に戻ってくる。時計の針のように、そのサイクルを延々と繰り返す。

「このスケッチブックに書かれているものは全部、時計なんだよ」

遊覧船も、月も、水車も、メトロノームも、反復をしている。僕たちが使っている一分一秒という単位とは異なる時間を、この世界に刻んでいる。

父はこの世界の中に、様々な時計を見ていた。発見したそれを、スケッチブックの中に描き込んでいたのだとしたら——。

「藤村サチさんもまた、時計だった」

僕たちを発見してくれた、おばあさんだ。

「サチさんは朝と夜、決まった時刻に散歩をしていた。長年農業をやっていたから、かなり時間には正確だったと、ご家族は証言している。計介さんは、身の回りにある〈時計〉を収集していた。サチさんが工房の前を毎日通り過ぎ、反復していることも、把握していたんじゃないかな」

「父はサチさんが通りかかる時刻を、知っていた……」

防空壕から表の通りまでは、二十メートル以上離れている。いくら静かな夜でも、散歩の足音を察知して助けを求めるのは、やはり無理がある。父は何時に声を上げればサチさんに気づいてもらえるのか、判っていたのだ。

「……いや、でも」

みどりさんの説には、致命的な穴がある。

父はいまがその時刻だと、どうやって把握したのか。あの防空壕に入るとき、父は時計を持ち込まなかった。僕もそれに倣って、手ぶらで防空壕に入ったのだ。

「僕が防空壕に入ったのが十五時ごろで、閉じ込められたのは十六時くらいだと思います。サチさんが通りを通るのは、十九時過ぎです。父は僕に〈叫ぶな〉と言いました。むやみに叫ぶと、酸素が尽きてしまう危険性があるからって」

「そう。サチさんに助けを求めるには、三時間を計測してほぼピンポイントに声を上げる必要がある。いくら普通の人よりも正確な体内時計を持った時計師でも、そんな芸当ができるとは思えない――つまり、あのとき、防空壕には、ひとつだけ時計があったんだよ」

「時計が？　まさか。ありませんでしたよ」

「あったんだ。正確に時を刻み続ける、精緻なシステムが」

みどりさんは、ゆっくりと僕に目を合わせた。

「瞬くん。君が、時計だったんだ」


何を言われているのか判らなかった。それでも、みどりさんの声には、それが正しいと思わせるような力強さがあった。

「君は精神面が安定していて、落ち着きがある。その辺は、お父さんにとても似ている」

「……ええ。その通りです」

母からも美桜からも言われていた。感情が動かない。嬉しそうにしない。〈いい職人は、いつも静かだ〉。僕の落ち着きは、父も認めていた。

「これを見て」

みどりさんは、スケッチブックをめくる。そこには、僕の健康診断のシートが貼ってあった。

「君は四年前に怪我をして、そこから定期的に健康診断を受けていた。二年にわたって五回の診断を受けている。そして心拍数は――いつも、同じ数値で安定しているの」

シートは、五枚。そこに書かれている心拍数は、すべて同じ「63」だった。

「計介さんは、このスケッチブックにあらゆる時計の絵を描き込んでいた。君の健康診断シートも、そのひとつだったんだよ。人間の鼓動は、反復している。いつも安定して反復を繰り返す君の心臓もまた、計介さんにとっては、ひとつの時計だった」

「僕が、時計だった……」

「計介さんは君を時計代わりに使い、時間を計り続けていた。そして十九時が近づいたタイミングで、声を出したんだ。十九時少し前からしばらく叫び続けていれば、通りかかったサチさんの耳に届く」

そうだったのか――。

父が僕を抱きしめていたのは、愛情表現でも贖罪でもなかった。父は、僕の鼓動をチェックしていたのだ。父はいつも、顎を肩の上に乗せるような形で抱いてくれた。不自然な姿勢だと思っていたが、顎を肩に乗せることで、頸《けい》動脈の脈拍を感じていたのだろう。

〈寝るな〉〈眠ってはいけない。静かに、じっとしていなさい〉。父がそんなことを言っていた理由も、理解できた。人間は眠りに落ちると、脈拍が遅くなると聞いたことがある。狂った時計では、時間を正確に計ることはできない。

「いや、でも……」

そこで僕は、あることを思い出した。

「みどりさんの事務所で、父が正確に時刻を言い当てたことがありましたね」

「うん。君が落ち着いているように、お父さんもまた極度に落ち着いた人だった。あのときは、自分の脈を計って時間を確認していたんだろうね」

「なぜ同じ方法を使わなかったんでしょうか。わざわざ僕を抱きしめなくても、自分の脈拍で時間を計測すればよかったのでは……」

そこで僕は、理由に思いあたった。

「不整脈」

僕とみどりさんは、同時に呟いた。

父は不整脈を患っていた。父の脈は安定しておらず、自らの身体を時計に使うことはできなかった。僕を抱き続けるという方法で、時間を計るしかなかったのだ。

「父は、僕のことを安心させようと思って、抱いてくれたわけじゃないんですね」

みどりさんが、哀しげな表情になった。

「父はあの暗闇の中でも、僕のことを、ひとつの時計として見ていただけだった。それが、父の気持ちだった……」

「君の幻想を壊したくなかった。だからこの話は、言うつもりはなかった」

みどりさんはそう言いながら、僕のほうに手を伸ばす。

「ごめんね。最後に、こんな真似をして」

みどりさんが、僕の左手を指差している。スマートウォッチの巻かれた手首を。

「いまの話は、君にとってもショックだったと思う。ごめんなさい。わたしは、ここまで確かめないと、気が済まないの」

みどりさんは、黒い画面をタップした。現れたのは、心拍数を計測するアプリの画面だった。ここまで、僕の心を揺さぶるような話がされていた。〈普通〉の人ならば動揺して、心拍が乱れているだろう。

表示されている数値は、「63」だった。

＊

〈君とお父さんの絆を壊すような真似をして、ごめんなさい〉

みどりさんは、申し訳なさそうに言った。

〈自分でもどうかしているとは思ってる。謝るよ。本当に、ごめん〉

自分自身でも制御できないものを抱えていて、そのことに疲れ切っているような口調だった。美桜は僕の父に対して〈まともな大人じゃなかった〉と言っていた。みどりさんも、同じようなことを言われたことが何度もあるんじゃないだろうか。

僕は——。

外は、夜の闇に落ちている。懐中電灯がないと足元も見えないほどに、山の夜は暗い。僕は父の個室にこもり、リクライニングチェアに背中を預けていた。

父は、僕と〈普通〉の家族になろうとしていたわけではなかった。世界のあちこちに時計を幻視していて、僕のことも、時計のひとつとして見ていただけだったのだろう。

父は〈普通〉ではなかった。

でもそれは、僕もだ。

好きだと思っていた人に嫌われたときよりも、父に抱きしめられたときよりも、母が出て行ったときよりも、時計を分解しているときに心が動く。僕も〈普通〉になれそうにない。

僕の手元には、父の作った時計があった。

空中に透明な円を描く、精緻なトゥールビヨン。持ち主であるお父さんの了承も得たと、みどりさんが置いていってくれた。

〈だから俺は、時計を作ってる〉

諏訪湖のほとりで、父は言っていた。

〈人間は時を観測する必要がある。どうせ時を刻むのなら――〉

僕は自分の胸に、手を当てた。

〈美しいもので、時間を感じたい〉

こんなにも美しい時計を作る人が、僕の心臓で時間を感じてくれた。いままでよく判らなかった父のことを、少し理解できた気がした。

僕は、部屋の電気を消した。あたりは真っ暗闇に落ちた。

今日からは、暗いところでも眠れる予感がしていた。

縞馬のコード　――2022年秋

1

わたしの勤めるサカキ・エージェンシーに〈女性探偵課〉ができ、初代課長を拝命してから、もう七年ほどになる。
二十代のころの森田《もりた》みどりと言えば無茶な調査をする探偵として有名で、〈社長の娘が道楽で就職してきて、好き勝手に暴れてやがる〉などと社内から煙たがられていたものだった。中間管理職になれと言われたときは、そんなわたしを現場から体《てい》よく遠ざけるための人事だと思ったほどだ。
モチベーションが湧かなかったわたしを説得してくれたのは、社長である父だった。〈浮気調査の依頼は八割が女性からだ。これからは絶対に、女性探偵が会社の核になる。そのトップを任せるには、お前が一番ふさわしいよ〉
そこまで言われては断るわけにもいかず、自分なりにやってみたところ、あれよあれよと繁盛し、いまでは課を指名しての依頼がくる人気部署にまでなった。わたしの力ではない。父の経営者としての才覚は、たいしたものなのだ。

部下の探偵は五人。経歴はバラバラだけれど、チームとしての団結には自信がある。ランチや飲み会にみんなで行くことも多いし、わたしは育児があるので行けないけれど、休みの日に集まってパンケーキを食べたり、温泉旅行に行ったりもしているらしい。

「あのさあ、何回言わせんだよ！」

だから、特に仲のいい鮎原史歩《あゆはらしほ》と一ノ瀬岬《いちのせみさき》が言い争っているのを見たとき、わたしは驚いたのだった。

「岬のそれはエゴだって。依頼人のことを考えろよ」

「考えてないのは史歩のほう。調査業者が報告を捏造《ねつぞう》しだしたら、終わりだと思う」

「だからって、こんなふざけた結果、どう報告すりゃいいんだよ」

「そのまま書いて出せばいい。本当に起きたことなんだから」

「馬鹿言うなって。論文書いてるわけじゃないんだぞ」

「小説書いてるわけでもないけどね」

「ちょっと、ストップ」

わたしはふたりの間に手を差し込んだ。ふたりとも背が高いので、身長百五十センチのわたしが割り込むと、大人に挟まれた子供だ。

「落ち着きなさい。会社の中で喧嘩《けんか》しないの」

注意しつつも、〈論文と小説〉という対比がこのふたりらしいなと思った。

鮎原史歩はミステリーマニアが高じて探偵になったという人で、趣味で同人誌を作っては即売会に参加している。フィクションに影響されて探偵業界にやってくる人は結構いるもので、サカキ・エージェンシーのミステリー愛好サークルでは、作家ゆかりの店に集まって定期的に読書会が開かれているらしい。

変わり種は一ノ瀬岬のほうで、素粒子物理学の研究者から探偵になったという経歴を持つ。大学でのキャリアに行き詰まり、アカデミアとは正反対の仕事をしようと思って探偵になったそうだ。ふたりは同期で、親友と言ってもいいくらいの仲だった。

「どうしたの、喧嘩なんて珍しい。仕事に関すること？」

「そうですけど……」史歩が、気まずそうに口ごもる。

「岬とやってた調査が、ちょっと変なことになっちゃって。このまま依頼人に報告したら怒らせちゃいそうだから、どうするか相談したいって言っただけなんです」

「あれは相談じゃない。決定事項を伝えるだけという感じだった。ごまかすことは確定で、どうやってごまかそうかってフェーズに勝手に進んでた」

「ごまかすのは前提だろ？　こんなもの、そのまま伝えられるわけがないだろ」

「その前提が、自明じゃないって話をしているの」

「まあまあ、落ち着いて」わたしはふたりの肩に手を置いた。

「一旦《いったん》深呼吸でもして、落ち着こう」

こういうときは、課長であるわたしの出番だ。中間管理職七年の経験が、わたしの中にも蓄積されている。

「とりあえず、何が問題になってるのか、説明してくれない？　どちらにしても報告書は出さなきゃいけないし、それに判を押すのはわたしでしょ？　その場で聞かされるより、事前に情報を把握しておきたいな。ゆっくりで構わないよ。何が起きたのか、できるだけ詳しく……」

気がつくと、史歩と岬は、訝《いぶか》しげにわたしのほうを見つめていた。

〈悪い虫が出た〉と、彼女らの目が言っている。

その通り。

わたしはふたりの話に、興味を惹《ひ》かれていた。

＊

史歩と岬が取り組んでいたのは、失踪《しっそう》人の調査だった。

依頼人は知野恵美《ちのえみ》という三十代の女性で、最初の面談にはわたしも立ち会ったので覚えている。捜している田崎純子《たざきじゅんこ》は同じ年の女性で、不動産会社で経理をしているとのことだった。ふたりは恋人で、同性パートナーシップを組み一緒に住んでいた。

そんなある日、純子が出勤したきり、帰ってこなくなった。

電話はつながらないし、LINEも既読にならない。おかしいと思った恵美が、以前会ったことがある純子の同僚に連絡を取ると、〈昨日から無断欠勤している〉と言われた。

すぐに交番に行って捜索願を出したが、警察が単なる失踪を捜査してくれるわけもなく、純子の行方は一向に判らない。そこで、サカキ・エージェンシーの門を叩《たた》いたのだ。

純子は趣味のない人で、休日は家に閉じこもり、平日は自宅と会社を往復するだけの日々だった。SNSもやっておらず、調査の取っ掛かりがない。とりあえず地元での行動を調べようと、史歩と岬は依頼人宅の最寄り駅に集まった。サカキ・エージェンシーでは、調査員に一台ずつタブレットを渡している。史歩が地図アプリを開き、岬は純子の顔写真を確認していた。

〈こんにちは〉

そのとき、背の高い、高校生くらいの少年が話しかけてきたのだという。

〈もしかして、その人を捜してるんですか？〉

岬は〈知り合いか？〉と目で聞いたが、史歩は首を横に振った。少年の身長は百八十センチほどあり、近くにいると威圧感があった。ふたりは視線を交わし、少年から遠ざかろうとした。

〈その人は、あのホテルにいますよ〉

少年の言葉に、岬は足を止めた。

彼が指差したのは、少し離れた場所に見える、背の高いホテルだった。

〈どなたですか？　なんでそんなことを知ってるの〉

〈僕は、千里眼の持ち主なんです〉

〈は?〉

少年は即座に名刺大のカードを渡してきた。そこには、白地に黒のQRコードが印刷されていた。それ以外の情報はなく、ひっくり返しても名前すら書かれていなかった。

〈遠くにあるものが、手に取るように見えるんです。詳しくはそのQRコードを見てください。また、お会いしましょう〉

〈え、ちょっと待ってよ〉

少年は岬の呼びかけには応えずに、去っていった。

おかしな少年に絡まれたことは気になったが、ふたりはとりあえず、周囲を聞き込みして回ることにした。純子は地元に友人がおらず、聞き込みを繰り返しても情報は出てこなかったが、無駄足を踏むのは調査業の常だ。ふたりは移動しながら、調査を続けた。

昼食の時間になり、ふと視線を上げると、少年が指差したホテルが近くに見えた。〈あの辺に、美味《おい》しいベトナム料理のお店があるんだよね〉と言ったのは、史歩だった。あとから思えば、少年の言葉が心のどこかに引っかかっていたのかもしれませんと、彼女は振り返る。

ベトナム料理屋はホテルの真向かいにあり、窓際の席からは通りを挟んでホテルの入り口を見下ろせた。牛肉のフォーとバイン・ミーをつまみながら、ふたりは何気なくホテルのほうに視線を配っていた。

〈えっ？〉

声を上げたのは、岬だった。

ホテルの入り口から、純子が出てくるところだった。変装なども特にしておらず、ひょいっと散歩に出てくるような佇《たたず》まいだったという。史歩が立ち上がり、一目散に店を飛び出ていく。

〈荷物とか全部置いてくもんですから、まとめて持っていくのが大変でした。この子、ほんと直情型なんです。一緒に調査してると大変なんですよ〉

岬は愚痴をこぼしながらも、満更でもない口調だった。

2

「本当に、ご迷惑をおかけしました」

田崎純子と知野恵美がサカキ・エージェンシーを訪れたのは、その三日後だった。調査報告の場に、わたしも同席することになった。

「……一年くらい前に、会社の不正を発見してしまったんです」

純子が語りだしたのは、失踪の動機だった。

「私の会社はマンション建築や販売をしているのですが……一年前、税理士に提出する書類を整理していたら、ローン審査に必要な顧客の預金残高を水増ししていることを、発見してしまったんです。銀行から融資を引き出すために誰かが改竄《かいざん》していることは、明らかでした。びっくりして、すぐに上司に報告したのですが……上司は、そのことを知っていたんです」

「ということは、会社ぐるみでやってたんですか」

史歩の質問に、純子は頷《うなず》いた。

「そのすぐあとに、取締役専務と上司の三人で面談があって……それとなく釘《くぎ》を刺されたんです。この業界はどこも不正ばかりやってるとか、騒ぎを起こす人がいるとみんなが困るよねとか、雑談みたいな感じで言われて。上司は信頼していた人だったので、すごくショックでした」

「全部話さなくていいんですよ。つらいことを思い出さなくても」

純子は首を横に振った。わたしたちへのけじめのように見えたが、経緯を語り直すことで、気持ちを整理する意味もありそうだった。

「これ以上騒いだら、首になるかもしれない。それだけじゃない。裁判になったり、最悪、襲われたりするかもしれない……そんな風に悩んでいたときに、突然給料が上がったんです。定期昇給だって言われたんですけど、一・五倍くらいにボーンと上がって。まさかそんなことをやってくると思わなくて、すごく怖かった」

「共犯にしてしまおう、ということですね」岬が口を挟む。

「交渉術で使われる、心理学的なテクニックです。相手を共犯者として巻き込んでしまうことで、逃げづらくさせるんです」

「たぶん、そうです。告発したら、私も共犯者になるのかもしれない……そんなことを考えながら一年くらい働いてたんですが、限界だったんだと思います。あの朝、出勤しようとしていた駅のホームでいきなり目の前が真っ白になって……気がつくと乗るはずだった電車に乗れず、その場に立ち尽くしていました。それで、駅を出て、近くにあったホテルに……。泊まりはじめたら、なんだか戻れなくなっちゃって……」

「一言くらい、相談してくれればよかったのに」黙って聞いていた恵美が、口を開く。

「相談してくれていたら、たぶん私は、すぐに退職しろって言ったと思います。私に負担をかけたくなかったのかもしれないけど、そんなつらいときにひとりで抱え込まれるほうがつらい。そう思いませんか」

「それは、そうですよね……」

「でも、すぐに見つかってよかった。やっぱりプロの探偵は、すごいんですね」

史歩と岬が、顔を見合わせる。史歩は「調査報告です」と言い、シートを差し出した。

「私たちはまず、ご自宅周辺の聞き込みを行いました。その流れで、田崎さんが宿泊されていたホテルの近くまで移動し、昼食を取っていました。そこでたまたま、田崎さんを発見し、声をかけさせていただきました」

「え、偶然だったんですか」

「はい」

報告を続ける史歩の横で、岬も納得した表情をしている。嘘を言うわけではなく、正確な経過から一部の情報を欠落させる。わたしの出した折衷案に、彼女も納得してくれた。

「……報告は以上です。追加の費用は発生しませんでしたので、ご安心ください」

「本当に、ありがとうございました」

純子と恵美が頭を下げる。弛緩《しかん》した空気が、会議室に流れた。

「あの」わたしは、口を開いた。

「おふたりは、高校生くらいの知人はいますか？　身長百八十センチ前後の、大柄な人なのですが」

「高校生？　いや、いないですけど……」

「では、兎戌四郎《うさぎいぬしろう》という名前に、聞き覚えは？」

純子と恵美が困ったように見つめ合う。心当たりはないようだった。

「森田課長、いきなり何言ってんですか」史歩が声を上げる。

「すみませんね、兎戌四郎って、最近人気の高校生ユーチューバーなんですよ。課長、ハマってるのは判りますけど、おふたりがびっくりしてるじゃないですか」

「あ……ごめんなさい。調査報告が終わって、ちょっと気が抜けてしまいました」

史歩と予定していた寸劇を演じ、なんとか話をごまかした。純子と恵美は、狐につままれたような表情をしている。

――この人たちは、〈千里眼〉の少年のことを知らない。

ふたりの当惑は、本物に見えた。

〈兎戌四郎〉とは、QRコードを読み込んで出てきたサイトに、表示されていた名前だった。

3

翌日、わたしは家族とファミレスにいた。休日はなるべく一家四人で過ごすようにしていて、今日は公園で遊んだあとでランチにきている。

〈結局、あの少年は何者だったんですか〉

昨日、純子と恵美が帰ってから、史歩が言っていた。

〈本物の千里眼？　失踪した人がどこにいるかぴったり当てられるなんて……超能力者だとしか、考えられなくないですか〉

〈史歩、小説の読みすぎ。彼がホテルのあたりにいた純子さんをたまたま見ていて、写真と同一人物だと気づいただけでしょう〉

〈口悪いなあ、岬ちゃん。そもそも、その辺を歩いてる人なんていちいち覚えてるか？　純子さんの実物、写真と全然印象違ってただろ〉

〈カメラアイって知ってる？　日常風景を、写真を撮るみたいに鮮明に記憶できる能力のこと。

千里眼は実在しないけど、そういう能力を持つ人ならいる〉

〈みどりさんはどう思います？〉

ふたりに、全く同じタイミングで見つめられた。喧嘩をしているくせに、波長はぴったりだ。

〈整理しよう。まず、彼は純子さんたちの知り合いじゃない。身長百八十センチの高校生なんか、親戚《しんせき》や友人にいたらすぐに思いあたるはずだから。かといって、千里眼の能力が本当だとも思えない。カメラアイの可能性はあるけど、岬ちゃんが手にしていた写真とすぐに照合できるかというと、難しい気もする。ということは〉

〈何か、思いあたることがあるんですか〉

史歩の問いかけに、頷いた。

わたしには、確かな仮説があったのだ。

「僕、ＡＡ０１とＰＡ０２とＤＥ０６とＤＢ０１」

隣から聞こえた声で、我に返った。

声の主は理《おさむ》だった。対面に座る夫が、長男の言葉にぽかんと口を開けている。

「なんだって？　エーエー？」

「ＡＡ０１とＰＡ０２とＤＥ０６とＤＢ０１」

「メニュー番号を記憶してるのか、お前。変わったやつだな……」

このファミレスは、メニュー番号を注文用紙に書いて店員に渡すシステムになっている。何度かきているうちに、理はそれを覚えてしまったらしい。夫の隣に座る望《のぞみ》は、兄と父のやりとりが面白かったのか、キャーッと大声を出して笑った。

「じゃあわたしは、ＡＡ０３と、ＰＡ０１と……」

「みどりさんまで、やめてよ。仕事のことを思い出したくない」

「マーケッターの仕事と、何か関係あるの？」

「ＥＣサイトと同じなんだよ。商品コードと、対応する商品があるのが……」

夫の司《つかさ》は化粧品会社で働くマーケッターだったが、二年前にフリーランスになり、いまは大手家具チェーンのＥＣサイト運営にディレクターとして関わっている。先週からサイトでは年に一度の創業祭があり、在宅で働いている彼は準備に追われて忙しそうにしていた。

トラブルが起きたのは、一昨日《おととい》だ。一週間に及ぶ創業祭の終盤で、サイトへの不正アクセスが発生したらしい。

「結局、うちらの問題じゃなかったんだよなあ」運ばれてきたノンアルコールビールをやけくそ気味に傾けながら、司は言う。

「インフラやってる会社が、ミドルウェアのセキュリティパッチを当ててなくて、そこからハッカーに侵入されたって話で……こんなの、防ぎようがないよ。それなのに、クライアントからは、僕らのシステムに脆弱性《ぜいじゃく》があるんじゃないかとか疑われてさ。たまったもんじゃないよ」

「サイトはもう、復旧したの？」

「いやあ、全面クローズ。データベースに入ってた顧客リストは盗まれてる可能性が高いから、お客さんに新規登録なんかさせられない。二十万人くらい漏れちゃったから、たぶん大問題になるだろうなあ。それに、ウイルスを仕込まれててサイトの閲覧者を感染させちゃったりしたら、僕らにも責任が生まれるしねえ」

「司さん、逮捕されちゃうの？」

「されるわけないでしょ。僕が積極的にウイルスを配布してるんならともかく。社会的な問題になるってことだよ」

落ち着きのない望をあやしながら、司は愚痴をこぼし続ける。説明もなく専門用語が飛び出すし、わたしの下手くそな冗談にも対応できないので、本当に疲れているのだろう。

「注意しろって言ったんだよな。安売りキャンペーンのときって、ハッカーに狙われやすいからって」

「そうなの？」

「そう。安売りに惹かれる人は、カモになりやすいんだよね。自分が欲しいからという内的要因じゃなく、値付けという外的要因で買うものを決める傾向にあるから。うちのＥＣサイトでも、キャンペーンのときにきたお客さんは別途リストにしておいて、値引き情報を積極的にメールするようにしてる。悪質なサイトだと、普段五百円で売っているものを定価千円ということにして、〈五十パーセント引きです〉って体でサイトに並べる。それでもよく売れるんだよな。自分がカモになってることに、気づけてない」

「パパ。ＲＰ０１も食べていい？」

「だから、それやめろっての」

食事が運ばれてきて、わたしたちはランチをはじめた。家族と食卓を囲むことで司も落ち着いたのか、徐々にいつもの優しい顔に戻ってくる。

理は食べ終わると、テーブルにある間違い探しを解きはじめた。望は午前中走り回った反動か、うつらうつらとしている。

「みどりさん」司はそこで、わたしの手元に目を留めた。

「それ、何？」

「ん？」

「いや、今朝からちょくちょくスマホ見て、何か考えごとしてるみたいだったから」

「ああ……」

いままで思いつかなかったけれど、これはインターネットの仕事をしている司に相談するべき事案かもしれない。わたしはスマートフォンの画面を、彼に見せた。

「千里眼・兎戌四郎……？」

簡素なウェブサイトが、画面に表示されていた。

『千里眼・兎戌四郎のサイトへようこそ。

兎戌とお話ししたいかたは、月・水曜日の17時～19時に、以下のお店にきてください』

少年から渡されたQRコードを読み込むことで、表示されるページだった。〈以下のお店に～〉のところには、東京都杉並《すぎなみ》区にあるファミレスの地図が貼られている。

「それ、なんかおかしくない？」ここまでの経緯を説明すると、司は首をかしげた。

「これくらいの内容なら、名刺に書いとけばいいじゃん」

「そうなんだよ」

ずっと疑問に思っている点だった。サイトに書かれている情報は少なく、名刺に充分書き込める程度だ。なぜそこに書かずに、わざわざQRコードを渡したのか。こんなものを渡されても、アクセスしない人も多いだろう。

「ネットで仕事をしている人として、どういう理由があると思う？」

「そうだなあ……ひとつは、アクセス解析。ウェブサイト化して解析ツールを置いておけば、何人がアクセスしてきたかが判る。そういうデータが欲しかったとか？」

「何のために使うの、そんなもの」

「いや、判らないけど……あとは更新性かなあ。ウェブサイトはいくらでも更新できるから、例えばこの〈以下のお店に～〉ってところを、〈図書館に～〉とか変えたりもできる」

「このサイトを作るのは、難しい？」

「作ること自体は難しくないけど、これ、ＵＲＬに独自ドメインを使ってるなあ。スペースとドメインを借りて、ＤＮＳレコードを設定して……やりかたにもよるけど、多少はハードルが高いと思う。というか、この手のことをやりたいなら、ＳＮＳにアカウント作っておけばいい気がするけど」

司の言う通りだった。ＳＮＳにアカウントを作ってフォローしてもらえれば、持続的に情報を流すこともできる。なぜ手間をかけてまで、こんなサイトを作っているのか。

人間は必ずしも合理的に動くわけではないし、単に作ってみたかっただけなのかもしれない。千里眼のタネには当たりがついていて、こんな些細《ささい》な部分にこだわる必要もなさそうだ。ただ、パズルのピースが上手《うま》く嵌《は》まっていない据わりの悪さが、わたしの中にある。

「パパ」

ふと、理が声を上げた。

「あと一個が判んない。スマホ、見せて」

間違い探しの答えが見つからず、解答サイトを見たいようだった。この系列店に置かれている間違い探しは難しいことで有名で、わたし程度では全然解けない。

「もうちょっと、考えてごらん」

わたしは口を挟んだ。

「時間はかかってもいいから、じっくり考えてごらん。いままでもそうやって解いてきたでしょ。理ならできるよ」

理は「判った」と言って問題に向き合いはじめる。

〈もうちょっと、考えてごらん〉というのは、もともとは司の教育方針だった。マーケティングという答えのない問題に日々取り組んでいるせいか、彼は子供にも安易に答えを与えず、考えることを要求する。

彼の教育方針にはわたしも賛成で、注意するバランスが偏らないように適宜口を挟んでいる。理は読むことや考えることが好きな子供で、〈考えてごらん〉と言うと素直に応じる。だが、同じやりかたが次男の望に通用するかは判らない。よくも悪くも望は大雑把で、考えることを要求し続けたらいずれ行き詰まるだろう。

人を動かすとは、言葉を見つけることだと思う。

ひとりひとりに違う言葉が必要で、それは時期によっても違う。正しい言葉を注意深く見つけ続けていかないと、やがて話すら通じなくなる。それは部下とのコミュニケーションも同じで、その人に応じた言葉を細やかに見つけることが、いまのわたしの課題だった。

「あ」理が、声を上げた。

「判った。屋根の瓦《かわら》が違うんだ、ほら、見て」

興奮したように、左右の絵の差異を示してくる。嬉《うれ》しそうに見開かれた目を見て、わたしも嬉しくなった。

〈もうちょっと、考えてごらん〉

考えた末に結果を出した息子の姿に、わたしは鼓舞されていた。

4

「みどりさん。理系の道は、考えなかったのですか」

岬が唐突に、質問をしてくる。

今日は外回りの日で、彼女とふたりで都内のあちこちを巡っていた。

「いやあ、理系なんて無理だよ。モル計算で挫折《ざせつ》した人だよ、わたしは」

「みどりさんって、真実に異常に執着するところがありますよね。そういうの、私が見てきた科学者に、似ているなと思いまして」

「そうなの？　初めて言われたな、そんなこと」

「私が素粒子物理学の道を諦《あきら》めたのは、それが理由なんです」

とっくに塞《ふさ》がった傷口を見つめるように、岬の口調は平然としている。

「研究者になるまでは、一流の科学者とそうでない人を分けるのは、単に才能の差だと思っていました。天才にしか見えないビジョンを先天的に見れる人が、一流になるんだって。でも、研究をはじめてから判りました。一流と二流を分かつ壁は、執着にあるんです」

「どういうこと？」

「私、研究は好きだったんです。素粒子については判らないことばかりですし、この世界の摂理をミクロの視点から解明していくのは、エキサイティングでした。でも私は、〈楽になりたい〉という願望を、どうしても捨てられませんでした。研究をやっていると、弱い気持ちが囁《ささや》くんです。早く結論を出したい。目の前の問題から解放されたい。眠りたい、遊びたい、少しだけ休みたいって……。執着を持っている人は、そんな風には考えません。あらゆることを犠牲にしてでも、真実を追い求める。それがない人は、どれほど頭がよくても一流にはなれないんです」

「興味深い話だけど……わたしはそんな、偉い科学者とは違うよ」

「同じですよ。だから、ここまできたんですよね」

わたしたちは、ファミレスの前に立っていた。

少年のウェブサイトで指定されていた店で、いまは彼がいるという月曜日の夕方だ。QRコードを渡されてから二週間、外回りの仕事をまとめることでようやく来ることができた。司は〈ウェブサイトはいくらでも更新できる〉と言っていたけれど、いまのところサイトの内容は更新されていない。

「千里眼のトリックは、みどりさんの言う通りでしょう。それでも本人に確かめないと、気が済まないんですよね」

「ごめんね、こんなことに付き合わせて」

「構いません。私も、真相に興味はありますから」

——少年は、あちこちで千里眼を行っている。

それが、わたしの仮説だった。少年は色々な場所で手当たり次第に予言を繰り返し、まぐれ当たりを狙う。回数をこなしていけば、いずれ当たる予言も出てくるだろう。それに食らいついてきた客を、釣る。

釣った先に何があるのかは判らない。何かの実験をしているだけかもしれないし、占い詐欺のようなことがはじまるのかもしれない。だが、トリックのタネには確信があった。それでも、確かめずにはいられない。岬の言う通り、わたしは真実に執着している。

中に入ると、ティータイムと夕食の間の凪《なぎ》の時間なのか、閑散としていた。岬が「彼です」と耳打ちしてくれる。奥の席に、本とノートを広げている大柄な少年が座っていた。

「こんにちは。少し、いいですか」

近づいて、声をかける。少年が広げているのは、株式投資の本のようだ。辞書でも引いているのか、スマートフォンを見てはノートにペンを走らせている。声は聞こえているはずなのに、こちらを見ようともしない。「あの、少し話がしたいんですけど」。再度の問いかけにも、少年は応じない。

「兎戌四郎くんだよね。千里眼の」

反応はない。スマートフォンを操作しながらペンを動かし続ける手は、止まらなかった。

岬の苛立《いらだ》ちが伝わってきたが、わたしは待った。少年に、こちらの話を聞いている節があったからだ。

「すみません、勉強の切りが悪くて」

少年はため息をつき、手を止めた。

「それで……捜していた人は、ホテルにいましたか」

わたしは、続けようとしていた言葉を飲み込んだ。

衝撃が、少しずつ胸の奥に広がっていく。

彼は入店してから一度も、こちらを見ていない。にもかかわらず、〈捜していた人は、ホテルにいましたか〉と、予言の内容を口にした。

〈あちこちで千里眼を行っている〉——それがわたしの仮説だった。だがそれならば、相手が誰かを確認してからでないと、具体的な予言の内容に触れることはできないはずだ。話しかけたのが岬なら、声音《こわね》から思い出せる可能性はわずかにあったが、彼はわたしの声を初めて聞く。

彼は、一回しか予言をしていない。

ありえない結論が浮かび上がる。彼は本物の、千里眼——。

少年はそこで、ようやく顔を上げた。本を閉じ、スマートフォンをポケットにしまう。

「ん？　どうしました？　捜していた人は、ホテルにいましたか」

「うん……いたよ。そのことで、少し話を聞かせてもらえないかな」

「どうぞ」

コーラを飲みながら、正面の席を示す。みっともないと思いながらも、わたしは座るなり、食らいつくように聞いた。

「なぜ、彼女がホテルにいたと判ったの？」

「その前に、素性を教えてください。知らない人にいきなり来られるのは、怖いです」

「君のこともよく知らない。兎戌四郎は、本名？」

「本名じゃないです。あなたも、芸名を名乗ってもいいですよ」

少年が、〈名刺をよこせ〉というように手を差し伸べてくる。鞄《かばん》の中には偽名を含めた数パターンの名刺を入れているけれど、わたしは社名入りのものを渡した。こちらは探偵であるという威圧の意図を込めたが、通用するかは判らなかった。

「森田さん、か。こんにちは。きてくれたのは嬉しいですけど……千里眼のことは、あまり話したくないんです」

「居場所を知らせてくれたのは、君だよ。〈話を聞きにこい〉ってことじゃないの？」

「テンションが上がっちゃって、つい渡しちゃったんです。後悔してます」

少年は恥ずかしそうに頬をかいた。

「千里眼のことは話したくないっていうか、言うことがないんです。子供のころから〈見える〉……ただそれだけの話ですから。普段からなんとなく〈見え〉ているんですけど、困りごとを抱えている人が近くにくると、その解決策がパッと〈見える〉ときがあって。自分でも、メカニズムが判らないんですけど」

「つまり、わたしたちが人捜しに困っていたから、その解決策が〈見え〉たってこと？」

「そうです。出過ぎた真似をしました」

「君は、千里眼としてのサイトを作ってる。仕事として千里眼をやってるの？」

「仕方ないんです。僕とどうしても話したいっていう人がいるから、窓口を作らなきゃいけなくて」

「君はいつから、その力を使えるの？」

「……ずいぶん興味があるみたいですね、僕の力に」

少年は、ポケットに手を突っ込んだ。

出てきたのはカードケースだった。中からカードを取り出し、テーブルに並べていく。

六枚のカードには、それぞれQRコードが刷られていた。

「一枚、気になったものを読み込んでみてください」

「何、これ？　タロットカードみたいなもの？」

「そんな立派なものじゃないです。勘でいいですから、選んでください」

隣の岬が不安そうに見つめてきたが、わたしはそれを無視した。少年にペースを握られ、彼に有利なステージに引きずり込まれている。それでも、この先に何があるのかを見てみたい。

カードを一枚選び、スマートフォンでQRコードを読み込むと、どこかのサイトに飛ばされる。ローディングが終わると、表示されたのは〈虎〉という一文字だった。

「これが、何？」

「実は僕の力は、人間全員が持ってるものなんです。みんな何かを選ぶときに、直感で選んだりしますよね。QRコードにしても、何の意味もない白黒の模様なのに、不思議とピンとくるものがある。それが強くなったものが、千里眼なんです。このQRコードを選ぶ人は、心の中に〈虎〉を飼っています。満たされない思いや、凶暴なものを抱えている」

「この会話は、どこに向かっているのかな」

「どこにも向かってないですよ。ただの雑談です。心当たりはないですか」

「別にないよ。この通り、どこにでもいる平凡な人間だよ」

「森田さんには、お子さんがいますね」

突然飛んできた矢に、わたしは表情を殺して応じた。感情を消すことには慣れているけれど、上手くできたかは判らなかった。

「……どうして、判ったの？」

「このくらいのことなら、いつでも〈見え〉ます。森田さんには子供がいて、やりがいのある仕事もある。とても充実した、忙しい毎日ですよね。でも、すべてを手に入れたような人生なのに、心の奥に満たされていない部分がある。〈虎〉はそこに棲《す》んでいる」

――当たっている。

中間管理職になってから、好きな調査に没頭できる時間は減った。家庭を持ったことで、仕事の時間自体も削られている。司も理も望も大好きだけれど、時折、ひたすら調査だけをやっていた昔の日々が、恋しくなることもある。

「……私は、〈縞馬《しまうま》〉です」

岬が、別のQRコードを読み込んでいた。

「はは、正反対ですね。〈縞馬〉は穏やかな平和主義者です。過酷な戦いの世界に身を置くのを嫌がり、争いのない草原を好む。でも、〈虎〉と一緒にいるのは危ないですよ。食うものと食われるものは、同じ場所にはいられない」

「大丈夫。私はこんな占い、信じませんから」

岬は空気を攪拌《かくはん》し、わたしをフォローしようとしてくれている。だが、部下の気遣いに対応する余裕もなく、わたしは少年の言葉について考え続けていた。彼の放った矢はすべて、わたしの切実な部分に刺さっていた。彼のことを信じたがっている自分が、わたしの中にいた。

「……なぜ、QRコードを使ったの？」

彼のペースから逃れるように、用意してきた疑問をぶつける。

「君のサイトを見たけど、名前と、この店のことくらいしか書かれていなかった。あの程度の情報、なんで名刺に書いておかなかったの？」

「ＱＲコードが、好きなんです」

「好きって、どこが？」

「というよりも、〈コード〉という概念が好きなんです。codeという単語には、色々な意味があります。ＱＲコードにおいては〈符号〉という意味ですけど、コンピュータープログラムのこともコードと言いますし、〈法律〉という意味も、〈遺伝情報〉という意味もある。さらには、人間の行動を規定する、〈作法〉のことも」

「だから、何」

「社会、機械、人間……この世界のあらゆるものを支えているのがコードです。ＱＲコードを使うと、その集合体の一部になれる気がします。そういえばこのコード、白黒で縞馬を連想させますね。縞馬の模様は一頭一頭違うって、知ってましたか？　それも〈符号《コード》〉だ」

　少年は高揚しているようで、やけに饒舌《じょうぜつ》になっている。

「ごめんなさい。また話しすぎました。でも、ひとつだけ言わせてください。〈虎〉を抱えていようと、森田さんの未来は、明るいです」

「そうなの？」

「はい。いまは苦しいこともあるかもしれませんが、いつか、それと折り合いがつきます。自分を信じて、前に進んでください」

少年はそこで、初めて笑った。

子供らしい、可愛い笑顔だった。

彼がかけてくれた優しい言葉が、心に染み渡っていく。悔しいが、わたしは癒《い》やされていた。彼は言葉により、わたしが長年抱えていた問題意識を揺さぶり、不安にし、そして、癒やしまで与えたのだ。

「では今日は、この辺で……」

そう呟《つぶや》いた少年の笑顔が、突然こわばった。

信じられないものを見たように、目が見開かれていた。コーラのコップを摑《つか》もうとした右手が、震えはじめる。

「え？　おかしいな。なんでだろ？　どういうことだ、これ……」

「どうしたの？」

「うるさい」

声色が一変していた。少年は拳《こぶし》を開閉し、グラスをしっかり摑んでコーラを飲み下す。額に、うっすらと汗が浮かんでいた。

「来週、もう一度お話をさせてください」

「来週？　いまじゃ駄目なの？」

「少し準備がいるんです。前言撤回だ。あなたはこのままだと……〈虎〉に食い殺される」

「どういうこと？　食い殺されるって……」

「次に会ったときに説明するって言ってるだろ。とにかくきてください。来週、ここに」

少年は両肩を抱えて震えだした。歯が、ガチガチと鳴りはじめる。

「いや、どこでもいい。僕のほうから行ってもいい。とにかく、時間をください……」

少年はがっくりとうなだれ、もう喋《しゃべ》ろうとしなかった。

5

「単なるコールドリーディングですね」

翌日。わたしは岬と一緒に、会議室でランチを取っていた。

「それも、かなりレベルが低い。正直、笑いを堪《こら》えるのに必死でした」

岬を連れていった理由は、傍《はた》から冷静に見てもらうためだった。事態を客観的に見る力は、研究者上がりの彼女が一番持っている。

コールドリーディングとは、その場で相手の素性や心の動きを言い当て、信用を得るテクニックだ。調査の現場でも使えるので、ドア・イン・ザ・フェイスやミラーリングといった基本的な会話術とともに、研修で教えている。

「でも、彼の言うことは合っていたよ。一見順調な人生を歩んでいるけれど、実は心の奥底に鬱屈《うっくつ》があるとか」

「そんなもの、誰でもそうでしょう。〈バーナム・ステートメント〉――特殊なことを言っているようで、全員に当てはまることを言ってます」

「わたしの未来が明るい、というのは？」

「〈シュガー・ランプ〉――聞いていて気持ちがよくなる言葉をかけ、信頼を高めます」

「彼は、わたしに子供がいることを当てた」

「〈ラッキー・ゲス〉――まぐれ当たりを狙って、何かを言い切る技法です。みどりさんくらいの年代の女性には、子供がいることも多いでしょう。当たれば信用度が高まりますし、外れても〈親戚の子供の姿が見えた〉とか〈将来産まれるはずの子供が見えた〉とか、話をずらして有耶無耶《うやむや》にすればいい」

「さすが、優秀だね。大正解」

「なんですかこれ。話の流れでテストしないでくださいよ」

岬が言うように、少年がやっていたことは稚拙なコールドリーディングだった。本物のコールドリーダーは表情やイントネーションの作り込みを含め圧倒されるほどに巧みで、タネが判っていても本物の超能力者ではないかと信じてしまいそうになる。昨日はたまたまわたしに刺さる言葉が出てきたが、そうでなかったら笑ってしまったかもしれない。

「でも、まだ判らないことがある」

「千里眼のタネですか」

頷いた。少年があちこちで予言をしているという推理は、破綻《はたん》した。ではなぜ彼は、田崎純子がホテルにいることを当てられたのか。

「やっぱり、カメラアイなんじゃないですか？　彼は写真のようにあらゆる風景を暗記できる」

「その可能性は、昨日なくなったと思う」

「なぜですか」

「彼はQRコードを渡した相手がわたしでないことを、一度も指摘しなかった」

少年がQRコードを渡した史歩とは十歳近くも年が離れているし、背の高さも全く違う。予言をした相手と違う人間がきたら、一言くらいは言うだろう。行きずりの女性を記憶できるほどのカメラアイの持ち主が、予言をした相手を覚えていないなどということがあるのだろうか。

「……彼の目的は、やっぱり詐欺なのでしょうか」

「たぶんね」

少年は話の終わりで突然臭い芝居をはじめ、こちらの不安を煽《あお》りだした。典型的な詐欺の手口だ。次回行くとたぶん、宗教への勧誘や霊感商品の営業がはじまるのだろう。

ただ、その点も不思議だった。

彼は恐らく高校生か、せいぜい大学生だ。最近は若者が特殊詐欺の受け子や強盗などの闇バイトに手を染めるケースも多いけれど、占い詐欺などは聞いたことがない。それに、少年の態度には余裕があり、犯罪に手を染める人間のものとは思えなかった。これから詐欺を犯そうという子供が、あんな態度でいられるものだろうか。

岬が、観察するようにこちらを見ている。

わたしが謎にのめり込みつつあることに、気づいているのだろう。

「みどりさんは、そのままでいいと思ってます」

どこか諦めたような口調だった。

「科学者に研究をやめろと言っても、無駄です。どんなに傷ついても、あらゆるものを失っても、研究してしまうのが科学者ですから」

岬は、色々な人の内なる〈虎〉を見てきたのだろう。それを持つことの苦労も、持たない側の苦悩も、両方知っているのだ。心配をしながらも、必要以上に踏み込まずに、見守ろうとしてくれている。

「ありがとう」

わたしは部下に恵まれていると、改めて思った。

退勤したのは、十八時だった。今日は早めに帰り、夕食でも作ろう――そう思っていた矢先、わたしは見慣れた風景の中に、異物を見つけた。

オフィスを出た通りの向こうに、少年がいた。

キャップを被《かぶ》り、夜の暗闇に紛れようとしているのか、黒の上下を着ている。だが変装の完成度は低く、むしろ着慣れていない恰好《かっこう》をすることで存在感を増してしまっていた。

わたしは気づかないふりをして、最寄りである赤坂駅《あかさか》のほうに歩き出す。

――ホットリーディング、か。

予想していた展開のひとつだった。コールドリーディングで釣っておいて、周囲を直接調べるホットリーディングで相手の情報を深める。次回会ったときにはわたしの個人情報をズバズバ言い当て、信用させてから金を奪うクロージングがはじまるのだろう。

〈ごめん。仕事が長引いちゃって、ちょっと遅くなる〉

司にＬＩＮＥを送った。彼は今日も在宅で働いていて、保育園への送り迎えもやってくれている。甘えすぎていると思いながらも、わたしは目の前にぶら下がった餌を見逃すことができない。

近くにあった商業ビルに入った。わずかに歩く速度を上げ、化粧品店や女性ものの下着売り場など、男性が入りづらいルートを通る。ある程度歩いたところで、さらに速度を上げる。そのまま、女性トイレの中に入る。

洗面台の鏡の前に立つ。普段のわたしは、薄化粧だ。

髪の毛を縛ってシニヨンを作る。ブラシでパウダーファンデーションを塗り直し、アイシャドウとマスカラとアイライナーを使って目を変える。チークで頬に血色感を出し、リップをオレンジ系の明るい色に塗り直す。キャスケットを被って黒縁眼鏡をかけ、リバーシブルジャケットを紺から白に反転させると、雰囲気が一気に垢《あか》抜けた。あとはシークレットブーツを履いてパンツも変えれば完璧《かんぺき》なのだが、そこまでしなくても大丈夫だろう。歩きかたを小幅なものに変更し、トイレを出た。

途中、慌てた様子の少年とすれ違ったが、彼はこちらに気づかなかった。わたしはフロアにあるコーヒー店でラテを買い、口元を隠すように飲みながら少年を見張る。

彼は困ったようにフロアをうろついていたが、しばらくして諦めたようだった。家に帰るのか、ビルを出て赤坂駅のほうに向かう。わたしは、距離を保ったままその後を追った。夜の尾行は見失う可能性があり難しいのだけれど、彼は長身で目立ち、背後を全く警戒していない。楽な相手だった。

少年は代々木上原《よよぎうえはら》方面の千代田《ちよだ》線に乗る。車内は通勤客で混んでいて、別の車両に移られたり、知らないうちに降りられたりする危険性は低い。表参道《おもてさんどう》で降り、渋谷《しぶや》行きの半蔵門《はんぞうもん》線に乗り換える。一駅で渋谷に着き、雑踏の中を歩きはじめる。

少年は道玄坂《どうげんざか》方面に向かい、ラーメンを食べてからデパートに入った。服やメンズコスメを、ほとんど吟味もせずに買いはじめる。調査が失敗したことへの苛立ちを衝動買いで解消しているようだったが、高校生にしては金遣いが荒い。二、三万円は使っている。

距離を詰めるチャンスが訪れたのは、少年が最後に乗った井《い》の頭線《かしら》だった。車内は程よく空いていて、人影に紛れながら近づくのに適していた。少年は座席の端に座っていた。わたしは仕切りを挟んだ真横、彼を見下ろせる位置に立った。

念のため文庫本を出したが、少年は気づく様子もなくスマートフォンを操作している。彼が持っているバッグに、わたしは目をつけた。どこかの私立に通っているのか、いまはあまり見掛けることがないスクールバッグだ。ボールペン型のスパイカメラをポケットから出し、音もなく撮影した。

少年はLINEを開いている。チャット画面には操作している人間のアカウント情報は出ないけれど、彼がホーム画面に遷移したところで、〈涼太《りょうた》〉というアカウント名が見えた。アイコンには飼い犬なのか、嬉しそうな顔のミニチュアダックスフンドが設定されている。

電車が池ノ上《いけのうえ》駅に着いたところで、少年は降りていく。尾行を続ける。

少年の家は、歩いて五分ほどのところにあった。

〈山岡《やまおか》〉という表札がかかった、古い一軒家だった。

帰宅後、子供たちを寝かしつけたあと、パソコンに向かう。

少年の名前は、恐らく山岡涼太。スクールバッグを検索してみたところ、青葉《あおば》高校という私立高校のものだった。偏差値が高く、東大合格者を何人も出している進学校だ。

ＳＮＳを特定できないかと、わたしは検索を続ける。

実名が基本であるフェイスブックにアカウントがあれば、本名からの特定も容易だが、いまの高校生はほとんど利用していない。とりあえず、若者が多く登録しているインスタグラムを開き、〈ryouta〉〈ryota〉〈yamaoka〉〈青葉高校〉などの文言をミックスさせて検索する。〈りょた〉というアカウントを見つけたのは、十分後のことだった。まだ何も投稿されておらず、〈山岡〉という苗字《みようじ》も書かれていないが、プロフィール欄に載っているミニチュアダックスフントの顔がＬＩＮＥアカウントのものと同じだった。アカウントを紐《ひも》づけられたくないのなら、ＳＮＳごとにプロフィール画像も変えなければならない。

そこから先は芋づる式だった。フォローしているＩＤから非公開の裏アカウントらしきものを発見し、そのＩＤ名でツイッターを検索したところ、〈りょた@副業で稼ぐ〉というアカウントが引っかかった。こちらは公開されており、フォロー数、フォロワー数ともに二千人ほどいて活発に運用されている。

〈りょた@副業で稼ぐ〉の投稿を読みながら、眉間《みけん》に皺《しわ》が寄っていくのを感じた。

一昔前、いわゆる〈意識高い系〉と呼ばれていたようなアカウントだった。プロフィールには『高校生／新規事業創造／副業で月収二十万／建築／数学／仮想通貨／#起業家とつながりたい』といった、自分を飾るための単語がショーケースのように陳列されている。

〈親と口論になったんですが、令和の時代、大学に行く必要ってマジでないです。いずれ汎用《はんよう》AIが発達して、人間の大脳皮質はコモディティ化します。そのときに必要なのは知識じゃなく、即断即決して動ける行動力です。大人たちは考えてください。うちの親みたいな老害にはならないでください〉

〈頭のいい高校生は目を覚ましてください。いまはスマホ一台で起業できる時代、リスクを恐れて挑戦しないことが一番のリスクです。日本の教育制度は完全に賞味期限切れで、このままではあなたたちは世界で通用しない人材になる。目覚めろ、高校生。#高校生とつながりたい #起業家とつながりたい〉

〈考えろ〉〈目覚めろ〉という言葉が好きなようで、自分が〈考えて〉〈目覚めた〉側の人間であるという特権意識が垣間《かいま》見える。

それよりも不気味に感じたのは、そこにぶら下がっている返信だった。〈その通り〉〈私もそう思います〉〈りょたさんみたいな若者がいると心強いですね〉――そんなリプライが大量についていて、それらにも多くの〈いいね〉がついている。

ここは、孤島なのだ。

涼太がフォローし合っている二千人で、小さな島が作られている。ＳＮＳ自体は開かれていても、島の中だけで極論と承認のサイクルが回っている。何かを書くこと、書いたものを他人に認められることは、書き手の人格を変えていく。こんなサイクルに日々巻き込まれている少年の内面は、どれほど歪《ゆが》んでしまうのだろう。

名門高校に通う彼が、なぜこうなってしまったのかは判らない。進学校のカリキュラムから脱落し、おかしな思想に染まってしまったのか。学校でいじめられ、反動で同級生を見下すようになったのか。家庭不和の問題があるのか。投稿を読んでも、彼の背景は不明だ。

ただ、見えてきたことが、ひとつある。

読む限り、涼太が目指しているのはあくまで起業家だ。ビジネスの創造を目指しているはずの少年が、なぜ犯罪まがいのことをやっているのか。

「司さん、ちょっといい？」

司の部屋に向かい、声をかけた。例のＥＣサイトの後始末があるらしく、夫はいまだに夜遅くまで働いている。

「教えてほしいんだけど……前に、千里眼のサイトってあったよね。あれ、作るの難しいって言ってたけど、どれくらい難しいの？」

「ん。どうなんだろうな。必要な知識があれば、そこまででもないと思うけど」

「必要な知識って？」

「ウェブサイトには表示用のファイルが必要なんだけど、それを作ること自体は簡単なんだよ。

でもサーバーを借りて環境をセットアップしたり、ファイルをサーバーにアップロードしたりする必要があるし、このサイトは独自ドメインを使ってるから、その登録もしないといけない。クラウドを使えばもうちょっと楽にはなるけど、どちらにしても、ウェブの基本概念を理解していないといけない」

「高校生にはできないレベル？」

「情報系の子ならできるんじゃない？　プログラムコードを書くとかになると、一気にレベルが上がるけど」

「そっか……」

司の答えは、わたしの仮説を裏付けてくれるものではなかった。これ以上調査をするには、やはり涼太のことをもっと知らなければならない。

「みどりさん。QRコード、まだ持ってる？」司が、手を差し出す。

「そのサイト、もう一度調べてみる。貸して」

「まさか、ハッキングするんじゃないよね」

「そんなこと、できるわけないでしょ。ちょっと調べてみるだけ」

「忙しいのに、ごめんね」

「いーや、気分転換になるから、大丈夫」

スマートフォンから、保存してあるQRコードを表示した。涼太の言葉が耳に残っているせいか、白黒で組み上げられたコードが、縞馬を連想させた。

司は自分のスマートフォンでQRコードを読み込むと、パソコンに向かって何やら操作をはじめる。申し訳ないと思いつつ、わたしの内なる〈虎〉は〈やっぱりやめて、休んでいいよ〉と口にするのを許さない。真相を知るためならば、わたしは家族をも犠牲にしてしまう。

司の中には、何の動物が棲んでいるのだろう。

優しい動物ならいいなと、わたしは思った。

そのとき、モニターの上に貼ってある紙が、目に留まった。

『IMT0001 ↓ 一枚板テーブル（杉）
IMT0002 ↓ 一枚板テーブル（檜《ひのき》）』

ECサイトで使う商品コードと、対応する商品名がいくつか、書かれている。

〈みどりさんまで、やめてよ。仕事のことを思い出したくない〉

先日行ったファミレスで、理が暗唱していた言葉に、司が頭を抱えていた。商品コードから商品名を引っ張り出してくる、ECサイトの仕組みと同じだと。

わたしは、その紙から目が離せなかった。

何かが判りかけている感覚があった。涼太との会話の中で、わたしはこういうものに遭遇している――。

「あれっ？」

司が突然、声を上げる。卓上のパソコンから、甲高いビープ音が鳴った。

パソコンの画面が、真っ赤に染まっていた。

「なんだこのサイト？　ウイルス送り込んでくるぞ」

「ウイルス？」

「例の千里眼のサイトだよ。スマホからパソコンにＵＲＬを送って、ブラウザで開いたら、ファイヤウォールが作動した。ブロックしてくれたみたいだけど……すぐにスキャンしないと」

「どういうこと？　サイトを見ると、ウイルスに感染させられるってこと？」

「ああ。でも、スマホで見たときは警告が出なかったから、たぶんパソコンでアクセスしたときだけ、ウイルスを送り込んでくる仕組みなんだと思う」

「なんでそんなことを……」

「決まってるじゃん。これがその子の目的なんだよ」

司は舌打ちをすると、パソコンからＬＡＮケーブルを引き抜く。

「街中でＱＲコードを配る。スマートフォンで見てもなんともないからその場では判らないけど、その後パソコンでアクセスしてきた人をウイルスに感染させようとする。悪質だな」

「ウイルスに感染させることが、目的……？」

「そうだよ。そのために彼は、QRコードを配ってたんだ」

司の苛立ちをよそに、わたしは思索に沈み込んでいた。なぜ涼太は、こんなややこしい仕組みを動かしているのか。

〈司さん、逮捕されちゃうの？〉

以前、サイトがハッキングされ、ウイルスに感染している可能性があるという話を聞いたとき、彼に言った冗談を思い出した。あのときの彼の返答は――。

〈されるわけないでしょ。僕が積極的にウイルスを配布してるんならともかく――〉

「司さん」

わたしは、聞いた。

「その仕組みって、高校生に作れるものかな」

「いやあ、難しいでしょ。ウイルスを手に入れて、仕込んで、アクセスしてきた端末に応じて処理を振り分けて……少なくとも、僕にはできない。まあ世の中にはスーパー高校生みたいのもいるけどさ」

――そういうことか。

すべての真相が、ようやく見えた気がした。

6

待ち合わせ場所は、前回と同じファミレスにした。

今回は、わたしひとりだ。史歩も岬も新しい仕事に取り組んでいて、千里眼の少年のことなどもう覚えていないかもしれない。

〈このQRコードを選ぶ人は、心の中に《虎》を飼っています〉

なんとでも解釈のできる、稚拙なコールドリーディングだ。それでもその言葉が、棘《とげ》のように刺さっている。わたしと部下たちを分かつもの。心の中に棲む、〈虎〉にも似た何か。

涼太は、前回と同じ席にいた。株式投資の本とスマートフォンを出し、ノートに何やら書きつけている。テーブルに近づいて挨拶《あいさつ》をすると、彼はペンを止めて顔を上げた。

「お待ちしてました。どうぞ、座って」

壺《つぼ》でも売りつけられるのかと思ったけれど、テーブルの上には特に何もない。変わったことと言えば、透明な数珠《じゅず》を右手首につけている程度だ。

「この一週間、森田さんのことを考えていたんです」数珠を触りながら、涼太は言う。

「森田さんは、四人家族ですね。旦那《だんな》さんがいて、お子さんがふたりいる」

「どうして判るの?」

「だから、僕には〈見える〉んです。森田さんのことばかり考えてましたから」

本当のところは、この一週間、彼がわたしのことを性懲りもなく尾行していたからだ。日常風景の中に彼の影がちらちらと見えていたけれど、気づかないふりをして泳がせていた。

「森田さんには大勢の部下がいて、みんなから慕われていますね。ひょっとして、コーヒーが好きですか？　喫茶店でくつろいでいる森田さんの姿も見えます。いつも忙しいんですね。ノートパソコンをいじっている姿も見える」

「わたしが〈虎〉に食い殺されるって話は、どうなったの？」

「僕が考えていたことは、それです。このままだと、あなたによくない未来が待っています。調査業をやっている間に変なところに入り込んで、命を落とすことになるかもしれない」

相変わらず拙《つたな》い会話術だった。それでも、彼の言葉はいちいちわたしの実情を捉《とら》えていた。このままだとよくない未来が待っている——破綻の予感を抱きながら、ずっと探偵をやっている。

「……何をやってるの？」

涼太は、数珠をつけたほうの手を、わたしに向けてかざしていた。

「念を送ります。悪いものを遠ざけるための念を」

「君は千里眼じゃなかったの。除霊師の真似事もできるのかい」

「本職の人に比べれば力は弱いですけどね。僕に心を委《ゆだ》ねてください。こういうのは、心が通じ合うことが大切なんです。そうすれば内なる〈虎〉から、あなたやご家族を……」

「君にそんな力はないでしょう？　山岡涼太くん」

涼太に漂っていた余裕が、一瞬で吹き飛んだ。

「君は千里眼じゃない。青葉高校に通うただの高校生でしょう、〈りょた@副業で稼ぐ〉くん」

「なんだ、急に。あなた、どこでそれを」

「わたしはプロの探偵だからね。千里眼なんか使わなくても、これくらい簡単に調べられる。ご両親はこのことを、知っているのかな」

涼太は怒りのこもった目で睨《にら》みつけてきたが、その奥には怯《おび》えが見えた。さすがに住所を知っていることまでは言わなかった。彼を震え上がらせるのが目的ではない。

「雑談をしようか。前回と同じように」

頭の中で組み立ててきた話を再点検し、わたしは居住まいを正した。

「ずっと気になってたのは、千里眼のトリックだった。君はわたしの部下たちが人捜しをしている現場に遭遇し、〈その人は、あそこのホテルにいますよ〉と言った。ホテルのほうに向かうと、本当に捜していた人がいた。千里眼の能力なんか存在するわけがないから、わたしは、君があちこちで適当な予言を繰り返し、まぐれ当たりした人を釣って騙《だま》そうとしているんだと思った」

だがその仮説は、彼が出会い頭に言った一言で崩れ去った。〈捜していた人は、ホテルにいましたか〉。無数の予言をあちこちで繰り返していたのなら、初めて会うわたしに予言の内容をピンポイントで言えるはずがない。

「わたしはそこで、手品のタネが判らなくなった。君は本当に千里眼の持ち主なのかもしれない――そんなことを思ってしまうほどに不思議だった。でも、判ったよ。手品のタネは――」

わたしは、一枚のカードをテーブルの上に滑らせる。

「これでしょ？」

涼太からもらった、ＱＲコードが印刷されたカードだった。

「ここに書かれているサイトにアクセスしても、たいした情報は載ってない。なぜ君は、こんなものを渡してきたの？」

「前にも言ったでしょう。ＱＲコードが好きなんだ」

「いや、違うね」

わたしはスマートフォンを取り出し、ＱＲコードを読み込んだ。

「前に、六枚のＱＲコードを見せてくれたよね。あれはすべて、別の動物が表示されるようになっていた。わたしのＱＲコードは、〈虎〉。部下は〈縞馬〉。ほかの動物は何？〈猫〉かな？それとも〈蛇〉？」

「回りくどいな。何が言いたいんですか」

「つまり、六枚のカードにはすべて違うＱＲコードが刷られていて、読み込むと異なるウェブページに飛ぶようになっていた」

わたしは、スマートフォンの画面を彼に見せた。

「これも、同じなんじゃないの？」

〈千里眼・兎戌四郎のサイトへようこそ〉と書かれた、ウェブサイト。

「君はこれと同じページを、無数に持っている。それが手品のタネだよ」

「何を言ってるんですか。意味が判らない」

「つまり——君は街中で大量の予言をし、その度に違うQRコードを渡してるんだ。異なるQRコードを読み込むと、当然違うページが表示される。〈虎〉や〈縞馬〉のように」

わたしは、傍らにあるファミレスのメニュー表をつまみあげた。

「少し前、家族でファミレスに行ったんだよね。わたしの長男はちょっと変わってて、メニューにある商品コードを全部暗記してた。夫が作ってるECサイトでは、商品に対してIDが振られていて、番号から商品を特定できるようになってる。君の言う通り、世の中には符号《コード》が溢《あふ》れてる。いまはわたしたちひとりひとりにも、マイナンバーという符号《コード》が振られているし」

「さっきから何の話をしてるんですか。だから、何？」

「君も、符号《コード》を使っていた」

わたしは、スマートフォンの画面をコツコツと爪で叩く。

「〈兎戌四郎〉という名前。これが符号《コード》だったんだ」

涼太は判りやすく青ざめた。わたしは、仮説が当たっていることを確信した。

「君が街中で配っていたQRコードはすべて違うもので、アクセスすると異なるページに飛ぶ。そこにはすべて、違う名前が書いてある」

ここからは推測だが、兎と犬はともに干支《えと》の動物で、そのあとにある〈四郎〉には数字が含まれている。これらを組み合わせれば、〈兎戌五郎〉〈蛇虎一郎〉〈酉未零郎〉といった名前を千パターン以上も生成することができる。

「君はQRコードを渡す前に、渡すコードに対応する名前を覚えておく。そして街中で予言をしたあと、その名前と、行った予言をセットで記録する。〈兎戌四郎〉という名前に対して、〈その人は、あそこのホテルにいますよ〉と予言をしたとね。やがて当たる予言が出てきて、その中には君が待機しているファミレスに行く人もいる。そして君は、符号《コード》の照合を行う」

涼太と初めて会ったときのことを、思い出した。

「君は最初、わたしが話しかけても何も答えなかった。応じたのは、わたしが〈兎戌四郎くんだよね〉と聞いたタイミングだった。わたしの口から符号《コード》が出たから、君は話をはじめたんだ。そのとき君はスマホを見ていたけど、記録システムか何かがあるんじゃないの？〈兎戌四郎〉という名前を入力すれば、どういう予言を行ったのかを検索できる仕組みとかが。君は出会い頭にそうすることで、〈あちこちで予言をしてまぐれ当たりを狙っている〉という、誰でも思いつく推理を最初に潰《つぶ》したんだ」

QRコードを渡し、サイト上で予言者の名前を知らせるという迂遠《うえん》な手法を取った理由のひとつは、先手を取ることで信用性を増すことにあったのだ。

「……すごい」

涼太の目が、いつの間にか輝いていた。無邪気な口調からは、詐欺が見破られた切迫感は感じられない。

「頭いいんですね、森田さん。まさか、見破られるとは思ってなかったなあ」

「君は、自分がやってることが判ってるの？　詐欺は立派な犯罪だよ」

「犯罪なんかやるわけないでしょう。僕がやっているのは――名簿作りなんですから」

自分は頭の出来が違うというように、コツコツとこめかみを叩いた。

「世の中には、一定数の食いものがいるんです。財産をむしられ、搾取されるために生まれてくる、縞馬みたいな人たちが」

「詐欺の被害に遭う人のことを言ってるの？」

「直接的にはそうなんですけど、広い意味で言えば、森田さんのような労働者も、資本家にいいようにされてる食いものなんです。ビジネスとは、いかに弱い人たちを食うかで決まる。ひとりで食ってしまったら犯罪になりますが、大勢で少しずつ食べれば、合法的なビジネスモデルになる」

「それが、名簿作りなの？」

「はい。僕がやってるのは、食いものの個人情報を集め、名簿にして売るビジネスなんです。予言や占いに騙される人は、いい食いものです。今後、長きにわたってむしり続けることができる。そういう人の名簿を買い取ってくれる人は、あちこちにいるんですよ」

彼の説明を聞いて、最後の疑問が解けた。詐欺に手を染めようとしている割に態度に余裕があったのは、そもそも犯罪だと思っていなかったからなのだ。彼は純粋なビジネスとして、コールドリーディングを続けていた。

〈安売りキャンペーンのときって、ハッカーに狙われやすいからって〉

司の言葉を思い出した。彼の管理するサイトでも、安売りにつられて登録してきた人々に積極的にものを売っている。大手企業が運営している公式サイトであっても、悪質性に差はあれど、やっていることは大差ないのかもしれない。

「さっさと大金をためて、三十代で早期退職《FIRE》しようと思ってるんです」

涼太は、見下したように言う。

「体力があるうちにハードワークして、資産がたまったらリタイアする。あとは世界中を渡り歩いて、好きなように生きていく。安月給で雇われて、家族を抱えて身動きが取れなくなり、会社に振り回される人生なんてごめんです。僕は、心に〈虎〉なんか抱えたくないですから」

少しだけ、そんな人生を想像した。

中間管理職をやめ、家族も捨て、ひとりの探偵として好きなだけ調査に従事する。実際に二十代のころのわたしはそうやって生きていた。人生はとてもシンプルで、毎日が充実していた。だけど、いまの自分がそんな生活を送れるイメージは、全く湧いてこなかった。夫。ふたりの息子。部下たち。色々な人々に囲まれて、彼らのために時間を割きながら、少しの欲求不満を抱えてなんとか生きている。良い悪い以前に、それ以外の生きかたが、いまのわたしにはよく判らない。もはや自分と彼ら彼女らは、分かちがたい存在になってしまったのだ。

「わたしは、いまのままでいいかな」

思いが、口をついて出た。

「君のようには生きられない。わたしは〈虎〉を抱えながら、頑張って生きるよ」

涼太が馬鹿にしたように鼻を鳴らした。こんなにも純粋に他人を侮蔑《ぶべつ》できる少年に、わずかに眩《まぶ》しさを感じた。

とはいえ、この会話はもう、終わらせないといけない。

わたしは、ゆっくりと身を乗り出した。

「QRコードを使ったこの仕組みは、君が考えたの？」

「もちろんです。僕のオリジナルですよ」

「本当に？　独自ドメインとクラウドのインスタンスを契約して、HTMLファイルをSFTPプロトコルを使って転送して、ウェブサーバーの設定をして、DNSレコードの設定をして、QRコードを大量に発行して名刺大の紙に印刷もした。それも君がやったの？」

「ええ……そうですけど」

司に教えてもらった専門用語を並べると、涼太は明らかにそわそわとしはじめた。言っているわたしにも理解不能だけど、この程度は初歩的な内容らしい。

「サイトにウイルスを仕込んだのも、君？」

「ウイルス？」

「君はサイトにアクセスしてきた人に対し、コンピューターウイルスを感染させようとしている。これは〈不正指令電磁的記録に関する罪〉という立派な犯罪で、大勢の逮捕者が出ている、懲役刑にもなる重罪だよ。これも君がやったの？」

「何を言ってるんですか。僕はそんなことはしてない」

「でも実際に、君のサイトにパソコンからアクセスすると、ウイルスのダウンロードがはじまる。なんで知らないの？　君はスマートフォンでしか、サイトを見てないのかな？」

涼太はわけが判らないのか、不安そうな表情になる。

困惑する〈縞馬〉に向かって、わたしは言った。

「まだ判らないの？　食いものにされてるのは、君なんだよ」

「このＱＲコードの仕組みを作ったのは、君じゃない。君は誰かから、ＱＲコードの束とシステムの使いかたを教わって、言われた通り予言をしているだけ。違う？」

涼太は答えようとしないが、怯えが全身から漏れていた。同年代の高校生と比べても、感情のコントロールが下手なほうだと思った。

「その誰かは、〈食いものの名簿を集める優れたビジネスプランだ〉とかいって、君にこれを授けたんでしょう。でも、本当にそうかな？　街中で手当たり次第に予言をしたところで、まぐれ当たりする確率なんか相当低いし、当たった人が必ずここを訪れるとも限らない。しかも君は、ここに訪れた人を実際に尾行して調べてるよね。ひとりの〈縞馬〉を見つけるまでに、ものすごい労力がかかってる。これのどこが、優秀なビジネスモデル？」

〈二十万人くらい漏れちゃったから、たぶん大問題になるだろうなあ〉

司はECサイトがハッキングされたときに、そうぼやいていた。ハッカーが二十万件の個人情報を盗んでいく一方で、涼太のやっている〈名簿作り〉はあまりにも効率が悪い。

「でも……前金をくれましたよ。すぐに回収できるから、手付金だって」

「誰からもらったの？　いくら？」

「……三十万円です。相手のことは、よく知りません。ネットで知り合った人で、僕みたいな優秀な若者にジョインしてもらいたいって」

「三十万円も手付金で払うなんて、おかしいと思わなかった？」

「でも、実際にくれました。食いものの情報も、ひとり見つけたら十万円くれるって……」

「もしかして、住所とか本名とかを、その人に教えた？　QRコードの束は、郵送で送られてきたんじゃないの？」

自分が置かれている状況に気づいたのか、涼太の歯がカチカチと鳴りはじめた。

「でも……その人はなんで、僕に大金をくれたんですか」

「その人が本当に欲しいのが名簿なんかじゃなくて、こんないい加減なビジネスを信じてしまうくらい世間知らずで、それでも実行に移す行動力がある、若者のほうだから。これから君への要求は、もっとエスカレートしていくよ」

「何の証拠があってそんなことを言うんですか」

「君は、サイトでウイルスが配布されているのを知らなかった」

怯えている涼太に向かって、わたしは続けた。

「QRコードをスマートフォンで読み込んでも感染しないから、実害は少ない。ウイルスを撒《ま》くこと自体が目的なら、こんなややこしいシステムを組むことはない。じゃあなぜその人は、わざわざこんなことをしたのか――君を、共犯者にするためだよ」

〈共犯にしてしまおう、ということですね〉

田崎純子の調査報告のとき、岬が言っていた。

〈交渉術で使われる、心理学的なテクニックです。相手を共犯者として巻き込んでしまうことで、逃げづらくさせるんです〉

「犯人は君が知らないうちに、ウイルスを仕込んだQRコードを街中で大量に配らせた。その人が名刺にQRコードを使ったもうひとつの理由は、ここにあるんだよ。君に自覚がないまま、犯罪に加担させることに」

「僕を、犯罪に……？」

「そう。犯人は要求をエスカレートさせ、君が抜けようとしたら、〈すでにお前は罪を犯している。抜けるなら告発するぞ〉と脅迫してくる。君はどんどん重い罪を着せられ、本当に抜けられなくなる。君は、食いものにされた。〈縞馬〉の作法《コード》に則《のっと》ってしまったのは、君なんだ」

わたしは、涼太を正面から見据えた。

「引き返すなら、いまのうちだよ。その三十万円、返せないか交渉できないの？」

「でも、もう、結構使っちゃったから……」

「親に補塡《ほてん》してもらいなさい。全部の事情を説明して、きちんと頭を下げて。警察には色々聞かれるだろうけど、まだ逮捕されるほどじゃないはず。早く抜けたほうがいい」

涼太は別人のように怯えている。ツイッターに並んでいた数々の暴言からは、彼のプライドの高さと、それと表裏一体である自尊心の低さが窺《うかが》えた。他人を出し抜いて、上手くやっていたつもりだったのだろう。自分の見ていた世界が根底から覆った衝撃は、どれほどのものだろうか。

「考えてみて」

普段、理に言っている言葉を、わたしは言った。

「わたしが言った言葉を、そのまま信じる必要はない。ただ、考えてみて。いまの話を振り返って論理立てて考えれば、何が正しいのかも、君がどうすればいいのかも、きっと判る。時間はかかってもいいから」

確かに涼太は、他人を見下し、あくどい商売をやろうとしていたのかもしれない。それでも、得体の知れない犯罪組織に引きずり込まれるほど、ひどいことをしたとは思えない。幼さの浮かび上がった彼の顔つきが、ふたりの息子と重なっていた。

涼太は震えながらも、きょろきょろと目を動かしはじめた。わたしの話を頭の中で展開し、考えはじめたのだ。彼は有名進学校に入れるほど、頭のいい少年だ。きっと正しい道を選んでくれるはずだと、わたしは信じた。

涼太の言葉を、待ち続ける。膠着《こうちゃく》した時間が流れた。

「……判らない」

目を動かしていた涼太は突然、激しくかぶりを振った。

「あなたが言ってることが正しいのか、間違ってるのか……僕には、全然判らない。そんな急に色々言われたって、処理しきれない。僕が騙されてるとか、犯罪をしてるとか……そんなこと、知りませんよ」

「考えて。ネットではあれほど、考えろって言ってたじゃない」

「考えてますよ！　それでも判らないんだ。もう、考えたくない……」

涼太はテーブルの上に突っ伏し、小刻みに震え続けた。知らない。わけが判らない。うわ言のように、そんなことを呟いている。

人を動かすとは、言葉を見つけることだ。

「判ったよ」

冷めた心の奥で、わたしは言葉を見つけていた。

「どうすればいいか、答えを全部教えてあげる。もう君は、何も考えなくていい」

陸橋の向こう側　——2023年冬

1

猫は、人間が気づかない〈空白〉を見つける天才だという。

放置されている空き家。寂れたアパートの屋上。塀と塀の間に広がる、細長く切り取られた空間。それらを的確に見つけだし、ねぐらにする。どの街にも、猫だけが知っている〈空白〉がまだらのように広がっているという。

猫ほどではないにせよ、〈空白〉を見つけることに長《た》けている人種もいる。

例えば、探偵とか。


ノートパソコンを広げ、キーボードを叩《たた》く。静寂の中、打鍵《だけん》音が響く。

赤坂《あかさか》にあるサカキ・エージェンシーから、越谷《こしがや》への帰宅時に使う東武伊勢崎《とうぶいせさき》線を途中で降りた、駅近の商業施設の最上階に〈空白〉はあった。

三十席ほどの、イートインスペースだ。

昼間は一階のスーパーでコーヒーやサンドイッチを買った客で埋まっているが、夜になると誰もこなくなり、テーブルと椅子が整然と並んだだけの空間になる。住人たちの生活サイクルから、時間的にも空間的にも、絶妙に外れたところにあるのだろう。

終業後、週に二日ほど、ここで残務を片付けるのが習慣になっていた。ここ二、三年で部下が増えたせいか、勤務中に相談を受ける機会が多くなり、まとまった作業時間を作るのが難しくなった。上司が残業をしすぎるのも部下にプレッシャーを与えると思い、どこか作業場でも借りようとしていた矢先、このスペースを見つけたのだ。ここは、冬でも暖かい。

部下から提出された調査報告書にデジタル印鑑を押し、経理からの経費確認に返信をする。採用面接の日程調整にチェックをつけ、社内システムの改修要望に「不要」と書く。こまごまとした業務が一区切りついたところで、背伸びをして全身に血を送る。

向こうの席に、ひとりの子供がいた。

世の中には同類がいるもので、たまにわたし以外の人間がきて作業しているのを見掛ける。大半は仕事帰りのサラリーマンだが、子供は初めてだ。

中学一年生くらいだろうか。キャップを被《かぶ》りこちらに背を向け、何かを一心不乱に書き綴《つづ》っている。テストの追い込みだろうか――反射的にそう思ったけれど、それにしてはどこか鬼気迫るものがある。

少し気にはなったが、若さとはそういうものかもしれない。若者の一生懸命な姿にエネルギーをもらったつもりになり、わたしは再びキーボードを叩きはじめる。

月次の報告書を書き、推敲《すいこう》を終えたのは、二十分ほどあとのことだった。上手《うま》く集中できたのか、予定よりも早く終わった。わたしはパソコンを閉じ、ゆっくりと背筋を伸ばす。

少年の姿は、消えていた。

トイレにでも行っているのだろうか。リュックサックが椅子の上に置かれ、ダウンジャケットが椅子の背にかけられている。ノートも開かれたまま、テーブルの上に残されていた。無防備だ。一般の人が思っている以上に、置き引きの被害は多い。人がいない場所だからこそ、通りすがりにひょいと持っていかれてしまう。

近くで見守ろうと思い、わたしは立ち上がった。

歩きはじめたところで、邪《よこしま》な欲望を抱えていることに気がついた。置き引きを警戒するだけなら、座って見ていればいい。わたしは、ノートの内容を見たがっている。少年が一心不乱に書いていたものがなんなのか——他人の世界を垣間《かいま》見たいという、悪い虫がうずいている。

とはいえ、子供のやることだ。試験勉強か、趣味の絵でも描いているのだろう。微笑ましい気持ちになる予感を抱きつつ、わたしは机に近づき、ノートを覗《のぞ》き込んだ。

〈殺してやる〉

書かれていた言葉に、わたしは固まった。

〈牛刀。サバイバルナイフ。どれがいいか要調査。
帰宅中に刺し殺す
↓路上で騒がれるおそれあり。通報されたらおしまい。どこかで見つからずに殺す方法は？
行動パターンを把握する必要あり。Gをどうするか？　正面からでは無理。ロープでの絞殺は、頸《けい》動脈を絞めて失神させる方法と、気道を圧迫する方法あり。前者は……〉

習字でもやっているのか、デザインされたフォントのように綺《き》麗《れい》な文字だった。だがノートをびっしりと埋め尽くしているのは、極めて不穏な内容だ。
その合間、ところどころに同じ言葉が書いてある。呪いを繰り返し詠唱しているようにも、己に言い聞かせているようにも思えた。

〈父を殺す。絶対に悪魔を殺してやる〉

2

わたしに集まっていた。


「みどりさん？」

声をかけられて、我に返る。大会議室。テーブルを囲んでいる五人の部下の視線が、わたしに集まっていた。

「どう思います？　請けてしまっていいですか、この案件」

須見要《すみかなめ》が、怪訝《けげん》そうに言う。「ええと……」とわたしは口ごもった。

「ごめん、聞いてなかった。何のこと？」

「しっかりしてくださいよ。〈世直し探偵ちゃんねる〉っていうユーチューブ番組から、みどりさんに取材依頼がきてるんです。ほら、例の〈ウェイブニュース〉を見たみたいで」

「ああ、そっか。いいんじゃない、進めちゃって」

「いやいや、聞いてましたか？　調べてみたら変なチャンネルなんですよ。パパ活相手のおじさんに突撃したり、マルチ商法のオフィスに入って社員と喧嘩《けんか》したり、過激な探偵もどきをやってるチャンネルで。みどりさんも、おかしな扱いをされるかもしれませんよ」

「そっか……じゃあやめよう。ごめん」

「頼みますよ。じゃ次の議題は……」

会議は進み、みな活発に発言していく。最近は部下も頼もしく育ち、現場に出ることが少なくなってきた。女性だけの探偵部隊はまだ日本に少なく、この前〈ウェイブニュース〉というネット番組にも出た。ますます現場仕事から遠ざかっているなと、少し焦りも感じている。

「みどりさん」

会議を終え、自分の席でモニターに向き合っていると、再び要に声をかけられた。

「どうしたんですか、会議中にボーッとして。らしくないですよ」

「ああ、ごめんね。ちょっと昨日、上手く眠れなくて」

「眠れない日があるのも判りますけど、部下の前ではシャンとしてください。みどりさんが緩んだら、全員が緩みます」

「判ってるよ。ごめんね」

要はわたしのことを慕ってくれていて、それはほとんど忠誠に近い。それだけに、耳が痛いことも言ってくる。わたしが、彼女の中の〈森田《もりた》みどり〉の水準を下回ることが許せないのだ。

「何見てるんですか、これ。昔のレポート……？」

要が、モニターを指差しながら言った。

画面上には、男性の免許証の写真が映し出されていた。

サカキ・エージェンシーでは過去の依頼内容をすべてデータベースに保存していて、社内のネットワークから閲覧することができる。社員ごとに権限が割り振られていて、課長であるわたしは全データへのアクセスが可能だ。

「これ……西雅人《にしまさと》じゃないですか」

「覚えてる？　もう四年前になるけど」

「覚えてますよ。悪い意味で印象的でしたから」

当時わたしは、要とよくペアを組んでいた。女性探偵課はいまでこそ女性からの依頼が百パーセント近くを占めるが、当時はよその課で手が回らない案件をよくやっていたのだ。西雅人からの依頼は、わたしたちが手がけたものだった。

免許証の中の雅人は、獣が威嚇するような目でこちらを見ている。当時四十九歳で、身体が大きく、向き合うだけで威圧されるようだったのを覚えている。

〈妻に息子を誘拐されたんだ〉

印象的な第一声も、記憶に残っていた。

雅人は当時、十五歳下の妻と別居をして三ヶ月が経っていた。雅人は東京に住んでいたが、妻の咲枝《さきえ》は故郷である静岡の伊東《いとう》にいた。転居の際、ひとり息子を咲枝が一方的に連れ去ったというのが、雅人の主張だった。

〈日本の法律は狂ってる。フランスではこんなことをしたら誘拐罪で逮捕だ。連れ去った側がそのまま親になれるなんて、そんなふざけた話があるか〉

いわゆる〈実子誘拐〉と呼ばれる、最近は国会でも活発に議論されている問題だ。片方の親が子供を連れ去り、その後もう一方の親に会わせることすらせず、生活基盤を作って親権を奪い取ってしまうというもので、国際問題にもなっている。これだけを聞くとひどい話だが、ドメスティックバイオレンスやモラルハラスメントをしてくる親からは無理やり引き離さないと子供に危害が及ぶという声もあり、簡単には割り切れないと感じていた。

〈妻の素行を調べてもらおう〉

部下に命令するように言った。彼は都内に十店舗ある飲食チェーンの経営者で、上からものを言う所作が身体に染み込んでいた。

〈あいつは仕事も家事もやらないグズだ。ひとりで働きながら息子を育てる？　できるはずがない。いまごろは育児放棄をしてめちゃくちゃになってるだろう。あんたらの調査をもとに、調停でも裁判でもやって息子を取り戻す。簡単な仕事だ、しくじるなよ。息子を取り戻したい理由？　あいつは長男で跡継ぎだ、それ以上の理由があるか？〉

まくし立てられるように依頼をされ、わたしと要は伊東に飛んだ。

「あの奥さん、頑張ってましたよね。懐かしい」

要が遠い目になる。

雅人の予想とは異なり、咲枝はしっかりと子育てをしていた。彼女が住んでいたアパートや、当時勤めていた弁当屋とスナック、あちこちを聞き込みしてみても、どこからも悪い評判など出てこない。ただでさえ、日本では離婚時に九割以上は母親が親権を取る。雅人が子供を連れ戻せる可能性は、皆無だった。

調査の途中――一度だけ、母子を遠目に見た。

アパートの入り口から、咲枝とふたりで出てくるところだった。息子は当時、九歳。母と手をつないで、仲睦《なかむつ》まじく歩いていた。どんな暴力をもってしても、つながれたふたりの手を切り離すことはできない――強い絆《きずな》の存在を感じた。〈母は強しですね〉と呟《つぶや》いた要の言葉を、いまでも覚えている。

「なんでこんなやつの記録を見てるんですか？　まさか、また変な依頼してきたとかですか」

調査結果を告げたときの雅人の暴れぶりは、記憶に残っている。〈咲枝はそんな女じゃない〉〈俺は息子を取り返したいと言ったはずだ〉〈お前らのやってることは仕事じゃない。仕事とは問題を解決することだ〉〈もう偽造で構わん。咲枝が息子を虐待していると報告書を書け〉。一方的にそんなことをわめき続けられ、最終的には強面《こわもて》の同僚を呼んで強引に追い出す羽目になった。要は調子を崩してしまい、三日間休暇を取らせたほどだった。

「再依頼じゃないよ。ほら、ブラックマークがついてるでしょ」

社内システムでは出入り禁止の依頼人にブラックマークをつける機能があり、万が一にも再依頼を請けないようにしている。要は不思議そうにわたしを見たあと、「とにかく、シャンとしてくださいね」とぼやいて去っていった。

――昨日。

わたしは、夜のイートインスペースで見掛けた少年を尾行した。暗がりの中、無警戒の子供をつけるなど造作もないことだ。少年の家は、商業施設から歩いて十五分ほどの場所にある、一軒家だった。

〈西雅人〉

表札に書かれていた名前を見て、わたしは息を呑《の》んだ。いま記録を確認したところ、住所も同じだ。

あの少年は、伊東で見た咲枝の子供なのだ。

何が起きたのだろう。子供は咲枝と別れ、いまは父親と一緒に住んでいる。

3

その夜、わたしは再びイートインスペースにいた。

今日は少し離れたところでサラリーマンが缶ビールを飲んでいて、その向こうには眠っているおばあさんがいる。

雅人と子供はなぜ、一緒に住んでいるのか。

咲枝と子供は伊東でしっかりと生活基盤を作っており、親子関係も良好に見えた。どう考えても、雅人が親権を取れるケースではなかった。無理やり引き取ったのかもしれないが、信頼関係の構築に失敗し、子供は父に強い敵意を覚えている。どうして、こんなことになってしまったのか。

視界の隅に、異物を感じた。

向こうの席に、キャップを被った少年がやってきていた。

名前は、颯真《そうま》だ。四年前には九歳だったので、現在は十三歳。

彼は座るなりノートを開き、口の中にためていた反吐《へど》をぶちまけるように一心不乱に何かを書きつけはじめる。背骨に芯《しん》が入ったような書き姿で、彼が書道を修めていることが判る。

昨日見た限りでは、殺人の方法を書き連ねているようだった。ただそれは具体的な計画というよりも、様々な方法を羅列しているだけの混沌《こんとん》としたものだった。

人間は書くことで思考を整理できる。最近のサカキ・エージェンシーではクライアントのアフターフォローに力を入れており、調査後にカウンセラーを紹介することもある。浮気をした配偶者を許せずに苦しんでいる人などには、とにかく感情を書かせて折り合いをつけさせるのだと、カウンセラーには教えてもらった。

〈父を殺す。絶対に悪魔を殺してやる〉

彼はノートに殺意を刻むことで、擬似的に父を殺し続けているのかもしれない。代償行為としての殺人計画。どうかその範囲に留《とど》まってほしいと、祈るように彼の背中を見つめる。

颯真が立ち上がった。

トイレだろうか、昨日と同じようにどこかへ消えてしまう。その姿が完全に見えなくなるのを待ち、わたしは彼の席に近づいた。ノートは、不用心に開かれたままだ。

もう一度、周囲を見回した。彼の不在を念入りに確認したところで、わたしはノートを覗き込んだ。

〈お前、こそこそとノートを見るな。屋上へこい〉

心臓が、どくんと跳ねた。

顔を上げる。だが、そこには広々とした〈空白〉があるだけだ。

〈誰にも言うな。言ったら僕は、自殺する。これは脅しじゃない〉

黒文字で埋め尽くされたノートの中、わたしに向けられた文章だけが、血を思わせる真っ赤な文字で書かれている。

――見られていたのか。

昨日、わたしがノートを覗き込んだところを、彼は見ていたのだ。驕《おご》りがあったのだと、わたしは反省した。年端もいかない子供など警戒する必要がないと、無意識の部分が緩んでいた。

〈言ったら僕は、自殺する。これは脅しじゃない〉

どこまで本気なのかは判らなかった。判らない以上、従うしかない。

この商業施設は、四階建てだ。イートインスペースは最上階にあり、非常口の扉を開けると屋上へ向かう階段が延びている。

上っていくと、屋上に出るためのドアがあった。颯真が待っているのかと思っていたが、誰もいない。

ドアの脇。消火器が格納されているケースの上に、スマートフォンくらいの大きさのメモ帳とボールペンが置かれている。メモには文章が綴られていた。

〈お願いです。誰にも言わないでください。僕はこれをやらないといけないんです。計画が少しでも漏れた場合、僕は自殺します。何も見なかったことにしてください。僕は自殺したくない〉

綺麗な文字で、少年が正常な心理状態でこれを書いたことが窺《うかが》えた。正気でこんな文章を書けることが、恐ろしく思えた。

——どうすればいいのだろう。

整然と書かれた文字を見て、彼が静かに病んでいる印象を持った。〈たとえ脅しのつもりであっても、自殺をちらつかせる人間の自殺率は高まる〉と、カウンセラーから聞いたことがある。人は死について日常的に考えていると、流されるようにそちらに近づいてしまうのだ。自分を殺せる人間は、人を殺すこともできる——少年の精神状態は、危険な段階なのかもしれない。

ふと、わたしはあることに気づいた。ボールペンが置かれている意味は、なんだろう。颯真はわたしと、対話をする意思があるのではないか。

やって駄目なら仕方がない。わたしはペンを取り、メモ帳をめくって文字を書きはじめた。〈ノートを勝手に見て、ごめんなさい。でも、あなたのことが心配です。よろしければ、相談に乗らせてください〉

ボールペンを置いた。もとの場所に戻る。

颯真は、イートインスペースの隅に移動していた。こちらには背中を見せており、相変わらず顔は見えない。近づいて話しかけようかと思ったが、〈自殺します〉という言葉がちらついた。わたしは席に戻り、推移を見守る。

しばらくすると颯真は立ち上がり、非常階段のエリアへ消えていく。彼はわたしの返信に応じてくれるだろうか。しばらく時間を置いて、わたしは再び非常階段の上へ向かった。

〈なぜそんなことを言うんですか？　あなたは誰ですか。もう構わないでください〉

わたしが書いたメモは、ちぎられて回収されていた。〈構わないでください〉と書いている割に、今回もボールペンが置かれている。自分がどうしたいのか、判らないのかもしれない。

〈珍しいと思われるかもしれませんが、わたしは探偵をやっています。依頼を受け、色々なことを調査する職業です。福祉関係や医療関係、あなたの助けになれそうな人とのつながりもあります。書くのは大変なので、直接話しかけてもいいですか？〉

席に戻ると、颯真はいなかった。どこかで、わたしが返信を書くのを待っているのだろうか。また十分ほど時間を置いて、再び屋上へ向かう。

〈私立探偵ですか？　直接話しかけるのはやめてください〉

〈はい、私立探偵です。では話しかけるのはやめます。繰り返しますが、わたしに相談してみませんか。ひとりで悩まないで〉

自分の席へ戻る。息子だとしてもおかしくないくらいの若者との奇妙な手紙交換がはじまってしまったことに、わたしは戸惑っていた。

〈探偵さんは、殺人事件を調査したことがありますか？〉

十分後に訪れたときは、それだけが書かれていた。

〈殺人の捜査は警察がやることです。ただ、依頼主がのちに人を殺してしまったことは一度ありますから、殺人についてもあなたよりは詳しいでしょう。殺人は、凄《すさ》まじい悲劇です。本人も友人も家族も、全員が長く苦しみます。絶対にやってはいけません。筆談だと時間がかかるので、直接話しませんか。電話でも構いません〉

末尾に電話番号を書き込んだあと、わたしは〈殺人は〉から〈いけません。〉までを黒く塗り潰《つぶ》した。求めてもいない正論をぶつけられたところで、余計に心を閉ざすだけだ。

十分後。今日はもうこれで帰ろうと思い、階段を上る。

防火ケースの上に、メモ帳のほかにA４の紙が一枚置かれていた。彼が一心不乱に書き綴っていたノートの、コピーのようだった。

〈アドバイスをください。殺人に詳しいんですよね〉

書かれた文章を見て、わたしは自分の行動が裏目に出たことを知った。

〈父を殺したい。探偵さん、僕の計画をチェックしてください〉

4

翌朝、出勤前。

わたしは西雅人の家を観察していた。

彼の家から百メートルほど離れたあたりに雑居ビルがあり、外階段の踊り場から見下ろすことができる。わたしは早出をした会社員のふりをして煙草を咥《くわ》え、時折視線を飛ばして彼の家を見張っていた。

西雅人が現れたのは、八時すぎだった。もう五十三歳になるのに、格闘家のように筋骨隆々としている。車庫から出されたベンツのセダンが、門の前で彼の到着を待っている。

運転手が車から降りてくる。その姿を見て、わたしは気を引き締めた。

雅人にも増して大柄な男だった。周囲を警戒するように見回す所作から、彼が暴力沙汰《ざた》に慣れていることが伝わってくる。恐らく、高いところに佇《たたず》んでいるわたしの存在も認識しただろう。明日《あした》また同じ場所にいたら、要注意人物としてマークされるに違いない。

セダンが去り、少し待っていると、今度は制服を着た少年が現れる。マスクをしている上、向こうに歩いていってしまったので顔はよく見えないが、すらりとしたシルエットはイートインスペースにいた少年と同じだった。

わたしは煙草を携帯灰皿に押し当て、外階段を下りた。

〈運転手↓ガードマン？　両方事故に見せかける方法？〉

颯真の〈計画〉に書かれていた一文だ。雅人は運転手に、プロのガードマンを雇っているようだ。佇まいを見る限り、仕事で何度か遭遇した闇社会の人間と同じ空気を纏《まと》っていた。

颯真は、事故に見せかけて父親を葬ろうとしている。

無茶な計画だった。自分への疑いを避けた上で人を殺すだけでも至難の業なのに、ターゲットは屈強なプロに守られている。中学生や探偵がどうにかできることではない。

ふと、通りをまたぐように、巨大な陸橋がかかっているのが見えた。このあたりには幹線道路が走っていて、少し歩くと陸橋にぶつかる。

わたしの中に、六年前に起きた通り魔事件の記憶が甦《よみがえ》った。

とある浮気調査をしているところだった。被調査人《マルヒ》を尾行している最中、陸橋に差し掛かると、橋の向こうから五十歳くらいの男性が歩いてきた。

異様な男だった。

肌が不健康に浅黒く、半開きの口から覗く歯は、大半がなくなっていた。まっすぐに進んでいるものの足取りはふらふらとしていて、全体的に生気が感じられない中、目だけが光を放つようにギラギラとしていた。あんな人間を見たのは、あとにも先にも、あのときだけだ。

そのあと、男は陸橋を下りたところで、ひとりの女性を刺し殺した。

見知らぬ女性だったという。彼女は自分がなぜ殺されたのか、最後まで判らなかっただろう。

〈死刑になりたかった。人を殺せば死刑になると思った〉。もともと身体を壊していてろくに働けず、介護していた父が最近亡くなったことで自暴自棄になったと、男は供述した。どこまで本心なのかは判らない。見たことがない彼の異様さと、〈死刑になりたかった〉という凡庸な定型句とが、わたしの中ではまだ上手く結びつかない。

陸橋を下りる前の彼に話しかけていたら、何かが変わっただろうか。

たまに、そんなことを思う。心の棘《とげ》は、何年経っても取れずに刺さったままだ。


その夜イートインスペースに出向くと、颯真はまだきていなかった。今日はほかに誰もいない。この場所にこの時間だけ生まれる〈空白〉の中、わたしは思索に沈み込んだ。

今日の出社前、雅人の家の周囲で軽く聞き込みをしてみたところ、彼が何件かの隣人トラブルを起こしていることが判った。

ひとつは、女性トラブルだ。

二ヶ月ほど前、雅人の家の前に女がやってきて、警察沙汰になるほどの騒ぎを起こしたのだそうだ。女の素性は判らなかったが、三十代くらいの女性だったという。

その女は、咲枝ではないのか——。

根拠はないが、ありえる話だ。颯真といつどんな別れかたをしたのかは判らないが、咲枝が我が子を取り戻そうとしているのなら、家に押しかけてきていてもおかしくはない。

あといくつかは、酒のトラブルだ。

雅人は酒癖が悪く、やはり頻繁に警察の厄介になっているようだ。酔っ払って喧嘩をする、泥酔して路上で眠る、人の家の庭に入ろうとするなど、ひとつひとつは軽犯罪かそれ未満だったが、いかんせん件数が多い。彼のような金も社会的地位もある人間が、こんなどうしようもないトラブルを起こし続けているのは珍しいが、地位と理性は比例しないものだ。

かたん。

遠くで音がした。やってきた颯真が、向こうの座席に座るのが見えた。

こちらに背を向けたまま、颯真はしばらく何かを書いたのちに立ち上がった。わたしはまた十分ほど待ち、屋上へ向かう階段を上る。

〈父はガードマンに守られているので、ふたりを事故に見せかけて殺さなければならない。いくつか案があります。
①父はたまに長距離の出張に行きますが、その前日に、車のブレーキフルードのタンクに水を入れておく。ブレーキの利きが悪くなり、高速道路のどこかで事故が起きるでしょう。
②高所から突き落とす。父は酒乱です。高いウイスキーに目がないです。何かの口実をつけ

てひと気のないビルの屋上に父を呼び出し、酒を飲ませる。父の代わりに遺書を書いて突き落とせば、自殺に見せかけられるでしょう。どう思いますか、感想をお願いします〉

気品の漂う文字と物騒な内容との乖離《かいり》が、異様な印象を投げかけてくる。

わたしは、ほっとため息をついた。彼が実行性の高い殺人計画を持っていたら、どうしようと思っていたのだ。

〈どちらの方法も無理です。ブレーキフルードに水を混ぜれば確かにブレーキの利きは悪くなりますが、ブレーキは頻繁に踏むのですぐに異常が分かります。もし殺せたとしても、警察の捜査で殺人だと判断されるでしょう。②は呼び出せたとしてもお酒を飲ませられるかは分からないし、事故に見せかけて突き落とせるかも不明です。遺書は偽造するんですか？　君は字が上手いからできるかもしれないけど、ばれる可能性もあります。

あなたはどうしてお父さんを殺したいのですか？　お母さんが哀しみます。わたしは、自分の息子が夫を殺したら、哀しい。あと、ガードマンはなぜついてるのでしょう？〉

両親が離婚していることには触れない。長い返信を書き終えて席に戻ったが、颯真の姿はない。どこかから、わたしのことを見ているのかもしれない。

〈③水銀を使う〉

十五分ほど間を置いて戻ると、メモ帳に新たな文章が綴られていた。

〈父は加熱式煙草を吸います。煙草の葉に水銀を混ぜておいて少しずつ飲ませれば、自然死に見せかけて殺すことができます。水銀はネットで買えるようです。

母はいません。ガードマンがついたのは、父が駅で襲われたからです。父は大勢の女性と付き合っていて、トラブルを起こしています〉

〈水銀を飲ませたりしたら、体調が日に日に悪くなって亡くなる前に病院に行くことになると思います。水銀中毒になっていることが分かったらあなたが真っ先に疑われ、ネットで仕入れているのもばれるでしょう。

お母さんがいないとはどういうことですか？　亡くなられたの？　離婚したのなら、母親のもとに引き取られることが多いと思いますが〉

殺人計画について応答すれば、わたしの質問にも答えてくれる。彼なりのフェアネスがあるみたいだった。

自分の席に戻る。〈父が駅で襲われたからです〉――颯真の文章の中に、さらっと書かれていた一文を思い出す。

〈詳しくは知らないんだけど、西さん、何ヶ月か前に刺されそうになったんだよ〉

今朝の聞き込みで出てきた証言だった。話してくれたのは、近くに住む初老の男性だった。

出社してからネットを調べてみると、雅人の家の近くで何件かの事件が起きていることが判った。どれが雅人のものか判らなかったが、颯真が〈駅で〉と教えてくれたことで、特定できた。

四ヶ月前に、日比谷《ひびや》線の南千住《みなみせんじゅ》駅で男女の揉《も》めごとが起きている。女がカッターナイフで男に斬りかかったようで、傷害未遂で逮捕されたと小さなネット記事になっていた。被害者の名前は出ていないが、これが雅人なのだろう。

〈父は大勢の女性と付き合っていて——〉

女性が家の前まできて揉めごとを起こしたのは、二ヶ月前。南千住で逮捕された女性とは別人の可能性もあるが、どちらにせよ咲枝ではないだろう。母が騒ぎを起こした当事者なら、こんな書きかたにはならない。

〈④父が外を歩いているところに、植木鉢を落とす。観葉植物をたくさん飾ってある部屋を街中で見つけて、その上から落とすことで事故に見せかけます。

母がいないのは、離婚したからです。僕は母と暮らしていましたが、父に誘拐されたんです〉

——誘拐。

その二文字で、霧が晴れるように事態の全貌《ぜんぼう》を把握できた。

雅人は颯真を、無理やり連れ去ったのだ。

離婚前、別居時における子供の立場は、法律的にはかなり曖昧《あいまい》だ。片方の家で生活している子供を無理やり連れ去ったりしたら未成年者略取・誘拐罪にも問われかねないが、〈家族の揉めごとだから〉と不問に付されるケースもあると聞く。荒っぽい性格の雅人は、強引に颯真を

〈誘拐〉した。そのままあの家に縛りつけ続け、離婚後の親権を獲得したのだ。

無理やり母親から引き離された颯真の恨みは、深いだろう。しかも雅人は颯真を可愛がるでもなく、大勢の女性と交際してトラブルまで起こしている。

胸が痛い。わたしの親としての部分が、否応《いやおう》なく少年への同情を促す。

〈植木鉢をピンポイントで頭部に落とすのは難しいと思います。下の階の部屋になかった鉢が落ちてきたとなると、当然誰かが持ち込んだと思われるでしょう。上手く頭に落とせても、死ぬかは分かりません。あとさっきから気になっていましたが、君の計画、第三者が巻き込まれることを想定していないのですか？　車のブレーキを壊すのも、鉢を落とすのも、他人を殺してしまう可能性がある。それはいいのでしょうか？

君はお父さんを殺してどうしたいのですか？　お母さんのもとに帰りたい？〉

イートインスペースに戻り、わたしはここまで判っている内容を整理することにした。

颯真の両親は、四年前に離婚した。颯真は母親と住んでいたが、その後雅人に〈誘拐〉された。わたしが雅人から依頼を受けたのは、その前だ。

強引に〈誘拐〉して息子を奪還したはいいが、父子の関係は上手くいっていない。雅人は荒っぽい性格で、女性トラブルや近隣トラブルも抱えている。颯真は恐らく、家を出て母と暮らしたいのだろう。確かに事故に見せかけて殺すことができれば、すべてが解決する。

——説得できるだろうか。

いまの颯真は十三歳だが、十五歳になれば親権者変更調停などを通じ、子供の希望通りに親権者を替えられる可能性もある。あと二、三年待って、親権を替えればいい——そう提案しようと思っていたが、無駄かもしれない。そんなこととは関係なく、颯真は父を殺すと決めているのではないだろうか。

十五分が待ち遠しかった。もうここにきてから一時間半ほどが経っている。家を長く空けてしまうことへのやましさに駆られながら、わたしは屋上へ向かった。

〈否定ばかりしないでください。何か案を出してください。探偵さんならいいアイデアがあるでしょう。使い慣れている武器とかはないんですか。

僕は、母のもとへ帰るつもりです〉

〈案も武器もありません。防犯スプレーは使ったことがありますが、人を殺せるものではないです。

お母さんとは連絡を取っているの？　君を引き取りたいと言っているの？〉

イートインスペースに戻る。あと十五分ほどで、この商業施設は閉まる。彼と自由に言葉を交わせないことが、もどかしかった。閉店まであと五分になったところで、わたしは屋上へ向かった。

〈以前電話をもらってから、たまに連絡を取っています。僕を引き取りたいと言っています〉

——これだ。

一筋の光明が見えた気がした。置かれているのは紙一枚だけで、ペンもメモ帳もない。今日は対話終了、ということのようだ。

〈ごめん、残業してた。いまから帰るね〉

夫にＬＩＮＥを送り、わたしは階段を駆け下りた。

5

休暇が取れたのは、五日後のことだった。わたしは四年ぶりに、伊豆《いず》半島の中ほど、静岡県伊東の街にいた。

自宅から電車で三時間ほど。夫には〈急な出張が入った〉と嘘をついて出てきてしまった。我ながらろくな母親ではない……と思ったところで、自己卑下はやめることにした。普段は家事も仕事も両立できているのだ。それにこれは、わたしにしかできない調査だった。

風から、潮の匂いがする。遠くから、半島に寄せる静かな波の音が聞こえる。冬の伊東の空は、重たい灰色だ。

記憶の中に長いこと横たわっていた海街に、わたしは足を踏みだした。

午前中の調査を終え、わたしは喫茶店でコーヒーを飲んでいた。

咲枝に会い、颯真を説得してもらう。

そう算段をつけてこの街を訪れたが、結果は空振りだった。

四年前に訪れた咲枝のアパートには、別の若い男性が住んでいた。半年前に仕事の関係で転居してきたとのことだった。〈転送届が出ていないのか、前の住人宛の郵便物がいまだに届く〉と言われたときには期待したが、宛先は咲枝とは違う女性の名前だった。咲枝が出て行ってから、少なくとも間にひとりの入居者を挟み、男性が引っ越してきたのだ。

彼女が当時働いていたスナックは、潰れてなくなっていた。

四年という年月は重たい。ひとりの女性が息子を〈誘拐〉され、母という立場を失った。わたしはふたりの息子が育ち、会社でも多くの部下ができた。人生が大きく変わるのに、四年は充分な期間だ。

ひとりの少年が、父への殺意を醸成させるのにも。

颯真との対話は、この四日の間にも続いていた。

最初は穴だらけだった彼の計画は、このところの対話で徐々に練り上がってきていた。書くことは人間の精神に影響をおよぼすようで、わたしも返答をしているうちに、心の深い部分で雅人の殺しかたを考えはじめてしまっている気がする。

いつまでもこんなことを続けるのは、危険だった。颯真は必死にわたしに食らいつき、計画を磨き続けている。もちろん、彼が実際に人を殺すなど、不可能だろう。とはいえ、いつ暴発してもおかしくないように思える。

颯真に、日常に戻ってほしい。人殺しなんて考えてほしくもない。いくらでもほかの道があるのにそれを選ぼうとしない少年のことが、もどかしかった。

「あの……斎藤《さいとう》さん、ですよね」

ひとりの女性が、傍らにきていた。わたしは考えごとを打ち切って立ち上がる。

「阿佐見《あさみ》さん、お久しぶりです」

四年前の調査で世話になった、阿佐見優子《ゆうこ》だった。咲枝の小学校から高校までの友人で、伊東での生活をサポートしていた人だ。咲枝の両親はもう他界しており、伊東に戻ってきたときに優子を頼ったようだ。

斎藤みどり。

四年前の調査で使った偽名だ。探偵は素行調査の際に、しばしば身分を偽る。このときは児童相談所の職員を騙《かた》り、咲枝の子育て状況を調べているという体《てい》で調査を進めていた。

あとから身分の詐称が発覚するケースも多いのだが、優子にはいまだにばれていないようで、〈四年ぶりに話を聞きたい〉と言うときてくれた。善意の人を騙《だま》す罪悪感は、長い探偵活動の間でとっくに失われている。

「お久しぶりです。今日はお時間を作っていただいてありがとうございます」

「いえ。それよりも咲枝に、何かあったんですか?」

「ええ、それですが……」頭の中で返事を考えながら口を開く。「その前に伺わせてください。先ほど、咲枝さんのご自宅に行きましたが、もう彼女は転居したあとみたいでしたね。いまはどちらに？」

「それが、知らないんです。あの子が引っ越してから、連絡が取れなくなって。いまどこにいるのかも、よく判りません」

「引っ越されたのはいつごろです？」

「三年半くらい前です」

「旦那《だんな》さんがお子さんを引き取ったあと、ですよね」

「やはり、もう児童相談所は知ってるんですね」

「というより、東京の児相から連絡があったんです。颯真くん、父親と上手くいっていないみたいで。それで再調査を」

「ああ……」

「どういう経緯で、旦那さんが颯真くんを引き取ったんでしょうか？」

優子は根っから人がいいのだろう。わたしがその場で作り出している嘘を、疑う様子もなく受け入れてくれる。わたしは気を引き締めた。こういうときは、調子に乗って余計なことを言ってしまう危険がある。

「引き取ったというより、無理やり連れ去られたんです」

「えっ、連れ去られた？　咲枝さんの自宅で、ですか」

「路上で、です。颯真くんがひとりになるタイミングを見計らっていたようです。咲枝はショックを受けていました。なんとか生活をしていたんですけど、半年ほどで引っ越してしまって」

「誘拐じゃないですか。警察には行かれたんですか」

「行ったそうです。でも、家族のことは家族で解決しろと言われたそうです」

「咲枝さんの結婚生活は、ひどいものだったようですね」

「はい。元夫は悪魔だって言っていました」

優子は穏和な性格だ。そんな彼女が憤りを隠さない。

「暴力を振るわれたり、死ねとか、穀潰《ごくつぶ》しとか、ひどい言葉を日常的に言われたり。そんな人間が子供を連れ去って育ててるなんて……悪い冗談としか思えない。父親と上手くいってない？　当たり前でしょう、そんなの」

「咲枝さんはなんと言って引っ越していったんでしょうか」

「何も言っていません。ある日突然、いなくなってしまったんです」

優子は落ち込んだ表情になる。

「あの子は昔から、そういうところがあったんです。高校を出たときもそうでした。地元で就職をすると思っていたのに、突然東京の大学に行くと言いだして、私たちとは音信不通になってしまって」

「いきなり連絡が取れなくなってしまう人って、いますからね」

「咲枝は昔から、ひとりで悩んでしまうところがありました。SOSを表に出せずに、突然爆発することがあって……あのときもそうでした。子供を奪われてつらかったはずなのに、普通に生活をしていて……それが限界を迎えたんだと思います」

「咲枝さんと連絡を取る手段は、ありませんか」

わたしは声のトーンを上げた。

「颯真くんはいま、お父さんとの生活で苦しんでいます。咲枝さんと、彼の今後について話したい。なんとか連絡を取れませんか」

「どうでしょう。ほかにも仲がよかった友達はいるから、その人たちに聞いてみることはできるかもしれませんけど……」

「颯真くんの将来に関わるんです。よろしくお願いします」

わたしは深く頭を下げる。颯真の殺意を解除できるのは、母親だけだという思いがある。

「判りました。なんとか連絡を取れないか、やってみます。あまり期待しないでください」

わたしの剣幕に押されたのか、優子は慌てたように頷く。とはいえ、望み薄だろう。ひとりの人間が意志を持って消えたのなら、探偵でも容易に見つけられない。

「……斎藤さんは、親身ですね」優子がしみじみと言う。

「あなたがきたのがあと一週間遅かったら、こんなことにはなっていなかったかもしれません」

「一週間？　来週に何かあるんですか」

「いえ、四年前のことです」

意味がよく判らない。優子が補足するように言った。

「斎藤さんがいらした一週間後くらいなんです。颯真くんが連れ去られたのは」

「一週間？」

「はい。あなたがいらしていたのがもう少し遅くて、悩んでいた咲枝の相談に乗ってくれていたら、颯真くんを取り戻せたかもしれません。本当に残念です」

一週間。

何かが気になった。

わたしが調査報告を終えた直後に、颯真は連れ去られているということだ。正攻法では駄目だと感じた雅人が、実力行使に出たのかもしれない。辻褄《つじつま》は合う。だが、何かが引っかかる。

「あの」わたしは言った。

「颯真くんが連れ去られた場所をご存じなら、教えていただけませんか」

6

翌々日の業務明け、わたしは三日ぶりにイートインスペースへ向かった。

二十時。颯真はすでに、奥の席でわたしに背中を向けていた。屋上にも行かず、書きものもはじめない。この二日間現れなかったことに対して、無言で抗議しているように見えた。

わたしは彼を無視し、屋上への階段に向かった。こちらの気配を察知しているのか、後ろ姿から困惑が伝わってくる。

屋上に向かうドアの脇。防火ケースの上に、あらかじめ書いてきた手紙を置いた。

内容は、陸橋の話だ。

かつて調査中に陸橋の上で通り魔を見たこと。仕事中だったので、異様な雰囲気を纏った彼に声をかけることができなかったこと。彼がその後、女性を刺し殺したこと。わたしが一言何かを言っていれば、彼が陸橋を渡ることはなかったのではないかということ。二時間くらいかけて、慎重に書いた。

〈陸橋の向こう側に行ってしまったら、もう取り返しがつきません。探偵の仕事をやっている中で、わたしは戻れなくなった人を大勢見てきました〉

〈わたしのような年長者の言葉を、若い人が聞きたがらないのも分かってます。ただ、引き返せる人が陸橋を渡ってしまうのが、たまらないのです。どうか極端な考えはやめて、前向きに生きることを考えてもらえませんか。お手伝いできることは、なんでもしますから〉

イートインスペースに戻ると、颯真の姿はなかった。きっとどこかで、手紙を置いたわたしの行動を見ていただろう。十五分がすぎるのがもどかしかった。ノートパソコンを開く余裕もないまま、わたしはその場に佇み続けた。

〈いまさら引き返せない。あいつは僕を誘拐した。僕の人生をめちゃくちゃにした〉

返信はいままでのものと違い、書き殴ったような筆跡だった。誘拐されたことの恐怖、父に従わざるを得なかった屈辱、長年揺れ続けた感情の振幅が、文字の中に傷のように刻まれていた。

〈あいつは僕のことなんかどうでもよかった。ただ、母さんに僕を取られるのがムカつくというだけで、さらったんだ〉

颯真が〈誘拐〉された現場は、優子から聞きだした。目撃者がおり、地元で情報が共有されていたのだ。

颯真は当時、週に一度習字塾に通っていた。塾は自宅から一キロほど、海の近くを走る国道沿いにあり、颯真はその帰り道に〈誘拐〉された。

――〈空白〉。

現場を見た瞬間に、そう思った。車が行き交う国道と繁華街、にぎやかな両者の狭間《はざま》に空いた、ひと気のない場所。習字が終わったあと、夜の十八時ごろ、颯真はそこに入ったところで〈誘拐〉されたのだ。

雅人が、周到な準備をして〈誘拐〉に臨んだことが判った。あの街に〈空白〉があり、颯真が週に一度そこを通ることを調べ上げ、そこに入った瞬間を見計らって犯行に及んだ。絶対に〈誘拐〉を成功させるという黒い意志が、寂れた路地に漂っていた。

わたしは、ペンを持った。

〈あなたの苦しみが分かるとは言えません。ただ、わたしにも二人の子供がいます。息子が殺人や自殺をしてしまったら、わたしはきっと後悔などという言葉では表せないくらい苦しむでしょう。あなたのつらさは理解します。ただ、お母さんのことも考えてください。お母さんのために、もう少し前向きに生きてみませんか〉

席に戻る。十五分待つ。

〈僕がつらいのが分かっているなら、協力しろ。いつまでもくだらないことを書き続けるなら、僕は自殺する〉

〈分かりました〉

わたしは、腹をくくっていた。

〈あなたがそうするのなら、もう止めません。ここ数日、あなたのことを真剣に考えていました。自分の息子が人を殺すことと、自殺をすること、一体どちらがつらいのか……わたしは、

殺人だと思いました。子供が自殺したら、わたしは哀しい。それでも、人を殺すよりはマシです〉

わたしはメモ帳に掌を置いた。賭《か》けのつもりで、あえて突き放したことを書いた。わたしは信奉する神を持たないが、それでも何か巨大なものにすがりたくなるときはある。何に捧《ささ》げているのか自分でも判らない抽象的な祈りを、メモの中に込めた。

イートインスペースに戻る。颯真が座っていた席には、彼のリュックサックが残されている。じりじりと焼かれるような十五分を、わたしは過ごした。時計を確認し、死刑宣告を受けるような気持ちで、階段を上った。

〈分かりました〉

新たに書かれていたのは、理性を取り戻したような、整った文字だった。

〈探偵さんの手紙を読んで、母のことを考えました。しばらく母のことを考えていなかった気がします。ご迷惑をおかけしました〉

返信を書くためのメモは、残されていなかった。わたしは慌ててイートインスペースに戻る。颯真のリュックサックは、なくなっていた。わたしたちが見えない思惑を飛ばし合っていた場所は、不純物のないただの〈空白〉に戻っていた。

——終わったのだろうか。

椅子に腰を下ろし、深くため息をつく。大量の文字を書いた指が、いまさらのように鈍く痛み出した。

7

それから三日間、わたしは颯真の家を遠くから観察していた。

あのガードマンがいる以上、みだりに近くに寄ることはできない。通行人を装ったり、夜の時間帯に訪れたりと、一日一度、さり気なく彼の家を見て過ごしていた。

外から見る一軒家は、いつも死んだように静まりかえっていた。少なくとも、近所に響くような家庭内暴力があったり、雅人が酒を呑んで暴れたりしていることはなさそうだった。

「みどりさん」

要がわたしの机まできて、決裁用の書類を差し出してくる。〈まだぼんやりしているのか〉とでも言いたいような、疑わしげな目だ。

——これ以上、わたしにできることはない。

伝えるべきことは伝えた。探偵は相手の人生にまでは関与できない。颯真が今後どうなろうとも、それは彼の選択だ。わたしは無理やり気持ちを割り切った。探偵を長く続ける秘訣《ひけつ》は、自分ではどうにもできないことを諦《あきら》め、切り捨てることだった。

「要ちゃん、いままでごめんね」

「はい？」

「ちょっと色々あって、仕事に身が入ってなかったよ。これから、ちゃんとするから」

煩悶《はんもん》を断ち切るように、わたしは書類に判を突いた。

夕方ごろに、夫からＬＩＮＥがきた。〈今日は家でご飯食べる？〉。このところ簡単な夕食ばかりで、夫の手料理が恋しかった。

〈今日は帰れそうだよ〉と伝えると、〈じゃあすき焼きにしよう！〉という返信がすぐにくる。思わず笑みがこみ上げ、わたしは仕事に戻った。

異変が起きたのは、終業後だった。

日中の業務をすべて片づけ、オフィスを出た瞬間、スマートフォンに着信があった。公衆電話からだった。

「はい？」

問いかけたが、返事がなかった。だが、かすかに聞こえてくる息づかいだけで、わたしは正体を察知した。

颯真くん。

と言おうとして、慌てて言葉を止める。彼の素性を、わたしは知らないことになっている。

「君だよね？　どうしたの？」

嫌な予感がした。無言の中に、張り裂けそうな緊迫感があった。

「殺しました」

初めて聞く、西颯真の声だった。

「父を殺してしまいました。僕はもう、どうすればいいのか……」

夫に〈ごめん、ちょっと残業〉とＬＩＮＥを入れ、わたしは颯真の家へ向かった。住所と名前を改めて聞きだし、初めて行くふりをして。

到着したときには十九時を回っていた。一軒家の周囲は、静かだった。巨大な墓がそこに建ち、死者を抱えたまま沈黙しているような気がした。

〈玄関は開けてありますから、インターホンは鳴らさないでください。電気もつけないでください〉

言われた通りに、中に入る。玄関のドアを閉じ、暗がりの中に身体を滑らせる。

〈地下室にいます〉

と颯真には言われていた。地下室で勉強をしていたところ、泥酔した父がいきなり入ってきた。そこで口論になってしまい、勢い余ってナイフで刺してしまった――。

僕はとんでもないことをしてしまった。僕はいまから自殺します。怖い。死にたくない。人を殺すとは、こういうことなんですね――理性的に助けを求める合間に、唐突に破滅的な言葉が差し込まれる。颯真は激しく、混乱していた。

「颯真くん」地下室への階段を下り、閉じているドアに声をかける。

「入るよ」

わたしは、扉を開けた。

真っ暗だった。煮詰めたような闇だ。

「颯真くん？」

中に足を踏み入れ、壁を探った。反対側の手には、念のため防犯スプレーを握っている。指先が電灯のスイッチに触れるのを感じ、それを押し込む。明かりが灯《とも》った。

——え？

地下室は、空だった。

物置にしているのか、本やダンベルや非常食の段ボールが打ち捨てられたように散らばっていた。饐《す》えた臭いが鼻をついたところで、わたしは悟った。

——この部屋は、しばらく使われていない。

背後に、気配を感じた。

次の瞬間、わたしは突き飛ばされていた。

遠慮のない力だった。何歩か前に押し出され、転倒しそうになるところを、足を踏ん張ってなんとかこらえた。ふくらはぎの筋がちぎれそうなほどに張り詰め、軋《きし》みを上げた。

振り返ったところで、息を呑んだ。

フルフェイスのヘルメットを被った人間が、そこに立っていた。

「颯真くん……？」

顔は見えないが、背恰好《せかっこう》から、見知った西颯真その人であることは間違いなかった。

右手に握った防犯スプレーの缶を掲げる。OCガスが充満されたもので、殺意を持って近づいてくる成人男性であっても、容易に制圧できるものだ。

――駄目だ。

颯真は、ヘルメットを被っている。ネットで調べたのだろう。防犯スプレーは、フルフェイスのヘルメットで顔面の皮膚を守れば、効果が激減する。

颯真が、ゆっくりとドアを閉じた。圧迫感のある静寂が、耳の中に満ちた。この部屋が防音施工されていることに、そこで気づいた。

「どうして、こんなことを？」

声が、震えていた。自分が恐怖を感じていることを、わたしは自覚した。

颯真が、ポケットからゆっくりと何かを取り出す。

鞘《さや》に入ったナイフだった。最後に残った迷いを振り払うように、颯真はそれを抜いた。

――わたしは、ここで死ぬ。

決められた手順を淡々とこなす颯真を見て、確信した。彼は本気だ。陸橋を渡った通り魔に殺された人のように、わたしはここで、殺される。

「やめなさい。人殺しなんかしたら、あなたの人生はめちゃくちゃになる。思い直して」

颯真にわたしの言葉は届いていない。予定していた仕事をただ遂行するように、わたしのほうに足を踏みだす。

「最初からわたしのことを、知って近づいてきたの？」

ぴくりと、颯真が固まった。当てずっぽうに投げた言葉が、石となって彼にぶつかったのだ。束の間現れた余白に、わたしは対話の可能性を感じた。

考えろ。

わたしがいまから殺される理由を、考えろ——。

「あなたは最初から、わたしを殺すつもりだった」

論理的に導きだされる言葉を、とりあえず口にする。颯真は電話口で〈父を殺した〉と言っていたのに、ここには遺体はない。ターゲットは父ではなかった。わたしだった。

「でも、わたしと中学生であるあなたの間に、接点なんかない。普通に考えたらね」

ただし、わたしたちは接点を持っている——四年前の調査だ。

「わたしは四年前に、伊東を訪れた。そのときのわたしを、覚えていたの？」

颯真は反応をしない。だが、所詮《しょせん》は子供だ。漏れ出る気配から、わたしは正解だと察した。

四年前、わたしは咲枝と颯真の家の周囲を調べていた。咲枝と直接会うことはなかったけれど、調査をしているという情報はどうせ伝わるだろうと考え、顔を見られてもいいと思って大胆に動いていた。そのときに見た来訪者の顔を、彼はずっと覚えていたのだ。

彼の視点から、四年前のことを振り返る。

颯真は九歳のころに、無理やり〈誘拐〉された。その一週間前に、おかしな女が家の周囲を嗅《か》ぎ回っていた。わたしのことは恐らく、彼の中では誘拐とは特に関係のない、意味のない違和感未満のものとして記憶されていたのだろう。

――その後、颯真が、わたしが探偵であることを知ったら？

わたしは最近、何度かメディアに露出した。女性探偵課を宣伝するためのものだったが、颯真がそれを目にし、記憶の中の女と照合した可能性は、充分にある。

誘拐。おかしな女。彼の中でそれらが、ひとつの像を結んだ。〈誘拐〉には、探偵が関与していた。探偵が自分たちの情報を調べ上げて雅人に伝え、父はそれに基づいて〈誘拐〉を決行した――そう考えたから颯真は、わたしのことを恨んでいるのだ。

「あんたが悪い」

ヘルメットの奥から響く声は、死人のもののようだった。

「あんたがノートを盗み見なければ、こんなことにならなかった。こそこそと人のことを探りやがって。恨むんなら、自分を恨め」

「こそこそ探ったのは、あなたもでしょう？」

想定外の返事だったのか、颯真の言葉が詰まる。

恐らく彼はメディアの情報を頼りにサカキ・エージェンシーにやってきて、退勤したわたしを職場から尾行したのだろう。そしてわたしの行動範囲の中から、あのイートインスペースを接触場所として選んだ。

「だから、なんだよ」

颯真が気を取り直したように、ナイフを構える。

練習とシミュレーションを重ねたのか、その姿は様になっていた。人間は技術を積めば、何にでもなれる。ぶれずにナイフを構えるその姿は、殺人者のものだった。

――まだ、半分だ。

恐怖に焼かれながら、わたしは推理を続けていた。

颯真はなぜ、わたしを殺そうとしているのか。彼がもっとも恨んでいるのは、父のはずだ。そちらを差し置いて、なぜわたしを殺す？

雅人はすでに、颯真によって殺されているのだろうか。積年の恨みを晴らしたついでに、雅人の〈協力者〉であったわたしをも消そうとしている――？

いや。

もしそんなことをするのなら、夜道でさっさと後ろから刺せばいい。

颯真はわたしに〈父を殺そうとしている〉という相談を持ちかけた。わたしが〈自殺する〉という脅しに屈せずに、彼のことを父親なり学校なりに通報していたら、父を殺すという計画自体、大幅に後退していたはずだ。彼は危険を承知で、わたしに近づいた。

――わたしに声をかけたのは、計画のためだ。

颯真はあくまで、父が〈事故〉で死ぬことにこだわっていた。単に恨みを晴らすのが目的ではない。父を亡き者にした上で、自由の身になる。そこをゴールにしているからこそ、いきなり殺しはしなかったのだ。

――ということは。

「颯真くん、これ以上はもう、やめたほうがいい」

もう、声は震えなかった。わたしには、真相が見えていた。

「あなたが何をしても、望む結果にはならない。いまなら、わたしも全部忘れてあげる。お願い、もうやめて」

颯真はわたしの言葉を、命乞《いのちご》いと受けとったようだった。こちらを侮るようにふっと笑い、一歩、近づいてくる。

「あなたはいま、陸橋を渡ろうとしている」

もう一歩、距離を詰められる。

「このままだと、取り返しのつかない結果になる。あなたはただ、何の意味もなく、すべてを失うことになる。お願い、颯真くん」

颯真がナイフを振り上げた。このまま切りつけるつもりだ。そのひと振りでわたしは大怪我を負い、下手すれば死に至るだろう。

——もう、駄目だ。

やるしかない。殺すつもりで止めなければ、わたしが殺される。

「君の計画は判ってるよ」

ぴたりと、颯真の動きが止まった。

わたしは続けた。

「君は、最初からお父さんを殺すつもりはなかった。わたしだけを、殺すつもりだった」

「わたしを殺して、その罪を父親になすりつける。それが——君の計画なんだね」


颯真の表情は、見えない。ため込んだ論理を吐きだすように、わたしは口を開いた。

「君は九歳のときに〈誘拐〉されて、無理やり父のもとで育てられた。君はお父さんに強い恨みを抱き、やがてお父さんを事故に見せかけて殺し、お母さんと一緒に暮らしたいと思いはじめた。そんなところに——お父さんが襲われるという事件が起きた」

ここまでの推理は正しい。ヘルメットの下からは、わたしの言葉を否定するような雰囲気は流れてこない。

「お父さんには何人かの恋人がいて、そのうちのひとりとトラブルを起こした。ほかにも襲われる不安があったのか、君のお父さんはガードマンをつけた。もう外で事故に見せかけてお父さんを殺すことはできない。かといって、家の中で殺してしまっては、犯人が君だということがすぐに判る。君の計画は頓挫《とんざ》した――そんなときに君は、わたしを見つけたんだ」

颯真は身じろぎもせずに、わたしの言葉に耳を傾けている。

「君は計画を変更した。要するに、お父さんを排除できればいい。お父さんを殺すんじゃない。お父さんが殺せばいい」

西雅人は、いくつもの女性トラブルを抱えていた。恋人が家に押しかけてきて、近所の騒ぎになったこともあった。女と揉めて相手を殺《あや》めてしまったとしても、誰も不思議に思わないだろう。

「君は生贄《いけにえ》を、恨みがあるわたしに定めた。お父さんがわたしを殺し、警察に逮捕される――そういうシナリオを作り上げられれば、すべてが上手く行く。でも、わたしと雅人さんの間に、交際の実態なんかない。君はわたしたちをつなぐミッシングリンクを、捏造《ねつぞう》する必要があった。それが、あの、手紙の交換だった」

颯真は、習字の名手だった。あそこまで字を書くことに長けていれば、練習次第で他人の筆跡を模写することもできるようになるだろう。

手紙のやりとりは、殺人計画を練るのが目的だったのではない。わたしの筆跡を得るのが目的だったのだ。彼とはさんざん、あらゆる言葉を交換した。「殺す」「刺す」「突き落とす」といった、物騒な言葉も書き連ねた。

それらの筆跡を模写し、雅人宛の手紙を偽造したらどうだろう。〈あなたを愛している〉〈あなたを殺す〉などと書かれていたら、どうだろう。颯真はわたしの指紋がついたメモ帳も、ペンも持っているのだ。ありもしない痴情のもつれを捏造することも、できるのではないか。

「お父さんはたぶん、この家のどこかで酒でも飲ませて眠らせてるんだろうね。君はわたしを殺し、お父さんにその罪をなすりつける。そして偽造した手紙やペンを、この家のどこかに置いておく。父を殺人犯に仕立て上げて、排除する——それが、君の計画だった」

中学生がよくもこんなことを考えたものだ。そこまで考えさせるほど、彼の父に対する恨みは深い。

「無駄だよ。そんなことをしても、警察にはばれる」

ここが、最後の分岐点だった。彼の考えはすべて、テーブルの上に並べられた——。

「確かに手紙は偽造できるかもしれない。でもわたしと君のお父さんには、四年前の依頼以外の関係なんかない。警察は違和感を持つ。お父さんに恨みを持った君が怪しいと思われたら、行動のすべてが洗われて、君の悪事は白日のもとにさらされる。君は捕まるよ」

「うるさい。騙されないぞ」

「騙してない。万が一成功したとしても、君の人生はめちゃくちゃになる。人を殺した記憶にうなされ続け、それが死ぬまで続くよ。そんな人生でいいの？　いまなら、まだ……」

「うるさい！」

目の前が暗くなった。ナイフを振り上げた颯真の手に、力がこもるのが見えた。

「死ね、悪魔」

間に合わなかった。わたしの言葉は、彼の心には届かない。

颯真は、陸橋を渡ってしまった——。

「あなたはなぜわたしに、殺意を覚えたのか」

選択肢はなかった。わたしは、最後の推理を口にした。

「わたしは確かにお父さんに頼まれて、咲枝さんの調査をした。でもわたしは、彼女の不利になることは報告してない。咲枝さんはしっかりと子育てをしていて、お父さんが親権を取れる可能性はなかった。わたしの報告はそういうものだったのに、なぜ君はわたしを恨んだのか」

わたしの中には、明確な答えがあった。

「誘拐場所、でしょう?」

ヘルメットの下で、颯真が息を呑む音が聞こえた。

「あなたが〈誘拐〉された場所を見てきた。国道から一本入った路地裏で、もう少し歩くと繁華街に出る。人をさらうならここしかないという、都市の〈空白〉だった。君は週に一度塾に通っていて、特定の日、特定の時間しかそこを通らない。なぜ遠くに住んでいたお父さんが、そのことを知っていたのか。〈誘拐〉の一週間前にやってきた探偵が調べ上げたからだ——君はそう考えた」

わたしは、首を横に振った。

「わたしは、そんなこと、報告していない」

「お前だ」

「違う。わたしは君たちに有利な報告をした。じゃあ別の探偵が調べた？　そんなはずはない。〈誘拐〉はわたしの報告から、一週間後に起きてる。別の探偵を雇う時間はなかった」

わたしは、言った。

「咲枝さんだよ」

引き裂かれるような思いを感じながら、わたしは続けた。

「あなたの行動パターンを雅人さんに伝えたのは、咲枝さんだった。〈誘拐〉の犯人は、雅人さんだけじゃない。お母さんも、共犯だった」

「嘘だ」

怯《おび》えた子供の声になっていた。

「そうとしか考えられないの。あの場所を知っていること。あなたの行動パターンを知っていること。そのふたつの条件を兼ね備えているのは、咲枝さんしかいない」

「嘘をつくな。そんなのは嘘だ」

「咲枝さんはあなたを連れて別居をした。でも、ひとりで子供を育てることに、限界を感じていた。あなたのお父さんは、あなたを引き取ることを望んでいた。それは歪《ゆが》んだ独占欲だったのかもしれない。それでも咲枝さんは、決断を下した。あなたを譲《ゆず》るという決断を」

「黙れ。何のために〈誘拐〉なんかする必要がある」

「咲枝さんは、人の目を気にする人だった」

咲枝はニコニコと穏和に振る舞っていたのに、ある日突然、人間関係を切るようなことを繰り返していた。外面がよく、他人の目に怯えていて、問題をひとりで抱え込んだ挙げ句、爆発してしまうパーソナリティ。

そんな彼女は伊東で限界を迎えた。かといって、親権を捨てることで子供に恨まれるのは怖かった。彼女は雅人に交渉を持ちかけた。あなたが泥を被ってほしい。その代わり、子供はあげるから——。

「咲枝さんはあなたに恨まれないために、お父さんに〈誘拐〉をしてもらった。その結果、あなたはいまでも咲枝さんを慕っている。でも別れを選択したのは、彼女なの。わたしを殺してお父さんを殺人者に仕立て上げても、何も意味はない。君はお母さんとは、一緒に暮らせない」

「嘘をつくな！」

颯真はそう言うなり、ヘルメットを脱ぎ捨てた。

顔面が、涙と鼻水にまみれている。こんな幼い顔をしていたのか、と思った。十三歳という年齢からしても、颯真の顔つきは無垢《むく》な子供のようだった。

「何の証拠がある」

一縷《いちる》の希望にしがみつくような、弱々しい声。

「全部あんたの想像だろ。何の証拠があってそんなことを言うんだ！」

「颯真くん。探偵は根拠もなく、こんなことは言わないの」

わたしはスマートフォンを掲げた。

「あなたのお母さんから、証言を取っている」

伊東に行った、翌日だった。優子から連絡があり、望み薄だった友人経由で咲枝と連絡を取れたと言われた。現在の居場所は教えてもらえなかったが、咲枝とは電話越しに何分か話せた。

〈誘拐〉を先導したのは、あなたではなかったのか。

わたしは、仮説をぶつけた。もしも正直に答えないのなら、雅人にこのことを問いただすと、若干の脅しを加えながら。

〈――どうか、颯真にだけは、言わないでください〉

絞り出すように言ったその言葉が、耳にこびりついている。

〈私にとってあの子はすべてなんです。あの子に、恨まれたら、私は……〉

「母さんは」

颯真が、くずおれた。

「母さんは、僕を、捨てたの……？」

胸に走る痛みを、わたしは消した。

颯真は、慟哭《どうこく》を押し殺すように震えていた。もう、わたしへの害意は感じられない。

わたしは、地下室を出た。


「おかえり」

自宅に帰ると、司《つかさ》がエプロン姿で迎えにきてくれた。「ママ！」。望《のぞみ》が、司に肩車をしてもらっている。

「ただいま、遅くなってごめん」

「お疲れ様。ほら望、下りろ。首が折れちまうよ、俺を殺すつもりか」

「望、パパが死んじゃうって。こっちにおいで」

するすると下りてきた次男と一緒にリビングへ向かう。理《おさむ》がソファに寝転び、絵本を読んでいた。相変わらず彼は、本の虫だ。

リビングにはすき焼きの甘い匂いが漂っている。司は子供たちに夕食を食べさせてから、わたしのことを待ってくれていたようだ。わたしは手を洗い、部屋着に着替えた。

「最近忙しそうだね」

「ごめんね、色々あって。もう終わったから」

ビールで乾杯する。卵を溶いて、牛肉をつけて口に運ぶ。司は料理が上手く、割り下から自作するすき焼きは絶品だ。濃いめの味付けが、芯から冷え切っている身体に染み込んでいく。

「……どうしたの？」

「ん？」

「寒い？　暖房入れる？」

箸《はし》を持つ手が、震えていた。

溶き卵の中のすき焼きが、死んだ牛の欠片《かけら》にしか見えなくなった。わたしは椀《わん》をテーブルの上に置き、「ごめんね」と言った。

「ママぁ」

望が、膝《ひざ》の上に乗ってくる。「ママはご飯食べてるんだから、あとにしなさい」。司がたしなめてくれるのをよそに、わたしは彼のために身体を空けた。

陸橋の上。通り魔の男。

たぶんあのときに声をかけたとしても、わたしにはどうにもできなかったのだろう。陸橋に差し掛かるはるか手前で、もう彼は引き返せない地点を越えていたのだ。ずっと刺さっていた棘が、いつの間にかするりと抜けていた。

儚《はかな》いものをつなぎ止めるように、わたしは息子の手を握りしめた。

太陽は引き裂かれて ——2024年春

1

「……退職します」

狭い面談室で、私はみどりさんと向き合っていた。ものの弾みで言ってしまった言葉に、みどりさんは目を丸くしている。

「退職って……聞き間違いじゃないよね、要《かなめ》ちゃん」

「はい」

「理由を聞かせてくれる？」

「この課以外での仕事は、想像ができません。異動になるなら、やめます」

今日は、上司による半年に一度のフォローアップ面談だった。テーブルの上には〈須見《すみ》要二十九歳〉と書かれた人事評価シートが置かれている。

面談の冒頭。私に投げかけられたのは、異動の相談だった。サカキ・エージェンシーはこの春に横浜《よこはま》に支部が作られ、いまそちらに配属する探偵をかき集めている。

「私、この仕事自体は、そんなに好きじゃないんです。でも、この課は好きです。だから異動しろと言われるのなら、やめます」

　言葉がストレートすぎると、よく言われる。自覚はあるのだけれど、自分の口から出てくるこの硬いものを、どうやって柔らかくほぐせばいいのかが、昔から判らない。

「探偵の仕事は、やっぱり水が合わない？」

「いえ……なんだかんだ七年もやってますから、そこまでは言いません。ただ、嫌なことが多くて」

「何が嫌なの？」

「うーん……」

　もやもやした気持ちを言葉にするのは、苦手だ。でもここまで言ってしまった以上、無責任は許されない。

「複雑なことを考えるのが、嫌なんです。もっと、シンプルでいたくて」

　そうだ。探偵とは、人間の裏の顔を見る仕事だ。いい夫だと信じられていた人が何人もの愛人を作っていたり、会社のために尽くしてきた忠臣が億単位の金を横領していたり――人がつけている仮面を暴き、その奥にあるものをほじくり出す仕事だ。そういう人間の醜い多面性を見るのに、つくづく愛想が尽きている。もっと私はシンプルに人と付き合いたいし、シンプルに生きたい。

「もう少し詳しく、聞かせて――」

みどりさんが口を開いたとき、会議室のドアが開いた。

入ってきたのは、ベテランの井ノ原《いのはら》さんだった。

「依頼人がきている。みどり、応対してくれ」

「すみません、ほかに誰かいませんか。いま、面談中なのですが」

「いたらお前なんかを頼ると思うか」

「なるほど。それもそうですね」

チッと舌打ちして、井ノ原さんは出て行った。

みどりさんのことは、尊敬している。探偵業という男社会を女性として渡り歩いているところも、家庭を築いて大切にしているところも。探偵としても、上司としても、人間としても。

それでも、嫌悪感をシンプルに表に出した井ノ原さんよりも、心に立ったであろうさざ波をあっさりと呑《の》み込んでしまえるみどりさんのことが、いまの私には、少し怖い。


面談室に入ると、スパイスの香りがした。

コリアンダーとクミンの匂いだった。昔から、鼻はいい。

座っていたのは、中東系の外国人だった。小太りで、頬一面に髭《ひげ》を生やしている。

「アザド・タシと申します」

流暢《りゅうちょう》な日本語で、落ち着いた物腰をしていた。ただ名前を聞いても、どこの国の人なのか判らない。

「よろしくお願いします。探偵の森田《もりた》と、須見と申します」

みどりさんは〈女性探偵課〉と、所属を名乗らなかった。最近は支部のこともあって人手が足りず、男性依頼人の仕事が回ってくることもある。

「私は、足立《あだち》区のほうで、トルコ料理屋をやっているものです。日本にきてから、もう二十年になります」

「そんなに続いてるなんて、すごく美味《おい》しいんでしょうね」

「はい。日本一美味《うま》いラフマジュンが食べられますよ」

聞いたことがない料理だ。語感からの連想もできない。

「今日きた理由は、これです」

アザドさんは、スマホを差し出してきた。

料理屋の外観が表示されていた。上部の看板には山の絵を背景に〈トルコ料理・アララト〉と書かれている。まだ開店していないのか、シャッターが下りていた。

「ここを見てください」

アザドさんは、シャッターの真ん中を指差した。

×

かなりの大きさで、赤い文字が刻まれていた。

「落書きされたんです」

穏やかに話していたアザドさんの声が、硬くなる。怒っているようだった。

「三月五日のことです。自宅から店に出勤したら、これが描かれていました。ひどい悪戯《いたずら》だと思い、すぐに警察に行きました。でも、無視されました。こんなものをいちいち捜査してられないみたいです。犯人を捜すには、自分でやるしかない」

今日は八日なので、三日前のことだ。

「つまりご依頼というのは――これを描いた人を、つきとめたいということですか」

「はい。やってくれますか」

「その前に、ひとついいですか」みどりさんの口調が、慎重さを増す。「ご気分を害されたら申し訳ないのですが、わたしにはこれは、ただの落書きに見えます」

「はあ」

「シャッター一面に落書きをされ、営業に支障が出ているならともかく、この程度なら、消して終わりにするという選択肢はありませんか。もちろん、嫌なのは判ります。しかし、我々に依頼をすると、それなりにお金もかかってしまいますし……」

「あなたは私に、泣き寝入りしろというのか」

アザドさんの声が、鋭さを増した。

「私は二十年間、日本に溶け込もうと努力してきた。そんな男の店に〈×《バツ》〉を描くなんて、とんでもない侮辱だ。警察が許そうが、私は許さない。調査してくれないなら、ほかを当たる」

圧倒されるほどの怒りだった。

みどりさんの言うように、日本人ならば落書きを消して終わりだろう。嫌な気持ちは残るかもしれないが、犯人を見つけるには金と労力が必要で、見つけたところで刑事罰に問えるほどのことでもない。それでもアザドさんは、ここにきた。彼の言動からは、日本人が〈空気読め〉の四文字で希釈してしまう前の、生々しい怒りが溢《あふ》れていた。

〈もっと、シンプルでいたくて〉

さっき呟《つぶや》いた言葉が、彼の率直な怒りと、共鳴していた。

「判りました」みどりさんが頷《うなず》いた。

「ではまず、アザドさんのことを詳しく聞かせてください」

私はノートパソコンを開き、社内システムにアクセスした。〈新規依頼者〉のメニューを開き、アザド・タシという名前を書き込む。

「まずアザドさんは、トルコのかたということでいいのでしょうか」

みどりさんが聞いたが、アザドさんはすぐには答えない。意味ありげな間が空いた。

「……はい。国籍は、トルコです」

「トルコ人のかたということで、いいですよね」

「いえ」

アザドさんが、決意をしたように頷く。

「クルド人です」

「クルド人？」

「はい。国籍はトルコですが、私は、クルディスタンの人間です」

2

サカキ・エージェンシーに就職する前、私は女にしては珍しい、鳶工《とびこう》をやっていた。鳶の仕事は、シンプルだった。設計図通りに足場を組み上げ、工程表に従ってノルマを達成するだけで、建築物が組み上がっていく。鉄骨や材木やコンクリートには、人間と違って裏の顔などない。鳶だったころは複雑な問題に悩まされることもなく、楽しかった。

腰椎《ようつい》椎間板ヘルニアになってしまい、鳶は廃業した。当時は大層悔しかったものだが、その後もヘルニアは思い出したように現れて私を痛めつけるので、いまでは、鳶職との縁はなかったのだと思っている。

〈あいつら、クルド人だな〉

当時の社長とハイエースで移動しているとき、街中の解体現場で、中東系の人々が働いているのを見たことがあった。

〈クルド人の解体業者、最近よく聞くよ。値段の割に腕がいいらしい。そのうち鳶の世界にも、外国人が増えるかもしれないな〉

油圧ショベルを器用に操り、一軒家をてきぱきと解体していくクルド人たちを見て、不思議と同族意識が湧き上がった。遠い異国で外国人に囲まれて生活する彼らと、男たちに囲まれて働いていた私。立場は違うが、同じだと思った。炎天下で働く彼らに、私は心の中でエールを送った。

「クルド人は、その多くが、不安定な立場に置かれています」

依頼を受け、土日を挟んだ三月十一日。私たちは最寄り駅で待ち合わせ、アザドさんの車で〈アララト〉に向かっていた。

「私には妻と、娘がひとりいます。娘が日本でしか治療できない先天性の難病を抱えていて、それで来日し、定住者の資格をもらえました。いまは娘の病気も落ち着き、生活も安定しています。でもこれは、レアケースです。多くの同胞は、仮放免でなんとか生活しているのです」

「仮放免って、なんですか」

口にしたところで、少し恥ずかしくなった。ニュースでは聞き覚えのある言葉だったが、詳しくは知らない。

「仮放免というのは、入管から一時的に収容を解かれている状態です。でも働くことはできませんし、都道府県をまたいだ移動の自由もありません。保険証もないから、風邪を引いても、虫歯になっても病院に行けない。身体を悪くしている同胞が、何人もいます。国外退去になる可能性も、あります」

「国連からも勧告されていると、前に読みました」

みどりさんの言葉に、アザドさんは首を縦に振る。

「本当になんとかしてほしいです。そもそも収入がないので、仲間からお金を回してもらって生活している人が大勢いる。でも、それならまだいい。仮放免者は定期的に入管に行って、許可を更新しなければなりません。認められなかったら、施設に収容されます。これが本当につらいんです。塀の向こうで、いつ出られるか判らない日々を過ごすことになる。五年間収容されている人もいますし、更新の基準もよく判りません。きちんと日本に順応しようとしている人がいきなり収監されて、妻や子供と離れ離れになります」

「収容された人が、死亡した事件もありましたね。体調が悪くなっているのに何ヶ月も治療がされず、そのまま亡くなってしまった。それでも誰も、責任を取りませんでしたね」

「他人《ひと》ごとではない。我々の同胞がいつそうなっても、おかしくないのです」

流れてくるひどい話に、啞然《あぜん》とした。何もしていないのに刑務所のようなところに収容されて、最悪死ぬ？　そんなことが、日本でいまだに行われているのか。

駅からしばらく走ったところに〈トルコ料理・アララト〉があった。二階建ての一階が、店舗になっているようだ。

「トルコ料理と書いてありますが、実際はクルディスタンの料理です。日本ではクルド料理と言われてもイメージが湧きづらいでしょうから、トルコの看板を掲げてます。アララト山は、トルコの東にある高い山です。大アララト山と小アララト山があって、麓《ふもと》ではクルド人が放牧をして暮らしてます」

「どことなく富士《ふじ》山に、似てますね」

「同感です！　私も日本にきたとき、〈小アララト山がある！〉と思ってびっくりしました。クルド人にとって山は故郷であり、友です。日本にもいい山がたくさんあって、嬉《うれ》しいです」

店にはシャッターが下りている。

その真ん中に、赤い〈×〉の文字があった。

「アザドさんは、ご自宅が別にあるんですね」

「最初はこの店の二階に住んでいたんですが、いまはマンションを借りてます」

「クルドのかたというと、埼玉の川口《かわぐち》市あたりにお住まいになっているイメージがありますが、どうしてここに？」

「あまり大勢で群れるの、好きじゃないんです。ちょっと離れたところに住もうと思って」

群れるのが好きじゃないと言いつつも、このあたりにはアザドさんを頼って移り住んできたクルド人の世帯がいくつかあるそうだ。〈アララト〉はクルド・コミュニティの中継地になっていて、区外からも多くのクルド人が食事に訪れるらしい。

シャッターに近づく。近くで見ると、赤い〈×〉は、禍々《まがまが》しく見えた。太い油性マジックで描かれているようだった。否定、嫌悪、嘲笑《ちょうしょう》——悪口を延々と書かれるよりも、刻まれた一文字からは凝縮された悪意が伝わってくる。

「中で話しましょう」

アザドさんが、シャッターを開けてくれる。

中は、かなり年季が入っていた。壁にはトルコと思われる国の地図や、見たことがない国旗が掲げられている。テーブルに置かれたメニューは、よれよれだ。

「来週、クルドのお祭りがあります」

アザドさんが、壁のポスターを指差す。荒川《あらかわ》のほとりの公園で〈ネウロズ〉という祭りが開かれるようだった。

「このところ、私たちクルド人を目の敵にする人々が増えています。店の電話にも〈日本から出て行け〉とか、〈犯罪者〉とか、怖い電話がかかってきます。〈ネウロズ〉も開催できるか危ぶまれていましたが、なんとか開けることになりました」

「それは、ひどいですね……」思わず、声が出てしまう。

「もちろん、私たちの側にも問題はあります。地域の人とトラブルを起こす人間もいるし、犯罪を犯す人間もいる——そんなもの、論外です。でも、静かに、真面目に暮らしているクルド人がほとんどです。少なくとも、私までそんな扱いを受ける謂《いわ》れはない」

アザドさんは、深くため息をついた。

「このあたりの空気も、悪くなってしまいました。年末に、傷害事件があったんです。クルド人が日本人を殴ってしまって……」

アザドさんが言うには、夜のコンビニでクルド人の青年が日本人と口論になり、手を出してしまったそうだ。青年が逮捕され、事件が報道されたことで、地域からの目が一気に厳しくなってしまったらしい。

「殴ったのはよくないです。でも、ラマザン……逮捕された同胞が言うには、酔っ払った日本人に〈邪魔だ、クルド野郎〉と言われたとか。それで、頭に血が上ってしまったそうなんです」

「そりゃそうですよ。そんなの、怒って当然です」

「我々には、シンプルなところがあるのです」

アザドさんの口から出た言葉に、心臓が跳ねた。

シンプル。つい先日、使ったばかりの言葉だ。

「怒るときは怒る。笑うときは笑う。私たちのそんな気質が、気遣いの細やかな日本人とぶつかってしまうことがあると、以前から感じていました。でも、あの落書きはひどい……。いくらなんでも、あんなことをされる覚えはないです」

アザドさんは心底哀しそうだ。怒るときは怒る。哀しむときは哀しむ。探偵業にどっぷり浸《つ》かり、色々な人間の二律背反を見てきた身にとって、彼の反応は新鮮だった。

そのとき、店のガラス戸が荒々しく叩《たた》かれた。

そちらを向くと、外には三人の中東系の外国人がいた。たぶん、クルド人だ。アザドさんが向かうと、私には判らない言葉で騒々しく話しはじめる。

「全く、困ったものです」

アザドさんは諦《あきら》めたように言い、店内に戻ってくる。三人は店の中に入ってきた。

「これから仕事に行くから、ご飯を食べさせろと。私を、ママか何かだと思ってる。これだから、クルド人は……」

アザドさんは頭をかきながら言ったが、その表情はどこか嬉しそうだった。三人のクルド人は当たり前のような顔をして椅子に座り、私たちを認めると照れくさそうに手を振ってくる。

「おふたりも、腹ごしらえをしていってください。今日は私のおごりです」

「いいんですか」

「はい。ラフマジュンとヨーグルトスープのセットがおすすめです」

ラフマジュンとは、薄く伸ばしたパン生地に羊のひき肉や野菜を載せ、クミンや唐辛子をかけて焼き上げるピザのような料理らしい。「美味しそうだね」と、みどりさんはメニューを覗《のぞ》き込んでいる。私は、もうひとつあるメニューに手を伸ばした。

ふと、視線を感じた。

ガラス戸の向こうの通りから、ひとりの少年が、こちらを見ていた。

身長は百七十センチくらいだろうか。クルド人のように見えたが、店内にいる四人とは少し雰囲気が違う。

——なんだろう?

少年はじっとこちらを見つめている。何かを、訴えかけているように見えた。

彼に話しかけようと、腰を浮かす。

少年は唐突に視線を切り、足早に歩み去った。

3

「あのトルコ料理屋には、迷惑してるんです」

〈アララト〉周辺、この町での二丁目エリアの聞き込みをはじめて五軒目で、そんな証言をする人が現れた。店から百メートルほど離れたアパートに住んでいる、三十代くらいの女性だった。

「迷惑とは、具体的にどういうことですか」みどりさんが質問をする。

「マナーが悪いんです。うるさい客が多くて」

「というと？」

「外国人が大勢集まって、騒いでるんです。何度言っても直らない。夜になると怖くて、近くを通れないんですよ」

「騒音トラブルについては、いまは気をつけていると聞きましたが」

数年前までの〈アララト〉はクルド人が集まると箍《たが》が外れ、大騒ぎの宴会になってしまうことがあったようだが、いまは反省して静かにしている――と、アザドさんに聞かされていた。そのときのイメージが残っているのだろう。

「そうでしたか？　でも、外国人が大勢集まってるのは本当ですよ。この前、外国人に日本人が殴られる事件があったし……治安がどんどん悪くなってます」

「あの店に最近悪戯書きがされたんですが、心当たりはありませんか」

みどりさんは突然、あまりにも直接的な質問を口にする。

「悪戯書き？　店の外にですか」

「はい。あの店に恨みを持つ人の犯行だと思うんですが」

「なんですか。私を疑ってるんですか」

「いえ、とんでもない。皆さんに聞いている質問です」

「心当たりなんて、ありませんよ。ホント、治安悪いなあ。空き巣も最近多発してるって聞くし、引っ越そうかな……」

「お話を聞かせていただき、ありがとうございました」

みどりさんに合わせて頭を下げ、私たちはアパートをあとにした。

「やったのはたぶんあの人じゃないけど、一応メモしといて」

「はい」

いきなり直球の質問をして、動揺を引き出そうとしたらしい。みどりさんはたまに、荒っぽいことをする。

みどりさんが歩きはじめるのに合わせ、私も歩く。

昔はよくタッグを組んでいたが、一緒に現場に出るのは久しぶりだ。

「みどりさんって、本当によく歩きますよね」

「ん、そう?」

「いろんな探偵と調査をしてきましたけど、こんなに歩く人はいないです」

みどりさんは街中を歩きながら、色々な情報を受け取っている。地域の印象。空気に溶け込んでいる生活の匂い。言葉にならないものを丁寧にすくい取っているうちに、思いも寄らないものを見つけて調査の進展につなげていく。思考能力もすごいが、情報収集のしつこさがそもそもほかの人とは違う。

「簡単に答えを、出したくないんだよね」

みどりさんは、ポツリと言った。

「調査を進めて、ほとんど結論が見えたと思っても、最後に想定してなかった証拠が見つかって、全部がひっくり返る――そういうことを、何度も経験してきたから。だから、なるべく多くの証拠を集めたいし、なるべく多くの人から話を聞きたい。自分の中で確信ができても、その先を考え続けたい。それまで答えを、口に出したくないんだ」

「みどりさんらしいです。真似できるかは、判りませんけど」

今後何回、みどりさんと現場に出られるだろう。

貴重な時間の中にいるのだと、私は思った。


「ああ、クルド人か」

聞き込みをはじめて一時間ほど経ったころ。私たちは気難しそうな男性に出会った。〈アラト〉から歩いて五分ほどの一戸建てに住む、四十代くらいの男性だった。

「最近、よく見掛けるよ。なんか増えてるよな、あいつら」

「何か迷惑をかけられたことでも、あるんですか」

「俺はないけど、色々トラブルが起きてるって聞くよ。ゴミ出しのマナーが悪かったり、騒音を撒《ま》き散らしたり。年末には暴行事件もあっただろ？　迷惑な連中だよ。あんなやつら、全員収容所にぶち込めってんだよ」

「それはあんまりじゃないですか」

思わず反論すると、男性がじろりとこちらを見た。

「何があんまりなんだよ」

「暴行事件は、日本人から突っかかっていったと聞きますよ。差別的な言動もあったとか」

「あんた、現場を見たのか？　あのコンビニでは、夜になるとクルド人が駐車場に座り込んでみんな迷惑してたんだよ。それを注意しただけだろ？」

「注意に、差別的な言葉が必要ですか？　ただでさえクルド人の皆さんは、不安定な立場に置かれてるんです。入管に収容されたりしたら、いつ出られるか判らない。仕事の機会も移動の自由も、制限されてるんです」

「なら、自分の国に帰ればいいだろ。なんで日本にいるんだ」

男性の反論に、私は言葉に詰まってしまった。

「あんたこそ知ってるのか？　あいつらは観光ビザで入ってきて、そのまま日本に住み着いてる、オーバーステイの不法滞在者なんだぞ。日本は法治国家なんだ。本当なら全員ぶち込むか、即刻国に送り返すのが当然だろう？　それを寛大な気持ちで日本に置いてやってるんだ。不安定くらい、我慢しろよ」

「そうかもしれませんけど、私たちこそ、譲歩すればいいじゃないですか。苦しい立場の人を、裕福な国が支援するのは、当たり前じゃないですか」

「馬鹿なこと言うなよ。ヨーロッパやアメリカが移民でどれくらい苦しんでるのか、あんたは知ってるのか？　移民は安い賃金で働いて労働環境を荒らすし、現地の風習に溶け込まないから文化的な摩擦も起きる。勝手にコミュニティを作ってマフィア化する連中もいる。今後移民ばかりが増えて、もともといた民族が消えちまう国も出てくると言われてる。あんたは日本をそんな国にしたいのか？」

「そんな大げさな話ですか？　日本には一億二千万人も人がいるんですよ」

「そのうちの三パーセントが外国人だ。ぼやぼやしてるとどんどん増えて、日本は乗っ取られるぞ。あんたみたいな不勉強な人間がいるから、この国はおかしくなるんだ」

やぶ蛇になってしまったことを自覚した。男性は差別的かもしれないが、私よりもはるかに勉強をしている。対抗できる知識を、私は持っていない。

みどりさんが悪戯書きの件を聞いた。だが男性は〈アララト〉の〈×〉の件自体、知らないようだった。みどりさんが頭を下げる。抵抗はあったが、私もそれに合わせた。

歩きながら、苦いものが私の中に広がっていく。

みどりさんの前で、醜態をさらしてしまった。

たぶんみどりさんは、あえて間に入らずに、私を男性にぶつけた。私に試練の場を与えてくれたのだと思う。にもかかわらず、私は何の情報も引き出すことができず、ただ無駄に議論をして言い負かされただけだった。

情けなかった。罵詈雑言《ばりぞうごん》を撒き散らす男に、意味のある反論ができなかった。悲惨な立場に置かれているクルド人を擁護したかったのに、そのための知識が、私の中にはない。

「……みどりさん?」

ふと、みどりさんの足が止まっていることに気がついた。

みどりさんの視線の先には、一軒家がある。

塀と門があり、その奥に古い家屋が建っていた。一家で応援しているのか、塀には中年男性の区議のポスターが貼ってある。政権与党に所属している政治家のようだ。

「どうしたんですか。このポスターの人が、何か?」

「見て」

みどりさんが指差した先には、塀に埋め込まれたステンレス製のポストがあった。開閉部分が、クリーム色のプラスティックでできている。

「あ……」

その表面に、小さな赤文字で〈×〉と刻まれていた。

4

調査を終えて、私はファミレスでパフェを食べていた。下戸なので、疲れたときは甘いものを食べるようにしている。みどりさんは家庭があるので、早々と帰ってしまった。

〈×〉が描かれていたのは、児島《こじま》さんという人の家だった。インターホンを鳴らすと、私と同じ年くらいの女性が、門の前に現れた。

話しかけても女性はなぜか応答せず、タブレットのような機器をこちらに差し出してきた。そこに書かれていた文字を見て、私は事情を理解した。

〈ボタンを押したまま、話しかけてください〉

児島さんは、聴覚障害者だったのだ。タブレットに見えたのは、筆談に使うメモパッドだった。

ポストの悪戯書きについて聞いたところ、児島さんは〈もともとのデザインだと思っていた〉と答えた。三ヶ月前にポストを新調し、一ヶ月前に〈×〉が描かれていることに気づいたが、特に気にしていなかったのだそうだ。書かれた理由に心当たりはないという。地域の住民との交流はあるようだったが、クルド人については存在自体を認識していなかった。

〈いつまで話してる？　油を売ってないで、さっさと戻ってこい！〉

話を聞いていると、家のほうから男の怒鳴り声が轟《とどろ》いた。児島さんが聞こえるわけもなく、さり気なく尋ねると、父と同居しているのだという。その間も、家の中から大声が響き続けていた。

彼女が家でどんな扱いを受けているのか、考えただけで胸が痛くなった。今日はクルドの人々といい、抑圧されている人をよく見る。

付近の聞き込みを進めてみると、赤い〈×〉がもう一軒見つかった。

児島さんの家から数軒先にある、古いアパートの二階の奥だった。一週間ほど前、ドアの前に赤く〈×〉と描かれていたのだという。教えてくれたのは隣人の学生で、悪戯書きされた部屋に住んでいるのは、マリアという名のフィリピン人の女性だそうだ。夜の仕事に出かけたらしく、会うことはできなかった。

どういうことなのだろう。

〈アララト〉に描かれた〈×〉は、クルド人差別が目的ではなかったのだろうか。

もう一軒はフィリピン人女性の家に描かれているので、外国人差別という点では一貫しているが、児島さんは日本人だ。何か共通点があるのだろうか。

〈ひとつ、仮説があるんだよね〉

頭をひねっていると、みどりさんがそう言った。

〈あ、でも、絶対に外れている仮説なんだけどどね〉

〈なんですか、外れてる仮説って〉

〈うーん、自信のない説を言うのは、ちょっと気が引けるけど……〉

ふと、人の気配を感じた。

視線を上げると、空席だったはずの正面に少年が座っていた。

「君は……」

〈アラト〉の外から、私のことを見つめていた少年だった。

近くで見ても、不思議な印象を受ける。クルド人であることは間違いなさそうなのに、アザドさんたちとは何かが違う。

「こんにちは。お姉さんは、ジャーナリストですか？」

流暢な日本語だった。アザドさんの日本語も見事だったが、少年のそれはネイティブと比べても遜色《そんしょく》がない。少し歌うようなアクセントがついているが、ほとんど気にならない。

「君は、クルド人？」

「半分だけね。ママは、日本人」

謎が解けた。少年の異質な印象は、クルド人と日本人のダブルであることからきていたのだ。

少年は、テーブルにあるナプキンを取り出してボールペンを走らせた。

「これが名前だよ」

〈山地《やまじ》　Rohat Kaya〉

「なんて読むの？　ローハット・カヤ？」

「ロハットね。ローハットとは伸ばさない」

「年齢は？」

「今年十七になった。高校に通ってる」

「高校二年生？　アザドさんの親戚《しんせき》か何か？」

「うん、高二。アザドおじさんは、パパの友達。同じころにトルコからきて、近くに住んでる。パパもたまに〈アララト〉で働いてるよ」

「それで……私に何の用？」

少年の素性は大体把握できた。判らないのは、近づいてきた目的だ。

「お姉さんは、僕たちのことを調べてるジャーナリストなの？」

「違う。守秘義務があるから、素性は言えないけど」

「でも、おじさんの店の落書きを調べてるんでしょ？」

「犯人を知ってるの？」

思わず声のトーンが上がる。だがロハットは、首を横に振った。

「犯人は知らない。でも、動機は知ってる。最近、僕たちを攻撃してくるやつが増えてて、そいつらの誰かが描いたんだよ。お姉さん、ジャーナリストなら告発してよ。僕たち、本当に困ってるんだ」

「どう困ってるの？」

「どうって……お姉さん、クルドのことを知らないの？」

直接的な言葉が、石のようにぶつけられる。そう。今日で思い知らされた。私はクルド人のことを知らない。彼らがなぜここにいるのかも、いまどういう状況に置かれてるかも。

私は、名刺を渡した。彼ともう少し、話してみたいと思った。

「……見《ミ》、要《ヨウ》？　見たことない名前」

「すみかなめ。ヨウって言われたのは、初めてかな」

「カナメ、か。オッケー、覚えた。スミって、珍しい苗字《みょうじ》だね」

「あなたのお父さんって、どういう人？　興味があるから、教えてほしい」

「僕が生まれる一年前に、日本にきたの。もともとアザドおじさんと友達で、おじさんに誘われる形で。日本にきてすぐにママと結婚して、僕が生まれた。妹もふたりいるよ」

「どうして、日本へ？」

「細かいことは知らないんだ。パパ、クルディスタンにいたときの話、あんまりしたがらないから」

「クルディスタンって、何のこと？」

「クルド人が住んでる、地域のこと」

ロハットの目が、遠くを見つめるようになる。

「パパが住んでたのは、トルコの東のほうの村。世界地図でその辺、見たことある？ トルコの東南側にはシリアとイラクとイランがあって、四つの国境にまたがるみたいに、クルディスタンはある」

なぜそんな地域にまとまって住んでいるのかと思ったが、話の腰を折りたくない。あとで調べてみよう。

「パパの住む村はね、ゲリラとコルジュが殺し合いをしてる村だったんだって」

「ゲリラ？ コルジュ？」

「トルコではクルド人はずっと差別されてた。クルド語を使うことはずっと禁止されてたし、クルド人という民族の名前を奪われて〈山岳トルコ人〉って呼ばれてた。町や村の名前も全部トルコ語に変えられて、住む場所も奪われた。そこから政府と戦うために生まれたのが、ゲリラ。でもトルコはゲリラ相手に苦戦したから、クルド人にお金を渡したりして、ジャンダルマや軍に密告させる組織を作った。それがコルジュ。僕たちは、同じ民族同士で、戦わされてたのさ」

ロハットは、哀しげに笑う。

「パパが住んでた村では、クルド人がほかの街に移動しようとするだけで、ジャンダルマ――治安部隊とか警察に目をつけられて、尋問された。悪いときには捕まって、拷問された人も何人もいた。村は荒れ果てて、とても住める状態じゃなくなった。だからなんとか、日本に逃げてきたって言ってた」

「いまは、どうなってるの？」

「トルコではその後クルド語が使えるようになったけど、民族主義者たちが激しい弾圧をやってる。クルドへの差別意識も根づいてて、それで日本に逃げてくる人も多い」

壮絶な話を、まるで高校生同士の喧嘩《けんか》のように淡々と語る。私のほうが十歳以上も年上なのに、自分が知識の面でも情緒の面でも、幼い人間に思えた。

「クルド人は、分断されてる」

ロハットの言葉に、力がこもった。

「クルディスタンって地域はあるけど、国じゃないんだ。中に国境線が引かれていて、色々な国に分かれて吸収されてる。その中でまた分断されて、同じ民族同士で争わされてる。〈国へ帰れ〉って言う日本人の気持ちも、判るよ。ビザの期限が切れてるのに出て行かないのなんか、普通に考えたらムカつくもん。でも、どこに帰ればいいの？　クルド人は昔から同じところに住んでるだけなのに、勝手に国境を引かれて、引き裂かれた。その国境を引いたのは、イギリスとかフランスとか、先進国の人たちだよ。世界中でよってたかってこんな状態にしておいて、どこに帰れって？」

「だから、クルド人が日本にいるのは当然だって、言いたいの？」

「当然なんて言ってない。でも、どうしようもないじゃん、こんなの。誰かが居場所を作ってくれなくても、それでも生きていかないといけないんだし」

ロハットと話しているうちに、かつてクルド人に同族意識を覚えていた自分が、恥ずかしくなってきた。私は彼らのことをろくに知らないのに、短絡的に肩入れをしていた。ひょっとしたらあの解体現場にいたクルド人たちも、命の危険にさらされて日本に来ざるを得なかったのではないか。ならば私が置かれていた状況とは、あまりにも違う。

もっと、クルドについて教えてほしい。

ロハットにお願いしようとした、矢先。

彼の目が、光を失っていることに気づいた。

気配を感じて振り返ると、四人の若者が私たちを見下ろしていた。全員、日本人のようだ。嫌な笑みを浮かべていた。高校生くらいに見えるが、雰囲気がやさぐれている。

「ロハット。何、この女」長髪の男が言った。知り合いのようだった。

「お前らの支援者か何か？　目障りだな。そういうのは裏でやっとけよ」

「支援者じゃない。ちょっと知り合っただけ」

「どこで知り合うんだよ。お前らクルドに寄ってくる女なんか、いるか？」

「そりゃいるでしょ。僕のパパも、日本人と結婚した」

「ニホンジント、ケッコンシタ」

男はロハットのわずかなイントネーションの癖を、極端に誇張して繰り返す。ほかの三人が、爆発したように笑った。嫌な気持ちになった。こいつらはクソだ。人を人として、見ていない。

「お前たちがいると治安が悪くなる。この辺で起きてる空き巣も、お前らの仕業じゃないのか？　さっさと国に帰れよ、不法入国者」

「ほかの人は知らないけど、僕はそんなことしてないよ。あと、僕は日本生まれだから。国籍も持ってる」

「コクセキモ、モッテル」

頭に血が上る。どうなってもいいという自暴自棄な思考が、私を満たした。

「お姉さん、あんたも勘違いされたくなかったら、こんなクルドとつるむなよ。日本人は、日本人と……」

不用意に肩に置かれた手を、私は摑《つか》んで握りしめた。

左手の指を三本、握り込んでいた。「痛え！」と叫ばれたので、もっと力を入れた。高校生のころ、砲丸投げをやっていたときに、握力は死ぬほど鍛えた。たぶん数秒後、私は反対の手で殴られるだろう。その前に、指の骨を砕いてやる。

「カナメ、駄目だ」

ロハットが、私の手を握っていた。

その声は、どこか遠くから聞こえた気がした。こんなクソは、ただで帰してはいけない。生まれた暴力衝動が、私を突き動かしていた。

「カナメ、お願いだからやめてくれ。僕のために」

懇願するような声を聞いて、私はやっと、力を緩めた。

すぐに、やってはいけないことをやってしまったと悟った。少年の骨を折ったとしても、高まった憎悪が降りかかる相手は私じゃない。仕事が終わればこの街を去る私に引き換え、ロハットはずっとここで暮らしていかなければならない。

「ユウゴ、悪かった。ごめんよ」

ロハットが謝ったが、少年グループには気まずい空気が流れていた。ユウゴと呼ばれた長髪の少年が何も言わずに踵《きびす》を返すと、全員それについていく。

「ロハットくん、ごめん」

少年たちが店を出て行ったところで、私は頭を下げた。だが、当のロハットは、一転してけろりとした様子だった。

「大丈夫、別にいつものことだから」

「いつも、あんなひどいことを言われてるの？」

「日本人全員があんなんじゃないよ。あいつは池田勇吾《いけだゆうご》って同級生でさ。学校にいる外国人を捕まえては、ひどいことを言ってくる。あいつにターゲットにされてるのは、僕だけじゃない。生活保護もらってる家の子供に〈税金泥棒〉とか言ったり、怪我してる人を馬鹿にしたり、最低の人間だよ」

「大丈夫？　今日ので目をつけられたりはしない？」

「もうつけられてるから、関係ない。大丈夫だよ、上手《うま》く逃げるから」

ロハットは達観したように言う。

「勇吾は、政治家の息子なんだ」

「有名な人なの？」

「池田和郎《かずお》って人。知ってる？」

〈×〉が描かれていた児島さんの家の前にポスターが貼られていた政治家だ。足立区の区議で、このあたりでは人気なのか、あちこちでポスターが掲示されている。

「勇吾のパパは〈弱い人を助けたい〉とか言ってる人でさ、世話になってるクルド人もいるみたいだけど……笑っちゃうよね、子供が弱い人をいじめてるんだから。たぶん立派な親への反抗で、僕たちを攻撃してるんだよ。だせえ」

「ロハット……」

「差別って結局、弱い人間がやるものだから。僕はあんなやつに、負けない」

胸が熱くなる。

立派だと思った。鳶職だったころ、女性差別に直面したことは何度もあった。あのときの私は、こんなにも強く胸を張れていただろうか。

――クルド人について、もっと知りたい。

使命感にも似た欲求が、生まれはじめていた。

5

二度目の聞き込みは、三日後の朝から行われた。

前回と同じエリアから聞き込みをはじめたところ、すぐにあたりの雰囲気が一変しているのを感じた。

「この辺に、おかしなビラが撒かれてるんですよ」

四十代くらいの男性が、そのビラを見せてくれる。

〈このような落書きをした人は、名乗りでてください。

差別は絶対に許されません。

謝罪をしてくれるなら、受け付けます〉

アザド・タシという署名と、〈アララト〉に描かれた〈×〉の写真が貼りつけてある。何が起きたかは明白だった。この三日の間に、アザドさんが地域一帯にチラシを撒いたのだ。

「この程度の落書きをされただけでビラを撒くなんて、ちょっと怒りすぎですよね。なんか怖くないですか」

　ほかの家への聞き込みでも、同じような反応が出てくる。アザドさんのまっすぐな怒りは、地域の住人によくない心証を与えていた。

　アザドさんの携帯に電話をしてみたが、つながらない。今日はどこかへ出かけているのか、さっき訪ねた〈アララト〉のシャッターも閉まっていた。これ以上暴走しそうなら諫《いさ》めたほうがいいだろうが、あの爆発するような怒りに、私たちの忠告が効くのかは判らない。

「ん」

　街中を歩くみどりさんの足が、止まった。

「見つけた。ここ、見てみて」

　小さな一軒家があり、塀にインターホンが埋め込まれている。

〈ＷＳＢ２０〉

　インターホンの右下に、黒いペンで小さく殴り書きがされていた。

「これが空き巣のマーキング、ですか」

　みどりさんが頷く。〈絶対に外れている仮説〉とみどりさんが言っていた件だ。

　空き巣の手口として、あらかじめあちこちの家にマークをつけておくものがある。空き巣は闇雲に忍び込むのではなく、住んでいる人の属性、帰宅時間、防犯意識などを念入りに調査して、頃合いを見計らって入ってくる。マーキングは、主に空き巣グループが住人の情報を仲間と共有するために、書き込まれるものらしい。

「この〈WSB20〉は、どういう意味なんですか」

「たぶん〈ウーマン《女性》〉〈シングル《独身》〉〈ベイビー《赤ちゃん》がいる〉〈二十時帰宅〉という意味だね。マーキングは空き巣グループによって流儀があって、使うペンの色にも意味があるそうだけど……一般的な意味なら、そう」

　描かれた〈×〉は、空き巣のマーキングなのではないか。みどりさんは一瞬そう思ったようだが、すぐにその説を打ち消した。マーキングは、あくまでも仲間内に伝わる程度に、さり気なく描くのが鉄則だ。〈アラト〉にされたような大きな落書きでは、マーキングの意味がない。ちなみに〈×〉は一般的に〈侵入してはいけない〉を表すことが多いらしいが、やはりそれも空き巣によってまちまちだそうだ。

「この辺は、ちょっと貧しいエリアかもね」

　みどりさんは周囲を見ながら、呟く。

「道幅が狭くて、小さな一軒家が密集している。地震がきて火災が起きたりしたら、一帯が丸ごと燃えてしまいそうな怖さがある。開発もされてないのか、マンションも少ない。この辺、ちょっと重点的に見てもいいかな？」

「いいですけど……何か気になるんですか」

「うん、ちょっとね。ごめんね、付き合わせて」

簡単に答えを、出したくない――その言葉通り、みどりさんは途中の推理をあまり言わない。調査の過程で、思いついた仮説をポンポン口にする同僚とは、そのあたりも大きく違う。

「大丈夫です。お供します」

この感じが懐かしくて、声に力がこもった。


結局、貧しいエリア――このあたりの町の三丁目にあたるエリアでは、特に進展はなかった。空き巣のマーキングはいくつか見つかったが、〈×〉と落書きされた家はなく、みどりさんは〈ちょっと間違った方向に考えていたみたい〉と、首をひねっていた。

アザドさんは、この一帯にもビラを撒いたようだ。クルド人の印象について聞くと、全く何も知らない人と、あまりよくない印象を持っている人とで二極化していた。やはり年末のコンビニでの傷害事件が、悪い印象を形成しているようだ。そこにアザドさんが大騒ぎをしているので、より反発する空気が生まれてしまっている。

「でもそのコンビニの事件も、ひどい話だと思いますよ」

クルド人への悪印象を聞いているうちに、私は憤りを覚えだしていた。

「もともとは〈クルド野郎〉って言葉を投げかけた側が悪いじゃないですか。殴ってしまったのはよくないですけど、差別的なことを言う側は、無罪なんですか」

「まあ、法律に照らし合わせると、そうなっちゃうよね」

「言葉だって立派な暴力です。彼らは本国では暮らしづらくなってしまって、日本にきているんですよ。クルド人は世界史の中で、多くの国に引き裂かれてきた人たちなんです。世界全体の問題なんだから、それ以外の国は、彼らを寛容に受け入れるべきなんじゃないですか」

こんな青臭い理想論を言っていることに、自分で驚いてしまう。だが、彼らの歴史を調べれば調べるほど、その思いは強くなっている。

クルディスタンと呼ばれる山岳地帯には、三千万人とも四千万人とも言われるクルド人が住んでいる。

彼らが古くから国を持てなかったのは〈急峻《きゅうしゅん》な山々を根城にしているから〉という理由が大きい。山に居住しているせいで、お互いの部族や集落への行き来が難しく、どうしても小さな村落以上にコミュニティが発展しない。おかげでクルド語は多くの方言に分かれていて、同じクルド語を使っていても意思疎通ができないケースすらあるという。

クルディスタンは長いことオスマン帝国の支配下にあったが、第一次世界大戦後、連合国の後押しにより一時的に自治が認められた。だがその約束は反故《ほご》にされ、大国が勝手に引いた国境線により、現在の形に引き裂かれてしまった。

〈クルド人は、分断されてる〉

ロハットの言う通り、個人の力ではどうにもならない巨大なものに、彼らは分断され続けている。急峻な山々。大国の思惑。地域の政治バランス。その結果国を持てず、引き裂かれた各国で抑圧され、日本のように縁もゆかりもない場所に来ざるを得なくなっている。そんな背景を知らずに〈クルド野郎〉などと言葉を投げかけるのが、どれほど残酷なことなのか。

「……ずいぶん、勉強したんだね」

みどりさんが感心したように言う。確かに、こんなにもひとつのことを勉強したのは、いつ以来だろう。突き動かされるような衝動で、私はクルド人に関する情報を漁《あさ》り続けていた。

昼食を食べ、少し休んだところで、午後の聞き込みをはじめる。

証言は、突然出はじめた。

いままでとは別のところに行こうと、少し離れた六丁目エリアに移動して、すぐのことだった。

「うちにも二週間前、〈×〉が描き込まれていました」

そう証言してくれたのは、マンションの一室に住む、車椅子に乗った四十代くらいの男性だった。杉山《すぎやま》さんという男性は交通事故に遭ってから歩行障害になってしまい、バリアフリーのマンションに住んでいるとのことだった。玄関のオートロックを解除して中に入れてもらうと、段差のない床が滑らかに続いている。杉山さんの部屋は、一階の一番奥にあった。

「不快な悪戯をするなあと思って、すぐに消したんだけど……その後、ほかの場所にも描かれていたことが判ったんです。ひどい話だ」

「この近くで〈×〉が描かれた家が、ほかにもあるんですか」

「はい。犯人を捜してるんですか？　なら、教えてあげますよ」

「犯人を、知っている？」

「ええ」

驚く私たちに、杉山さんは車椅子から軽く身を乗り出して言った。

「〈×〉を描いてるのは、クルド人の少年ですよ」


杉山さんはその後、ふたりの人を集めてくれた。

ひとりは隣に住む牧《まき》さんという人で、やはり車椅子に乗った三十代くらいの男性。こちらはレストランで料理人をやっているという。

もうひとりは小鳥遊《たかなし》さんという、三十代くらいの女性。杉山さんたちのバリアフリーマンションから、百メートルほど離れた一軒家に住んでいるそうだ。

「俺と牧さんの玄関ドアに〈×〉が描かれたとき、管理人さんが〈こんな悪戯がありました〉っていう貼り紙を出してくれたんです。それを見た小鳥遊さんが、連絡をくれて」

杉山さんの話に、小鳥遊さんが頷く。

「私の家は古い戸建てで、塀に〈×〉が描かれていました。気持ち悪いなと思ってすぐ消したんですけど、まさかあちこちに描かれているなんて」

「小鳥遊さんの家に描かれた〈×〉の写真は、残ってますか」

「はい。警察に届けようと思って。あまり、相手にしてくれませんでしたけど」

小鳥遊さんがスマホで見せてくれた写真には、赤い〈×〉が描かれている塀が写っていた。

アザドさんの店に描かれたものよりもやや迫力に欠けるのは、単純に〈×〉が小さいからだろう。

「杉山さんと牧さんの家に描かれた〈×〉は、どうです？」

「これです」

杉山さんの写真を見ると、小鳥遊さんの家に描き込まれたものより、一回り大きい。

「ほかにも〈×〉が描かれた家はあるんですか」

「ええ。この辺では結構問題になっています。グエンさんの家、〈清風荘《せいふう》〉、水野《みずの》さんの家……」

「ずいぶん多いですね。その前に、クルド人の少年が犯人だという根拠について、伺いたいんですが……」

「これです」

牧さんが小さなビニール袋に包まれた、緑色のアクセサリーを差し出してくる。

「〈×〉が描かれた日、これが玄関の前に落ちていました」

「……オヤ、ですか」

思わず、呟いてしまった。みどりさんが〈知っているの？〉という目で、こちらを見てくる。

「スカーフの縁を飾るアクセサリーのことです。それはたぶん、葉っぱをモチーフにしたオヤですね。作ったオヤはスカーフに縫いつけたりしますし、そのままピアスにしたり、つなげてネックレスやブレスレットにしたりもします」

「それとクルド人に、何の関係が？」

「トルコの手芸なんです。クルド人も、よく作るって」

みどりさんの表情が、険しくなる。牧さんが、自信ありげに頷いた。

「クルド人が落としていったんでしょう。悪戯書きをしたついでに」

「お気持ちは判るのですが、それだけではクルド人が犯人だという決め手に欠けます。ついこの前、クルド人のお店にも赤い〈×〉が描かれましたし」

「そんなもの、自作自演ですよ。犯行がばれそうになったからと、先回りして描いたんですよ。チラシを撒いたりして、しらじらしい」

「あの、いいですか」

脇で聞いていた小鳥遊さんが、口を開いた。

「オヤだけが証拠じゃありません。私、見たんです」

「何をですか」

「犯行現場に、クルド人の少年がいたのをです」

みどりさんの表情が、また険しくなった。

「三週間くらい前のことです。私はその日、家の二階の掃除をしていました。そのとき、窓から外を見ると、通りにクルド人の少年が立って、じっと塀を見ていたんです。気味が悪くて観察していたら、五分くらいずっとそこに立ってて……ようやく帰ったところで表に出てみたら、〈×〉が描いてあったんです」

「ということは、その少年が落書きをしている瞬間は、見てないということですか」

「見てませんけど、同じようなものじゃないですか」

小鳥遊さんの言葉に、杉山さんも牧さんも頷く。

「それに加えて、現場にオヤが落ちていた。そのクルドの少年が犯人ですよ」

「先ほど話題に出た、〈×〉が描かれていた方々についても、教えていただきたいのですが」

「グエンさんは、ベトナム人の学生です。〈清風荘〉というのは、取り壊しが決まっているアパートなんですが、ひとり、立ち退きをしない人がいて問題になっているんです。生活保護を受けてるおじいさんなので、出て行けないという理由も判るんですけどね」

「水野さんという人は？」

「この先の戸建てに住んでるかたです。もう還暦を過ぎているんですけど、お父さんが脳梗塞《のうこうそく》で歩けなくなって、ずっと老老介護をしていて。奥さんも出て行ってしまって、大変なんです」

「それらの家に、〈×〉と描かれていた……」

みどりさんは、何かを確信したように頷いた。

「すみません、いまから失礼なことを言うかもしれませんが……今回〈×〉が描かれているかたの家には、共通点があるようです。クルド人、フィリピン人、ベトナム人、聴覚障害者のかた、生活保護のかたが住む家に、老老介護をされているお宅……すべて弱い立場にあるとされる人たち、いわゆる〈社会的弱者〉の家が、ターゲットになっていますね」

杉山さんたちは、いまの話をとっくに予想していたようだ。痛ましい表情で、頷く。

「私の家にも、認知症の母がいるんです」

小鳥遊さんが、肩を落として言った。

「夜中に家出をして帰ってこなくなって、騒ぎになったこともあります。お恥ずかしいです」

「病気なんです、恥ずかしがることなんかありません」

「あなたの言う通りです。この犯人は〈社会的弱者〉を狙い撃ちにして、〈×〉を描いてます。クルド人の少年が面白おかしくそんなことをやってるのなら、絶対に許せません。確実な証拠を摑んで、警察に行こうと思っています」

杉山さんたちが最初から厳しい表情をしていた理由が、よく判った。〈社会的弱者〉の家に〈×〉を描いて回る——もし本当にそんなことをやっているのなら、最低の犯行だ。

だが、本当にクルド人がやったのだろうか。

日常的に抑圧されている人間が、そのはけ口を求めて、ほかの弱者を叩く。そういう暴力のありかた自体は、ありふれたものだ。でも。

あのストレートに怒りを表明するアザドさんが、コンビニで怒って相手を殴ってしまったラマザンという人が、表裏がないように見えた〈アララト〉でのクルド人たちが——あのまっすぐな人々が、こんな陰湿な犯行をするだろうか。私とクルド人との関係は、まだ浅い。それでも、この短期間で何人か見たクルド人と、卑劣な犯行とが、私の中で結びついてくれない。

「ひとつ伺いたいのですが、なぜその少年がクルド人だと判るんですか？」

私が聞きたかったことを、みどりさんが口にしてくれた。

「わたしは中東系のかたを見たときに、トルコ人なのか、イラン人なのか、クルド人なのか、すぐには判別がつきません。小鳥遊さんはなぜ、クルド人だと？」

「荒川沿いに、よくいるからです」

ここから一キロほど離れたところに、荒川の河川敷がある。

「そこでクルドの旗を掲げて、楽器を弾いてる少年がいて。その子と、同じ人に見えました」

「なるほど……。ちなみに、どういう見た目なんですか」

「中背で、少し茶色がかったツーブロックにしています。遠くで何回か見ただけだから、それ以上は」

心臓が、跳ねた。

心拍が高まっていくのを感じる。その少年というのは、まさか——。

私たちは礼を言い、連絡先を交換して場を離れた。

「とりあえず、教えてもらった人々の家に、行ってみよう」

当然のように、みどりさんは言う。

「荒川のほとりにも、行ってみないとね」

6

土手を上ると、川面《かわも》と河川敷が一望できる。荒川は川幅が広く、水量が多い。大量の水が流れる水面《みなも》は、湖のように雄大だ。

夕日が赤く染める景色の向こうに、下町の住宅街と、東京スカイツリーが見える。一日の中にあって、この場所がもっとも美しく染め上げられる時間のような気がした。私はみどりさんと並んで、土手の上の遊歩道を歩きはじめる。

「事件を、整理してみよう」

歩きながら、ふたりでタブレットを覗き込む。ふたつのエリアに描かれた〈×〉を、時系列順に書き込んでいる。

■二丁目周辺に描かれたもの
（A）児島さん、四十歳くらい、聴覚障害の女性。ポストに小さな×。時期は少なくとも約一ヶ月前（2月14日ごろ）。
（B）マリアさん、フィリピン人の女性。アパート二階の玄関ドアに×。3月4日ごろ。
（C）アザドさんの店。シャッターにA4用紙程度の×。3月5日ごろ。

■六丁目周辺に描かれたもの
（D）水野さん、六十代男性。父親を老老介護。表札横に小さな×。2月14日ごろ。
（E）小鳥遊さん、三十代女性。認知症の母親を抱える。一戸建ての塀に×。2月22日。現場でクルド人の少年を見る。
（F）杉山さん、四十代男性。交通事故で歩行障害、バリアフリーマンションに住む。玄関ドアに×。名刺くらいのサイズ。2月29日。
（G）牧さん、三十代男性。料理人、バリアフリーマンションに住む。玄関ドアに×。（F）と同じ大きさ。2月29日。
（H）グエンさん、二十代学生。ベトナム人。アパート二階のドアに×。3月4日ごろ（杉山さん証言）。
（I）三井《みつい》さん、〈清風荘〉の住人。立ち退きをせずに住み続けている。生活保護を受けている。アパート一階のドアにＡ４用紙程度の×。３月５日ごろ（杉山さん証言）。

グエンさんは外出していて会えず、三井さんはインターホンを鳴らしたが、居留守を使われているようで出てこなかった。〈清風荘〉は細い路地を入った先にあるボロボロのアパートだ。落書きはまだ消されていなくて、玄関ドアに大きな赤い〈×〉が生々しく残っていた。

〈確かに先月ごろ、表札に《×》が描かれていましたね〉

水野さんには会うことができた。何かをぶつけてしまったのか、左頰が赤く腫《は》れていた。

〈すぐに気づいて、変な悪戯だと思って消しました。大きさ？　指先ほどの大きさでしたよ。この辺で騒ぎになってるんですか……まあ、変なことをする人がいるものです。たいした悪戯じゃありませんよ。もういいですか〉

私たちの訪問を、水野さんは歓迎していないようだった。困ったように頭をさすりながら家の中に入ってしまい、それ以上話を聞くことはできなかった。

「何か、気がつくことはない？」

みどりさんに問われ、私は気になっていたことを言った。

「大きくなってますよね。〈×〉が」

時系列を追うごとに〈×〉はどんどん大きくなっている。両エリアともに、最初の〈×〉は表札の脇やポストに小さく描かれているだけだが、それぞれ最新のものになると、Ａ４用紙ほどの大きさになる。

「それもある。犯人の意識が肥大化してるみたいに、〈×〉も大きくなってる。ほかには？」

「まだあるんですか」

「わたしが一番不思議に思ってるのは……どうして、描きにくいところに描いているんだろう、ってこと」

「描きにくい？」

「（F）杉山さんと（G）牧さんのマンションは、出入り口がオートロックで施錠されていた。配達員と一緒に入るとか、何かの方法で潜り込んだんだろうけど、なんでそんな危険を冒してまでやったのか。（B）マリアさん、（H）グエンさんにしても、アパートの二階に入っていって描くというのは、リスクがあるんじゃないかな。（I）の〈清風荘〉にしても、細い路地を入った奥にあって、逃げ場がない」

「ほかに〈社会的弱者〉のかたが住んでいる家が、見つからなかったからでは？」

「それならなぜ、三丁目の貧しいエリアを狙わなかったんだろう」

確かにその通りだ。三丁目は古い一軒家が建ち並ぶゾーンで、比較的新しい町である六丁目より、生活水準が明らかに低かった。通り沿いに並ぶ一軒家だけを見ても、〈×〉を描く対象には事欠かなかったのではないか。

「あとは、エリアが集中していること」

「確かに、二丁目と六丁目のあたりに密集してますね」

二日かけて町一帯を聞き込んだが、〈×〉が描かれていたのは、いまいる町の二丁目と六丁目だけだった。両者は距離にすると、一キロ近く離れている。〈×〉はほかのエリアではひとつも見つかっておらず、この不自然な隔たりにも、何か意味があるのだろうか。

ふと、遠くから、弦楽器の音が聴こえてきた。

アコースティックギターの音に比べ、金属質で、ジャリジャリとした質感の音だった。耳慣れない音色が、荒川の空の広い風景に、郷愁的に響く。

音楽自体は素朴だった。短い小節でのメロディーが、回転する独楽《こま》のように延々と繰り返されている。演奏技術は、素人の耳で聴いても高くない。音が外れているところも多いし、テンポも安定していない。それでも、ノスタルジックな音色は胸にしみ込むようだった。軽く目を閉じて聴いてみると、いつの間にか日本ではないどこかへ歩いてきてしまったような気分になる。

河川敷へ下りていく、コンクリート造りの土手。

傾斜の上部に、あぐらをかいてギターのような楽器を弾いているロハットがいた。

マントのようなものを肩にかけていた。赤、白、緑が横三分割に並び、中央に黄色い太陽が描かれている。クルディスタンの旗だった。

「こんにちは」

みどりさんが声をかけると、ロハットが顔を上げた。

「少し、いいですか」「カナメ、どうしたの」

ふたつの声が交差する。みどりさんが、驚いたように私のほうを見た。

「知り合い？」

「ええ。前にファミレスで会って、少し話したんです。ね、ロハット」

「ああ、カナメの職場の人？　イツモ、オセワニナッテマス」

大人の言葉を使うのがおかしいのか、独特のアクセントを誇張して言う。ロハットは弦楽器をケースにしまうと、〈座れ〉というように自分の隣を叩いた。私たちは土手のコンクリートに腰を下ろした。

「ここで楽器、弾いてるんだ？」

みどりさんから、ロハットの隣を譲られた。本来、聞き込みをするのはみどりさんの役目だ。私に任せたと、無言で言われていた。

「うん。これはサズって楽器」

「いつからやってるの？」

「一年前くらいからかな。下手くそでしょ？」

「上手いかどうかは判らないけど、いい音だと思ったよ」

「ありがとう。川を見ながら演奏するのが、好きなんだ」ロハットは、ゆったりと流れる荒川に目をやる。

「カナメは、ユーフラテス川って知ってる？」

「名前くらいは、聞いたことがある。ティグリス川もあったっけ」

「ユーフラテス川の写真、見てごらん。荒川にそっくりだから。川沿いが繁みになってて、その向こうに街があって……大きさは全然違うけど、雰囲気は似てるんだよ」

ロハットは、肩にかけたクルディスタンの旗を嬉しそうに揺らす。やはり彼の中には、クルディスタンへの憧《あこが》れがあるのだろう。もうひとつのルーツでありながら、まだその地を踏めていない、悠久の山の地への。

「ロハット。失礼なことかもしれないけど、聞いていい？」

「何？」

「〈×〉を描いたのは、君？」

私はみどりさんのような、巧みな会話はできない。自分でもあんまりだと思うような直接的な言葉を、言うしかない。

「このあたり一帯の家に、〈×〉が描き込まれている。聞き込みをしたら、君がやったんじゃないかって話が出てきてる」

「どうして僕がそんなことをしないといけないの？」

「〈×〉は耳が聞こえない人や、生活保護を受けている人、老老介護に追われている人――いわゆる〈社会的弱者〉の人の家に描かれてる。地域からの風当たりが強まっている君が、そのはけ口を求めて……」

「カナメ」

ロハットの口調が、変わった。

私を見つめるブラウンの目に、力が漲《みなぎ》っていた。

怒りだった。アザドさんを突き動かしていた、希釈されていない根源的な怒りが、彼の目の中にもあった。

彼は、弱者を虐げるような人ではない。

私はみどりさんのように、論理的には考えられない。それでも直感と本能で、そのくらいのことは判る。

「でもロハットは、ある人の家の前で目撃されてる」

直感で話を終わらせるわけにはいかない。私は、扱い慣れていない論理をぶつける。

「その人の家にも〈×〉が描かれていた。ロハットは五分くらい、そこに立ってた。それは本当？」

「どこの家？　そんなこと、あったかな」

「小鳥遊さんていう人の家。青い瓦《かわら》屋根の、小さな白い一軒家で……」

「小鳥遊……ああ、思い出した。苗字が珍しかったんだよ」

「なんて読むのかなって不思議になって、じっと考えてたんだよ。ほら、カナメ。スミって苗字が面白いねって、この前話したじゃん」

「苗字？」

確かに、そんな話をした覚えがあった。ロハットは、珍しい苗字に興味があるようだ。

「〈×〉が描かれた現場に、オヤが落ちていたこともあった。君が落としたんじゃないの？」

「そんな馬鹿な。僕はオヤなんか持ち歩いてない。あれは女性が身につけるものだよ。誰かがクルド人を犯人にするためにやってるんじゃないの？」

淡々と答えるロハットに、ホッとしてしまう自分がいる。中立を保てないのは、探偵としては失格だろうが、それでもいいと思った。これ以上、彼らがひどいことにならないのならば。

――クルドだ。

――こわい。

背後から、そう囁《ささや》かれた気がした。

振り返ると、私と同じくらいの年齢の女性がふたり、嫌な目でこちらを見ていた。目が合うと、〈何が悪いの？〉という風に見つめ返し、悠々と去っていく。

昔、鳶の現場で向けられたことがある目だった。ここは女がくるところじゃない。俺たちの場所に入ってくるな。出て行け。帰れ。排除の意思が込められたときにだけ生まれる、汚泥のような色。見つめられると心に貼りついて、なかなか拭《ぬぐ》い去ることができない、凝縮された色。

「最近、ああいう人が増えた」

ロハットは、疲れたように言った。

「ほとんどの日本人は、親切だよ。みんな普通に接してくれる。でも、少しでもああいう人がいると、僕はすごく傷つく。そういう人が少しずつ、増えてきてる」

「〈答えを簡単に出す人〉、だよね」

みどりさんが口を挟んだ。

「探偵は、あちこちを巡って、色々な手がかりを集め、必死に考えてなんとか答えを出す。でも〈答えを簡単に出す人〉は違う。自分の信じる答えが先にあって、現実のほうを分解して都合よくそれに当てはめていく。本当の答えが出るはずの地点よりもずっと手前で、答えにたどり着いてしまう。そういう人を相手にするのが大変なのは、判るよ」

みどりさんは、答えをなかなか出さない探偵だ。その問題について考え続け、証拠を集め続け、解かれるべき一点を見極めるまで辛抱強く待つ。

差別にすぐ飛びつく人間は、〈答えを簡単に出す人〉なのだろう。クルド人を取り巻く問題が、みどりさんの探偵としての生きかたと、私の中で鏡像のようになる。〈答えを簡単に出す人〉は、探偵の、反対の人だ。

太陽が、ビル群の向こうに落ちていく。あたりは、一日の最後の輝きのような、一面の赤に染まっていた。

「ロハットは、クルド語で〈太陽〉って意味なんだ」

少年が言った。

「太陽はクルドの旗にも、命の象徴として描かれてる。ここで陽が落ちるまでサズを弾いてると、大切なものとつながってるみたいな気がするんだ」

「大切な時間を、邪魔しちゃってごめん」

「全然大丈夫。また明日くるよ」

「サズを、もっと聴かせてほしい」

思わぬ言葉が、口をついて出てきた。

「ロハットのサズ、私は好きだよ。弾いてくれない？」

「ありがとう。でもしまっちゃったし、もう帰らないと……明日《あした》またきてもらうのは、なんか申し訳ないし」

ロハットは、思いついたように指を鳴らした。

「カナメ、三日後は時間ある？」

その日は日曜日で、休みだった。私は頷く。

「面白い会合があるんだよ。よかったら、こない？」

7

日曜日。私は、埼玉県の川口市にいた。

指定されたのは、ごみごみとした街並みの一角にある、古いアパートの一部屋だった。

インターホンを押すと、ロハットが顔を覗かせる。

「カナメ、待ってたよ」

「うん……ここは？」

「イブラヒムの家。僕の友達。学校は別だけど、同じ年で仲がいいんだ。映画ばかり観てる、変なやつなんだよ。今日はたまにやってる、映画の鑑賞会」

サズを聴く会だと聞いていたが、違うようだ。戸惑いながらも、私は部屋の中に入った。

部屋は古かった。内装屋がろくに入っていないのか、床のフローリングはボコボコと浮いていて、天井のクロスにも亀裂《きれつ》が走っている。玄関に飾られた写真を見ると、この部屋に五人家族が住んでいるようだ。かなり窮屈な生活を送っていることが窺《うかが》えた。

リビングに入る。

八畳ほどの部屋に、三人のクルド人男性がいた。

年齢はバラバラで、ロハットと同年代から二十代後半くらいまでいる。

じろりと見つめられる。自分の縄張りに入ってきた異物を見るような、張り詰めた空気を感じた。鳶の現場で、女性だからと白い目で見られていたときよりも、冷たい空気だった。背筋が寒くなる。自分が自覚がないままに〈日本人〉という同質性の中で生きてきたことを、わずか五秒ほどで思い知らされた。

「こいつはユスフ。解体現場で働いてる。こっちのアッバスは、サズの名人なんだ。今日は映画を観てから、サズで遊ぼうと思って」

「このアパートで音出して、大丈夫なの？」

「隣もその隣も全部クルド人だから、大丈夫。イブラヒム、今日の映画は長いんだっけ？」

「大作だよ。三時間半ある」

「だって。まあ、お菓子でも食べながら観ようよ」

リビングにはスクリーンがかけられていて、反対側の棚にプロジェクターがある。映画など観る気分ではないのだが、まさか帰るわけにもいかない。仕方なく私は、ユスフとアッバスがいるソファの間に、腰を下ろす。ロハットは、床に座った。

イブラヒムと呼ばれた眼鏡の少年が、プロジェクターをいじりはじめる。ロハットとアッバスとユスフは、ポテトチップスをつまみながら、何やら話しはじめる。

アッバスとユスフは日本語が苦手なようで、彼らの会話はトルコ語と日本語が三対一くらいの割合で進んでいく。トルコ語だと思っているのは私だけで、本当はクルド語かもしれない。

両者を器用に使い分けながら会話が進行していくことに在日クルド人の知恵が感じられたが、部外者の私が入る隙間はない。

なぜ、ここに呼ばれたのだろう。

違う言語に囲まれていると、見えない檻《おり》の中に入れられているようだ。母国語が当たり前のようにそばにある環境がどれほどありがたいものなのか、初めて判った。トルコでは長い間、クルド語を公の場で話すことが禁止されていたという。幼いころから自分の言葉を封じられる苦しみは、一体どれほどのものだったのだろう。

「静かに。はじまる」

イブラヒムが部屋のカーテンを閉める。部屋が暗闇に落ちた。

スクリーンに、モノクロで〈東宝〉とロゴマークが出る。

『七人の侍』というタイトルが出た。確か黒澤明《くろさわあきら》の作品だ。名前くらいは聞いたことがあるが、観たことはない。

映画がはじまると、イブラヒムが適宜トルコ語だかクルド語だかで解説を入れはじめる。彼は両方の言葉に長《た》けているようだ。だがロハットは聞いているのかいないのか、関係のない雑談をしながらポテトチップスを頬張り、アッバスとユスフはビールを飲みはじめている。映画を観る会といっても真面目なものではなく、集まって駄弁《だべ》っているだけの会に、映画マニアのイブラヒムが観たいものをかけているのだろう。

映画は進んでいき、盗賊化した野武士たちから自分たちの村を守るため、ガードマンとして侍を集めるという話になってくる。侍集めはなかなか上手くいかないが、キーパーソンをひとり見つけることで一気に進展し、徐々に七人の侍が集結してくる。

イブラヒムが必死に解説を入れてくれるものの、ロハットたちは適当に聞き流して雑談を続けている。映画は決闘などの面白い箇所もあるのだが、録音状態が悪く、言葉が古いことも相《あい》俟《ま》って何を言っているのか判らない箇所が多い。全員映画を観るどころではなく、お菓子をつまんで思い思いに過ごす時間が続いた。

空気が変わったのは、中盤だった。

菊千代《きくちよ》というコミカルな人物の正体が、武士ではなく農民だったことが明らかになるシーンだ。菊千代は慟哭《どうこく》する。野蛮な世界で、農民たちがいかに虐げられてきたか。抑圧され、奪われてきたか。多くのものを失ってきた結果、そのありようが根底から歪《ゆが》んでしまったか。長年かけてため込まれたあらゆる負の感情が引きずりだされ、すさまじい形相とともに爆発する。

〈そんなケダモノを作りやがったの、一体誰だ？ お前たちだよ！ 侍だってんだよ、馬鹿野郎！〉

〈戦のたびに村を焼く！ 田畑は踏みつぶす！ 食いものは取り上げる！ 人夫にはこき使う！ 女は漁る！ 手向かえば殺す！ 一体、百姓はどうすりゃいいんだ！〉

いつの間にか、全員がスクリーンに釘付《くぎづ》けになっていた。

あまりにもすさまじい芝居と、それによって語られる農民たちの姿に、自分たちの境遇を重ね合わせている気がした。軽薄な態度で雑談をしていた彼らが、真剣に映画と向き合っていた。

そこからは、夢中だった。

野武士たちを待ち伏せする計画から、何度も訪れる見せ場。CGがない時代に、どうやってこんな映像を撮ったのだろうというスペクタクルの連続。私たちは登場人物とともにハラハラし、声を上げ、目頭を熱くした。イブラヒムが解説する必要は、もはやなかった。黒澤明の映画は国境と民族を超え、私たちはラストシーンまで身動きも取れないほどだった。

「日本は、すごいな」

ロハットが、呆気《あっけ》に取られたように頭をかく。

「七十年前の映画なんだろ？　信じられない。クルド人には、こんなすごい映画は撮れないよ」

「でもクルド人には、ユルマズ・ギュネイがいるよ」

私が言うと、イブラヒムが〈信じられない〉というように両手を上げる。

「クルド人の監督で、カンヌ国際映画祭の大賞を『路』って作品で取ってる。すごい傑作らしいよ。私が知らないだけで、ほかにも優れた芸術家は、いるんじゃないの」

四人が、私のほうをじっと見ていた。この日本人は何を言うのかと、耳を傾けてくれているようだった。

「『七人の侍』を観て——農民たちもそうだけど、私は、侍たちもクルド人に似ているって思った」

クルド人がいる国々では、隣国との戦争になると彼らも軍隊に組み込まれ、最前線に送り込まれる。しかも戦う相手も、敵国の軍隊に入っているクルド人だったりする。同胞同士で殺し合いをさせられ、戦争が終わるとまた邪険に扱われる。助けたはずの人々から抑圧される。『七人の侍』で侍たちが戦う相手も、かつて同業だった侍たちだ。同士討ちをさせられ、無事に相手を撃退したと思いきや、戦いが終わると農民たちから邪険にされ、村から追い出される。日本映画の最高傑作とも言われる作品で描かれる侍たちの姿が、私にはクルド人の歴史と重なって見えた。

私たちには、色々と似ているところがある。

日本もクルディスタンも、ともに領土の多くを山が占めている。クルド人が山を愛するように、日本人も山から恵みを受け、山とともに暮らしている。

荒川とユーフラテス川。人をもてなすのが好きな文化。戦士たちの精神性。魂や原風景の深い部分を共有しているはずなのに、それでも私たちは、違う部分に目が行ってしまう。〈お前は違う〉と早々に答えを出し、同じ部分は無視する。同じ映画を観て同じようにのめり込むように、本当は素晴らしいものを、共有できるはずなのに。

つっかえながらも、私はそんな話をした。イブラヒムが適宜、翻訳してくれる。

「カナメ」

気がつくと、四人が立ち上がり、私を見下ろしていた。

ロハットが居住まいを正して、手を差し伸べてくる。

「僕たちは、同胞だ」

「はは、クルド人はそんな、みんながみんな差別から逃げてきたわけじゃないよ」

アッバスの言葉を、イブラヒムが通訳してくれた。

「トルコでひどい目に遭って逃げてきた人もいるけど、クルド人の中には積極的にトルコに同化する人もいるし、トルコ人にも親切なやつは多い。俺はただ友達に会いにきただけ。居心地がいいから、ずっといるんだ。まあ、そのうち帰るから大目に見てよ」

あっけらかんと語るアッバスを前に、私もまたクルド人を一面的に見ていたことを痛感させられた。彼らが引き裂かれてきた民族であることは間違いない。でも、誰もが悲劇を背負っているわけではない。もっと彼らのことを色々な視点から見なければいけない。

そこからは、宴《うたげ》になった。

イブラヒムの母、ミズギンさんが帰ってきて、クルド料理を作ってくれたのだ。ミントの香りが濃厚に漂う、赤レンズ豆のスープ。ブルグルという穀物を使って作る、キョフテというスパイシーな肉団子。クルディスタンから取り寄せたという山羊《やぎ》のチーズを使ったクルドピザに、ピスタチオの味が口に溢れる甘いケーキ。どれも丁寧に肉や野菜の旨味《うまみ》を引き出していて、すごく美味しい。

イブラヒムもアッバスもユスフも、打ち解けてみると気のいい青年だった。日本語と外国語がランダムに飛び交う食卓に、私はいつの間にか慣れていた。どう話せば伝わるのか、自然と言葉を体得していた。

「カナメ」

ロハットが、驚いたように目を見開く。

「綺麗だよ。すごく似合ってる」

食後。私はミズギンさんが貸してくれた民族衣装に袖《そで》を通していた。豪華な刺繍《ししゅう》が施された赤いロングドレスで、ウエストのあたりをベルトで締めて着る。袖先から細長い布がひらひらと伸びているのが特徴で、キラス・ウ・フィスタンという、晴れの日に着るドレスだそうだ。

鏡を見ると、普段適当な服で過ごしている自分とは別人だった。すらりとしたキラス・ウ・フィスタンのシルエットが、長身である私によく似合っていた。日本と、クルド。ふたつの文化のささやかな接点になれた気がして、嬉しかった。

サズが弾かれる。

ロハットの素朴な演奏もよかったが、アッバスのサズは別物だった。まず、音量が全く違う。弦を六本張っただけの楽器から、雷が鳴るような音を出す。アッバスはときに楽器の本体を指先で打楽器のように打ち鳴らし、六弦をすさまじい速度で弾く。

砂の音楽だと思った。

ギターと異なり、サズの音にはジャリジャリとした雑味が濃厚に含まれている。それが、行ったことのないクルディスタンの、砂埃《すなぼこり》の溶けた空気を感じさせた。いつの間にか、私以外の三人がサズに合わせて手拍子を打っていた。アッバスがほんの少し指を動かすと、音が官能的に揺れる。彼が時折歌うクルド語の歌詞が、陶酔するほどに美しい。聴いているだけで、ここではないどこかに連れていかれるようだった。

シンプルだ。

国境も、民族の違いもない。皆が感情の赴くままに溶け合って、ひとつになっている。これ以上の何がいるだろう。シンプルで美しい世界に連れてきてくれたロハットに、クルド人たちの精神性に、私は感謝した。

ミズギンさんに「さすがにうるさいからやめてくれ」と言われるまで、宴は続いた。


「〈×〉を描いた犯人が、判ったよ」

翌日出勤すると、みどりさんがそう言った。

「アザドさんのところに、手紙が投函されたの。その中に、犯人の写真が入ってたって」

——まさか、ロハットだろうか。

不安が渦巻いた私に向かって、みどりさんはスマホを見せてくれる。

画面には、赤いペンを持ち、塀に向かって何かを書いている少年が映っていた。

「これは……」

「知ってるの?」

私は、頷いた。

落書きをしているのは、ファミレスでロハットを侮辱していた、池田勇吾だった。

8

午後、私とみどりさんは会議室にいた。区議であり池田勇吾の父である、和郎の事務所の会議室だ。横並びの椅子に座っている。

午前中にアザドさんの店に行き、ここまでの経緯を聞いた。

今朝、アザドさんが〈アララト〉に行くと、一通の封筒が投函されていた。切手は貼られておらず、宛名も書かれていない茶封筒だった。開けてみると写真が入っており、池田勇吾が赤いペンを持ち、家の壁に何かを描いているところが写っていた。

老老介護をしていた水野さんの家だ。横からの画角に、くすんだ一軒家の姿が見えている。

アザドさんは激怒し、写真を持ってこの少年の正体を聞いて回ろうとした。彼はまだ、少年の正体が池田勇吾であることを知らないようだ。その前にみどりさんに連絡があったのが、幸いだった。なんとか彼をなだめ、写真を預かってきたのだ。

「要ちゃんは、池田勇吾に会ってるんだよね」

「はい。といっても、見掛けたことがある程度ですが……」

ファミレスでロハットとした会話を、思い出す。

「池田勇吾は、地元の不良少年と付き合いがあるようでした。彼は差別的な人間で、ロハットに向かって犯罪者だの不法入国者だの言っていました。学校でも外国人や生活保護世帯の生徒を侮辱しているとか……。彼が〈社会的弱者〉と呼ばれる人たちの家に〈×〉と描き、犯行をクルド人になすりつけるために、オヤを落としていた。すべての辻褄《つじつま》が合います」

「小鳥遊さんの家の前で、ロハットが目撃されていることは？」

「たまたまではないでしょうか。ロハットは珍しい苗字に関心があるようですし」

「この写真を撮ったのは、誰？」

「池田勇吾と取り巻きが仲違いして、告発をするために撮ったんじゃないですか」

「なぜ、アザドさんの家に投函したの？　告発をしたいなら、新聞社に持ち込むとか、ネットにアップするとかのほうがいいんじゃない？」

「それは……そこまでは、判りません」

そんな細かいことを考える必要があるだろうか——そう思ったところで、自分が〈答えを簡単に出す人〉になりかけていることに気づく。だが、池田勇吾が犯人ではないということなどあるだろうか。確かにおかしな点はあるが、犯行現場の写真が存在しているのだ。

「池田和郎、爽《さわ》やかな政治家だね」

みどりさんはタブレットで、検索をしている。

池田和郎は今年で五十五歳になる中堅の区議で、政権与党に所属している。ただ保守系政治家というよりは、弱者救済やジェンダー平等を売りに活動している、リベラルな思想の持ち主のようだ。ロハットが《《弱い人を助けたい》》とか言ってる人〉と言っていたように、障害者や貧困家庭の人を自宅に招き、家族ぐるみで意見交換する〈池のほとり〉という活動を二十年にわたってやっていて、地元からの信頼も厚いという。

「これが勇吾くんの、お兄さんなんだね」

パリッとしたスーツを着た青年が、和郎のウェブサイトに出ていた。勇吾には父の秘書をやっている兄がいて、〈池のほとり〉の活動にも参加しているようだ。みどりさんはタブレットをフリックして、ウェブサイトを舐《な》めるように読んでいる。

「要ちゃん」みどりさんは、タブレットに視線を落としたまま聞く。

「水野さんの家に聞き込みをしたとき、水野さん、顔が腫れてたよね」

「え？　はあ……」

確かに水野さんは、何かにぶつかったのか、左頬が腫れていたのを思い出す。

「あのとき、水野さんは、後頭部をさすっていた……」

「そうでしたっけ？　よく覚えていませんが……」

「もうひとつ。児島さんの家に行ったとき、家の塀に、池田和郎のポスターが貼ってあった」

聴覚障害者の児島さんだ。塀に政治家のポスターが貼られていて、あとから考えると池田和郎のものだった。その家に、勇吾が落書きをしているということは。

勇吾は父の顔に泥を塗るために、犯行をやっていた。

すぐに答えが思いついたが、口に出さなかった。私が思いつく程度の仮説など、みどりさんはとっくに検討しているだろう。その上で言わないということは、これが答えだと思っていないということだ。

私にできることは、待つことだけだった。みどりさんはきっと、答えに近づいている――。

「お待たせしました」

会議室のドアが開いた。

ストライプのスーツを着た池田和郎が、入ってくるところだった。

〈息子の不祥事〉とだけ聞いているであろう和郎は、不安を隠しきれない様子だった。

「池田です。この度は息子が、何かをしたとか……」

「はい。これを見てください」

みどりさんは、勇吾が落書きをしている写真を見せる。

写真を見た和郎は、あからさまにホッとした表情を見せた。傷害など、もっと深刻な事件を覚悟していたのだろう。彼の弛緩《しかん》した表情は、息子への信頼の薄さを雄弁に物語っていた。

みどりさんがタブレットを見せる。勇吾のやっていることがただの落書きではなく、聴覚障害者やバリアフリーマンション、外国人などの家に〈×〉を描いて回る弱者差別だと説明をすると、和郎は青ざめていった。息子が地域に撒き散らしている毒は、自らの政治活動に泥を塗っているに等しい。

「息子には、厳しく注意いたします」

声が震えていた。額に、大粒の脂汗が浮かんでいる。

「それだけですか」

「それだけ、と言いますと」

「彼は学校で日本とクルドのダブルの同級生に、差別的な言動をしています。生活保護を受けている世帯の子供にも、嘲《あざけ》るような言葉を投げかけているとか」

「まさか、そんなことが……」

「本当です。池田さんは、社会的弱者救済の活動をずっとされているそうですね」

みどりさんは和郎を見つめた。

「勇吾くんが差別的な言動をしているのは、あなたからの影響ではないですか」

「馬鹿な。なぜ私が」

「池田さんと勇吾くんは、不仲のようですね。彼はあなたへの反抗心から、こんな犯行を繰り返している。その可能性は？」

「……家族のことは、話したくありませんね」

和郎は会話を遮断するように言う。だが、和郎と勇吾の関係が最悪であることは、すでに聞き込みにより調べがついていた。和郎にはふたりの息子がいること。和郎は出来のいい長男ばかりを可愛がり、小学校受験に失敗した勇吾に冷淡だったこと。ことあるごとに勇吾を叱責《しっせき》し、ときには手が出ていたこと。彼が高校に入りグレてからは、ろくに会話もないこと。和郎の周辺を少し聞き込んだだけでもこれだけの情報が出てきた。

勇吾は親への恨みから、弱いものへの差別にのめり込んでいる。

犯行の全容は、明らかに見えた。でもみどりさんは、納得していない。答えを出す材料がまだ足りないとでもいうように、和郎から言葉を引き出そうとしている。

「……このふたりのことは、ご存じですか」

口を閉じていたみどりさんが、おもむろにタブレットを指差した。

このふたり——児島さんと、水野さんだった。

「すみません、すぐには判りませんが」

「このふたりは〈池のほとり〉に参加されたことがあると、わたしは考えています」

「は？」

「参加者名簿をお持ちでしたら、調べていただけませんか。児島さんは聴覚障害があり、水野さんは老老介護で苦しんでいるかたです。〈池のほとり〉は、このような人を招いて、お話を聞く会ですよね」

「まあ、確かにそうですが……」

「もうひとつ。勇吾くんは過去、〈池のほとり〉に出ていたのではないでしょうか」

思いもかけない質問が次々に出てくる。和郎も意外だったのか、きょとんとしていた。

「池田さんのウェブサイトを見ると、ご長男のかたが〈池のほとり〉に出ている写真があります。〈障害者や貧困家庭の人を自宅に招き、家族ぐるみで意見交換する〉会……勇吾くんもかつて、この会に出ていたのでは？」

「それは確かに、出ていたこともありますが……」

「ということは、勇吾くんは彼らと、知り合いだった可能性がある」

「まあ、そうかもしれませんが」

「なるほど」

みどりさんは、真相を確信したように、深く頷いた。

「勇吾くんに会わせてもらえませんか。それですべてが、はっきりするはずです」

9

川沿いの公園は、爆発するような音楽で溢れていた。

ネウロズ――クルド語で〈新しい日〉を意味する、春の訪れとともに開かれるクルド人の最大の祝祭。爆音で流れる音楽に合わせ、華やかなキラス・ウ・フィスタンを着た女性や、民族衣装を着た男性が、輪になって踊っている。

小さなステージが組まれ、電子キーボードとサズ、あとはダルブッカだろうか、抱えて演奏する筒状のドラムによるバンドが演奏している。古式ゆかしい民族音楽をやるのかと思いきや、奏でられているのはＥＤＭ風のアレンジがされているダンスミュージックだ。そこに野太く力強いボーカルの詠唱が加わり、濃厚なクルディスタンの匂いが漂う。

そこかしこに、クルドの三色旗が翻っている。

赤は血を、白は平和と平等を、緑はクルディスタンの風景を表している。中央の太陽は、クルド人の生命の象徴だ。

大地が踏みならされる。地面の下から蹴《け》り上げられているような、強烈な振動が伝わってくる。押さえつけられ虐げられても、なお強く生きようとするクルド人のエネルギーが、ダンスを通じて公園全体に轟いている。

祭りは盛況だがあいにくの曇天で、たまに小雨がパラついていた。

「ロハット」

少年は、踊りの輪から離れたところで、ひとり芝生の上に腰を下ろしていた。

「お尻《しり》、汚れるよ。そんなところに座ってたら」

「別に、いい。地面に座るの、好きなんだ」

何かを覚悟しているのだろうか。私を見上げる目は、以前の純真な彼とは別人に思えた。拭っても落ちない汚れのようなものが、ブラウンの虹彩にこびりついていた。

「少し、話をしない?」

今日は、私ひとりだ。

みどりさんがたどり着いた答えは、預かってきた。みどりさんは私を信頼して、ひとりでロハットに会うことを許可してくれた。尊敬する人に報いるためにも、逃げるわけにはいかない。

「この写真、見た?」

ロハットの隣に腰を下ろし、アザドさんの店に放り込まれていた写真を見せる。落書きをする池田勇吾を見て、ロハットは両目を広げた。

「勇吾か。あいつが犯人だった——それなら、納得だ。あいつがやりそうなことだ」

本当に驚いているように見えた。勘のいいみどりさんなら本心を読みとれるのかもしれないが、私には判らない。

「ロハット。化かし合いは苦手だから、言うね」

覚悟を決めて、口を開いた。

「この写真を撮って〈アララト〉に放り込んだのは、君でしょ？」

ロハットは私のほうを見ようともしない。写真に目を落とし続けている。

「私たちはアザドさんに依頼されてから、九カ所に〈×〉を見つけた。〈×〉が描かれているのは、どれもいわゆる〈社会的弱者〉が住んでいる家だった。犯人は弱い人を選んで、その家に〈×〉を描いているんだと、私は思った。でも――いくつか、不思議なことがあった」

正確に言えば、みどりさんが不思議だと思ったことが、だ。

「まず〈×〉が描かれたエリアは、二丁目と六丁目のあたりに集中していた。このふたつのエリアは離れていて、ほかのところにはひとつも〈×〉がなかった。一番〈社会的弱者〉が住んでいそうな、三丁目のエリアにもね。この偏りは、なんなのか」

「たまたま、じゃないの？　弱い人なんて、その辺にいくらでもいる」

ロハットはようやく返事をくれた。相槌《あいづち》程度なら、打ってもいいと思ったのかもしれない。

「でもこの犯人は、入るのが難しいところにもあえて入って〈×〉を描いている。六丁目のバリアフリーマンションは入り口にオートロックがあるし、アパートの二階に入ったり、逃げづらい路地の奥とかをあえて狙ったりしている。なんでそんなことをしたんだろう。三丁目に行けば、いくらでも描きやすい家はあったのに」

ロハットは肩をすくめただけだ。私は、タブレットでメモ帳を開き、ロハットに見せた。

■二丁目周辺に描かれたもの
(A) 児島さん、四十歳くらい、聴覚障害の女性。ポストに小さな×。時期は少なくとも約一ヶ月前（2月14日ごろ）。
(B) マリアさん、フィリピン人の女性。アパート二階の玄関ドアに×。3月4日ごろ。
(C) アザドさんの店。シャッターにA4用紙程度の×。3月5日ごろ。

■六丁目周辺に描かれたもの
(D) 水野さん、六十代男性。父親を老老介護。表札横に小さな×。2月14日ごろ。
(E) 小鳥遊さん、三十代女性。認知症の母親を抱える。一戸建ての塀に×。2月22日。現場でクルド人の少年を見る。
(F) 杉山さん、四十代男性。交通事故で歩行障害、バリアフリーマンションに住む。玄関ドアに×。名刺くらいのサイズ。2月29日。
(G) 牧さん、三十代男性。料理人、バリアフリーマンションに住む。玄関ドアに×。(F) と同じ大きさ。2月29日。
(H) グエンさん、二十代学生。ベトナム人。アパート二階のドアに×。3月4日ごろ（杉山さん証言）。
（I）三井さん、〈清風荘〉の住人。立ち退きをせずに住み続けている。生活保護を受けている。アパート一階のドアにA4用紙程度の×。3月5日ごろ（杉山さん証言）。

「これを見ると、ふたつのエリアに対し、まず（A）と（D）の小さな〈×〉が描かれているよね。一帯の〈×〉は、それから増えていって、サイズも大きくなっている。逆に、三丁目のエリアには、起点となっている小さな〈×〉がない」

「何を言ってるの？　〈×〉が繁殖してるってこと？　生物じゃないんだから、そんなことはありえない」

「その通り。でもそう考えると、描きづらい場所に〈×〉が描かれている理由にも説明がつく。起点となった〈×〉があったから、このふたつのエリアには次々と〈×〉が描かれた」

　私は、ロハットを覗き込んだ。

「犯人は、〈社会的弱者〉を攻撃したかったんじゃない。ただふたつのエリアに、〈×〉を増やしたかった。違う？」

　ロハットの目が、昏《くら》く沈んでいく。

　重たい気持ちになった。当たってほしくなかったが、みどりさんの推理は正しかったようだ。

「犯人は〈×〉を増やすことで、罪の大きさを膨らませようとしたんだよ」

私は心を無にして、続けた。

「（D）を描いたのは、勇吾くんで間違いない。赤ペンを持って表札に落書きをしているところが、写真に撮られているからね。二丁目エリアの起点である（A）を描いたのも、彼なんでしょう。でもそのあとの〈×〉を描いたのは、本当に彼？　彼の罪を大きくするために、〈誰か〉が描いたという可能性はないのかな」

「可能性はあるんじゃない？　池田勇吾は、嫌われ者だし」

「〈誰か〉はまず、勇吾くんが（D）に〈×〉を描いている場面に出くわした。〈誰か〉はそのとき、咄嗟《とっさ》にスマホで撮影をした。その後〈誰か〉は、（A）に描かれた〈×〉を見つけた。（A）には聴覚障害者の児島さんが、（D）には老老介護をしている水野さんが住んでいる。〈誰か〉は、こう考えた。勇吾くんは〈弱い〉人の家に〈×〉をつけて回っている。池田勇吾は、差別をしている」

「実際にあいつは、学校では差別的なことをしてるしね」

「〈誰か〉は、池田勇吾を告発できないかと考えた。でも、二カ所に〈×〉が描かれている程度じゃ、そこまで大きな騒ぎにはならない。だから〈誰か〉は、〈×〉を増やすことにした。同じエリアに――それも〈社会的弱者〉の家に〈×〉が描かれていたら、大きな問題になる。騒ぎになったあとに、犯人が勇吾くんだと判れば、彼に大きなダメージを与えられる」

「性格の悪い犯人だね」

ロハットは、笑いながら言う。強がっているわけではなさそうだった。そんなことをする人間に呆《あき》れ、卑しさを嘲っているようだった。

「〈誰か〉は、君だね。ロハット」

もう一度、ロハットは笑う。その歪んだ笑みをこれ以上見たくなかった。でも、目を逸《そ》らすわけにはいかない。

「なんで僕が犯人なの？　〈×〉を描いてる写真でもあるの？」

「君はサズが下手だった」

「え？」

「荒川でサズを弾いてたけど、〈一年前くらいから〉弾いてる割には、君の技術は拙《つたな》かった。君はサズをはじめて、まだ間もないんじゃないの？」

「それと〈×〉とが、何の関係があるの？」

「君が〈勇吾くんの罪を膨らませようとしていた〉と、仮定する。そうすると、おかしいことがあるよね。犯行現場にオヤが落ちていたり、（E）の小鳥遊さんの家で不自然に長く佇んでいたり。君は、犯人が自分だと疑ってもらいたいように見える。荒川でクルドの旗を肩にかけサズを弾く……そんな目立つ行動を取っていたのは、その一環なんじゃないの？」

ロハットは返事をしない。〈僕が犯人じゃないからでしょ〉とでも返せばいいのに、口にしない。彼は本質的に、悪人ではないのだ。いま、気づきたくないことだった。

「つまり――君は〈×〉を増やしながら、その犯行を自分のせいだと匂わせていた。その結果、何が生まれたのか――」

地域社会からの、反発だ。

クルド人の少年が〈社会的弱者〉の家に印をつけて回っている。ただでさえ年末の傷害事件以降、強かったクルド人への風当たりが、六丁目の界隈《かいわい》では最悪に近いレベルになっていた。

ロハットの目的が、あの空気を作ることにあったのだとしたら。

「君はあえてクルド人への憎悪をかきたてていた。それが充分に膨らんだところで、勇吾くんが落書きをしている写真を公開する。君への嫌疑は冤罪《えんざい》だったことになり、生まれた憎悪は行き場をなくす。今後クルド人への悪口を簡単には言えない空気になり、君たちへの風当たりは弱まる。君は地域の空気を変えるために、こんなややこしいことを企《たくら》んだ」

ロハットは、目を丸くしていた。

「……すごいな、カナメは。そんなことまで考えたの？」

「私じゃない。私が尊敬する人は、どんな謎でも解いてしまうから」

「本当にすごいよ。そんなことまで判るなんて」

興奮したような口調の反面、ロハットは心底疲れているようだった。

「クルド人は、ずっと分断されてきた」

ロハットの視線の先には、手をつなぎ、輪になって踊るクルド人たちがいる。

「国を作ることも許されず、国境で引き裂かれて、世界中の国の勝手な都合で分断されてきた。同じ民族の中でも分断され、互いに殺し合いをさせられてきた。日本は、本当に恵まれてるよ。海に囲まれてるから外国は攻めてきづらい。自然が豊かで水や食べものがたくさんあるから、余った時間を、文化を深めることに注ぎ込める。クルド人も、こんなに安全で豊かな国に生まれていたら、外国に逃げたりしてないさ。日本とクルディスタンを見ていると、民族の運命って、どんな土地に生まれ落ちたかがすべてだって思うよ」

「判るよ。君たちが苦しかったことも」

「判らないよ。日本で育ったカナメには、国を持たない民族の苦しみは判らない」

私たちの間に、線を引かれた気がした。太く、くっきりとした線だった。

哀しかった。キラス・ウ・フィスタンを着てサズを聴いたあの日、私たちは、ひとつになれたと思っていたのに。

「〈誰か〉は、日本人を分断したかったのかもしれないね」

ロハットの目は、罪の色で濁っている。

「クルド人が犯人だって一致団結している地域を引き裂いて、分断の味を教える——それが〈誰か〉の目的だったんだろう。もちろん、クルド人が味わってきた分断に比べれば、全然たいしたことじゃない。でも、クルド人の苦しみが、ほんの少しくらいは判るんじゃない?」

「なぜアザドさんの家にまで〈×〉を描いたの?」

「クルド人が犯人だと言われてるところに、クルド人の店に〈×〉を描く。〈見え透いた自作自演をするな〉って、盛り上がると思ったんだろうね。結果はそうでもなかったけど」

「アザドさんの家に写真を送ったのは？」

「最初は、自分でその辺に貼りつけることを考えていた。でもアザドおじさんは今回の件でものすごく怒っていて、写真を見たらあちこちに行って真犯人を広めてくれそうだった。そっちのほうが効果的だと、思ったんじゃないかな」

「それでも君は、弱い立場の人の家に〈×〉を描いて回った。良心は痛まなかったの？」

「痛んださ」ロハットの声が、音量を増した。

「すごく苦しみながら〈×〉を描いた。自分の肌を刻んでいるみたいに、つらかったよ」

事態の全容が、ようやく明らかになった。みどりさんの推理は、ほとんどが当たっていた。

「――と、〈誰か〉は思ったかもしれないね」

だが、ロハットは自白をしていない。それが今回の問題だった。ロハットが犯人だという確かな証拠を、私は持っていない。

ここから先は、私の仕事だ。

「勇吾くんは、どうなるの？」

「ん？」

「写真が公開されたら、彼は冤罪を背負い込むことになる。〈×〉をあちこちに描いて回ったのは、彼じゃないんだから」

「何が冤罪なの？　あいつは差別をする人間だよ。確かに罪は大きくなったかもしれないけど、本質は変わらない」

「本当にそう？」

私は改めて、（A）から（I）の被害一覧を手に取る。

「勇吾くんが〈×〉を描いたのは、（A）と（D）。この家には、聴覚障害者の児島さんと、老老介護をしている水野さんが住んでいる。このふたつの家には、共通点がある」

「社会的に弱い人が住んでいる、ってことでしょ？」

「それはそうだけど、もうひとつある」

話の流れが判らないのか、ロハットが怪訝《けげん》な表情をした。

「ふたりとも、〈池のほとり〉の出席者なんだよ」

池田和郎がやっていた、弱い立場の人を招いて話を聞く会。参加者名簿を調べてもらったところ、児島さんは四年前に、水野さんは三年前に参加をしていた。その会合には、勇吾も同席していたそうだ。

「……だから何？　勇吾がはじめからふたりのことを知ってたんなら、ますますあいつが犯人ってことでしょ。そこでターゲットに選んだんだ」

「最後まで聞いて。児島さんと水野さんには、もうひとつの共通点がある」

「共通点って？」

「父親に、抑圧されていること」

〈いつまで話してる？　油を売ってないで、さっさと戻ってこい！〉

児島さんと話しているとき、家の中から父親の怒鳴り声が聞こえてきた。

水野さんの左頬は腫れ上がっていた。何かにぶつけたのかと思っていたが、そのあと彼は、後頭部をさすっていた。左頬と後頭部を同時に怪我するのは難しい。あれは介護をしている父親に、殴られていたのではないか。

「勇吾くんは〈池のほとり〉でふたりに会って、彼らが父親に抑えつけられていることを知った。勇吾くん自身も、父親から見捨てられ、冷たい仕打ちを受けて生きてきた人だった。勇吾くんがふたりに対して、思い入れを持っていたのだとしたら？」

ロハットの目に、怯《おび》えのようなものが浮かんだ。彼の行動の、根底を崩すもの――。

「ふたつの家に描き込まれた〈×〉が、空き巣のマーキングだったとしたら？」

「最近、この辺では空き巣の被害が増えているそうだね。勇吾くんは不良少年のグループとつるんでいて、地域の犯罪の情報に詳しかった。ファミレスで君と話したときも〈この辺で起きてる空き巣も、お前らの仕業じゃないのか？〉って言っていたよね。空き巣が多発していることを、知っていたんだ」

ロハットのほうを、見られなかった。彼を攻撃する言葉なんか、ひとつも吐きたくない。それでも、ここでやめるわけにはいかない。

「勇吾くんは、あの一帯で活動する空き巣グループのマーキングを、不良仲間経由で知った。赤い文字で〈×〉を描く。その意味は――」

〈侵入してはいけない〉

「勇吾くんは、守りたい人の家にあらかじめ〈×〉を描いておくことで、空き巣除《よ》けをしていたんだよ。児島さんは聴覚障害者で、水野さんは九十代のお父さんを自宅で介護してる。もし家にいるときに空き巣に踏み込まれたら、最悪、殺されるかもしれない。勇吾くんは彼らを、守ろうとしていたんだ」

「そんな、まさか――」

「それなのに君は、勇吾くんが差別的なマークを描いていると勘違いした。そしてそれを利用して、クルド人への冷たい空気を解消しようとした。でも、もともとそこには差別なんかなかったんだ。君は存在しなかったところに、新たな差別を作り出してしまった」

「僕が、差別を――?」

ロハットの声が震える。怯えからくる動揺は、見ていて胸が痛くなるほどだった。

「いまの話は、勇吾くんに確認したから間違いない。勇吾くんは、ほかの〈×〉を描いたのは自分じゃないと言っている。でもアザドさんが写真を公開したら、そんな話は誰も聞かないだろうね。それほど写真というものは、決定的だから。彼は冤罪を着せられる。でも、それでいいの？」

自白してほしい。願いをこめながら、言葉を紡ぐ。

「君はいま、〈答えを簡単に出す人〉になってる」

ロハットが、びくりと震える。

「〈池田勇吾は差別をする人間だ〉という結論に合わせて、現実を都合よく組み替えてる。それは〈クルド人は悪いやつらだ〉という答えを簡単に出す人と、同じなんじゃない？　君は勇吾くんや、差別をする人たちと、同じ思考に陥ってる。君は勇吾くんの行動の意味を、もっと考えるべきだった。答えを出す前に、もっと時間をかけるべきだった」

どの口がそれを言うのかと思う。

〈もっと、シンプルでいたくて〉

つい先日まで、私はそんなことを言っていた。複雑なものを見たくない。深く考えずに、もっと単純に生きたい。

私は、馬鹿だった。現実は本質的に、複雑なのだ。〈シンプルでいる〉というのは、色々なものを切り落として〈答えを簡単に出す〉ことにほかならない。私とロハットとの間には、何も違いはない。ロハットに自白を迫る資格など、私にはない。

私は、両拳《こぶし》を握りしめた。

せめて、罪を認めてもらいたい。愚かな私たちができることは、間違ったら、誤りを認めてやり直すことだけだろう――。

「勇吾は――」

どれくらい沈黙が続いただろう。

ようやくロハットが、口を開いた。

「池田勇吾は、差別主義者だ」

目の前が、真っ暗になった。

「カナメは勇吾と話したのかもしれないけど、嘘を言ってるかもしれない。勇吾は、最低のやつなんだ。あいつは、差別をする人間なんだ」

涙が出そうだった。

何の感情なのか判らない。こんな気持ちになるのは、初めてだった。あらゆる負の感情が入り混じったとても冷たい何かが、私の中に溢れていた。

この話はしたくなかった。ここでロハットに、罪を認めてほしかった。

だが、最後まで進まざるを得ない。

「……一九七八年、トルコでカフラマンマラシュ事件っていうものがあった。知ってる？」

ロハットは、何のことか判らないというようにかぶりを振る。

「トルコのカフラマンマラシュという都市で、主にイスラム教アレヴィー派に属するクルド人やトルコ人が、極右武装組織に虐殺された事件だよ。犠牲者は百人以上と言われてる」

クルド人について調べていて、突き当たった事実だった。

「その事件には、ある特徴があった。虐殺が起きる前夜、あちこちの家に、目印が書き込まれたの。それは、標的を意味する目印だった。いまでもトルコでは、この目印が書き込まれる事件が起きることがある。クルド人やトルコ人たちにとって忌まわしい、その目印は——」

ロハットが、息を呑んだ。

「赤い、×」

ロハットの目が、見開かれる。

アザドさんがあれほど怒っていたのは、クルド人らしいまっすぐな気質に加えて、陰惨な歴史的事実が横たわっていたためだった。クルド人の店に赤く〈×〉と描くことは、歴史を知るものにとって、すさまじく重たい意味を持つ。

ロハットは地面を見つめていた。自分がしてしまったことの意味を前に、呆然としているようだった。

「……君を傷つけたくなかったけど、ほかにどうすればいいのか、判らなかった」

ほかに、どうすればいいか判らなかった——それは、日本を訪れた多くのクルド人たちも同じなのだろう。複雑な世界史の流れの中で、私たち個人は塵《ちり》のようなものだ。どうすればいいか判らないことに囲まれて、それでも私たちは、生きていかなければならない。

「私は、考え続けるよ」

自分に言い聞かせるように、私は言った。

「すぐに答えを出さずに、色々なことを考え続ける。私のことも、クルド人のことも」

ロハットが、立ち上がった。

無言で歩き出す。その背中が遠ざかってゆく。

彼の胸に去来しているものがなんなのか、私には判らない。ロハットの背中は遠ざかり、やがて人波の中に消えた。

「カナメ」

振り返ると、一緒に映画を観たイブラヒムがいた。アッバスとユスフも、一歩下がったところにいる。三人ともコートにジーンズという簡素な恰好《かっこう》だが、イブラヒムは三色のスカーフを巻いている。

「どうしたの、そんなところにいて。踊ろうよ、一緒に」

「……私が？」

「ほかにカナメはいないでしょ。寝ぼけてる？」

「でも私は、日本人だよ。クルド人のお祭りに、交ざるわけにはいかない」

「そんな水臭いこと言うなよ。踊ってる日本人もたくさんいるよ。僕たちは、同胞だろ？」

アッバスとユスフが笑ってくれる。返事をする間もなく、イブラヒムは私の手を取る。

引っ張られるように、私は踊りの輪に誘われた。右手をイブラヒムと、左手を赤いキラス・ウ・フィスタンを着たクルド人の女性とつなぐ。

ネウロズのダンスは、両手をつないで足を踏みならすなど、初見で踊れるくらい簡単だ。誰でも踊れる素朴なダンスが、どこまでも力強く大地を鳴らす。クルド人のまっすぐな力強さが、ダンスの中に凝縮されている。見様見真似で踊っているうちに、だんだん周囲との呼吸が合ってくる。

そのとき、視界の隅に、ロハットの姿が見えた。

人の輪の向こう、公園の隅を、ロハットは歩いていた。心が押し潰《つぶ》されるほどの話を聞いたのに、その足取りは確かな意志を持っているように、しっかりしていた。

「あ……」

彼が歩んでいく先に、クルド人に囲まれて談笑をしている、アザドさんがいた。一瞬だけ見えたロハットの姿は、人波の中に消える。それでも私には、彼の目指している先が、確かに判っていた。

ロハットは覚悟を決めたのだ。すべてを白日のもとにさらし、やり直す道を選び取る覚悟を。

音楽が高鳴る。

何百もの足が大地を踏みならす。一歩。また一歩。ダンスを舞うごとに、私たちを分かつものが溶けて、ひとつになっていく。私は、踊った。重たいものを振り切るように、力強く、不恰好に。日本人の笑顔が見える。クルド人の笑顔が見える。全員で、同じダンスを踊っている。

陽光が差した。

灰色の雲の隙間から、太陽がわずかに顔を覗かせていた。

仄《ほの》かな暖かいものを感じながら、私はひたすらに、踊り続けた。

探偵の子 ——2024年夏

1

〈三日くらい、旅行に行かない？〉

司《つかさ》がそんな提案をしてくれたのは、上の子が夏休みに入る少し前のことだった。

〈ここのところ、家族旅行とかしてないじゃん。僕も休みたいし、それにみどりさんも最近、大変そうだしさ……〉

司は四年前に独立してから、ほとんど休みなしで働いている。リモートワークをしつつ育児の主戦力でもある彼にとって〈休みたい〉というのは切実な話なのだろう。

ただ、旅行といっても、わたしたちだけで行けるわけではない。次男の望《のぞみ》は特に活発で目が離せず、子供ふたりと旅行に行くなんて、却《かえ》って疲れてしまうのではないか。

司は抜かりのない人だ。その対策も、考えてくれていた。

「望が選んだのは……このカードだろう？」

「なんで判ったの!?」

「それはおじいちゃんが、魔法使いだからでーす」

父がひゃっひゃっひゃっと、高い声を出して笑った。「周りの迷惑だから、静かにしてよ」と注意をしても、孫に趣味の手品を披露できたせいか機嫌がいい。父は特急に乗るなりスキットルからウイスキーをちびちび呑《の》みだしているので、顔も赤かった。

〈お義父《とう》さんたちも誘って、みんなで行こうよ。理《おさむ》と望のこともある程度任せられるし、お義父さんたちも孫と旅行できる。いい思い出になるよ〉

司の目論見《もくろみ》通り、父はすぐに〈行く〉と乗ってきた。ただ母は、趣味でやっているフラメンコの練習を理由に、今回はこなかった。色々理由をつけていたけれど、父の世話から解放されてひとりの時間を楽しみたいのだということを、わたしは知っている。

とはいえ、望は父になついていて、それだけでもだいぶ負荷は減る。久々に味わう旅行の解放感に浸りつつ、わたしはトイレに向かった。

「みどりさん」

用を足して出てきたところに、司が立っていた。少し、不安そうな顔をしていた。

「理のやつ、大丈夫かな」

電車の連結部から、わたしたちのボックス席に目を向ける。

望が父と遊んでいる横で、理はスマートフォンに目を落としたまま、一心不乱にフリックをし続けていた。

「お義父さんの手前、あまりうるさく言えなかったけど……スマホ、やりすぎじゃない？」

理は今年で八歳になる。去年からスマートフォンを欲しがりはじめていて、さすがに早いと却下し続けているのだが、〈旅行のときくらい、いいじゃないか〉と父が自分のものを渡してパスワードを教えてしまったので、さっきからずっとあの調子だ。

「でもスマホを取り上げても、同じことになると思うよ」

「まあ、それもそうなんだよなあ……」

理がスマートフォンでやっていることは、ゲームでも動画の視聴でもない。

彼はただ、検索をしているのだ。

気になったことを検索し、納得が行くまで調べる。それが理の楽しみだった。〈同じことになる〉というのは、スマートフォンを没収したところで彼が家族旅行の輪に入ってくることはなく、持ってきた本を読みはじめるだけだからだ。本を取り上げたら、今度は車内の広告や、弁当の説明に目を通しだすだろう。

もともと本が好きだった理は、この春ごろから明確に活字中毒者になった。

まだ新聞や大人向けの小説を読むことはできないけれど、小学六年生の課題図書くらいは軽く読みこなす。国語の能力も、クラスで飛び抜けて高いらしい。それでもなかなか百点を取れないのは、必ず何カ所かケアレスミスがあるからだ。

「僕に、似たのかなあ」司は、頭をかく。「僕も友達と遊ぶより、本が好きな子供だったから。親に旅行に連れてってもらったときも、図書館のほうがいいのにって思ってたもんな」

「司さんに似るなら、大丈夫だよ」

「そう？」

「うん。どこに出しても恥ずかしくない、自慢の夫だから」

「ありがとう。まあ、ほっとくしかないか。子育ては、難しいわ……」

司はぼやきながら、座席に戻っていく。私は洗面台に立ち、まだ洗っていなかった手を流水に浸した。

鏡の中の自分と、目が合った。

家族旅行という心置きなく過ごせる時間の中にありながら、わたしの目の奥には、髪の毛一本分ほどの緊張感がある。探偵業をやるにつれて染み込んでしまった、どうしても取ることができない、こわばり。

理が司に似るのなら、問題はない。本心からそう思う。

問題なのは——わたしに似てしまうことだ。

ハンカチで手を拭《ふ》き、通路を歩きはじめる。スマートフォンをフリックし続ける理の姿が、向こうに見える。騒がしい車両の中、彼の周囲だけが切りとられた別の時間軸の中にあるみたいだった。好奇心が旺盛《おうせい》なのはいい。ただそれが、周囲の人間関係を壊してしまうほどに、度を超したものだったとしたら——。

「お義父さん、勘弁してくださいよぉ」

司の声が聞こえ、わたしは我に返った。

「どうして食べちゃうんですか。困りますよ、贈りものなのに」

「だから、悪かったよ。あまりに美味《おい》しそうだったから、つい……」

「どうしたの？」早歩きで席に戻ると、酔っ払った父が両手を合わせてきた。

「いやー、ちょっとウイスキーのアテが欲しかったもんでな。申し訳ない……」

出発前、青果店で買った果物の詰め合わせから、父がミニマンゴーを取り出して望と食べてしまったようだった。白イチゴやブラック・シャインマスカットなど珍しい果物が入ったセットで、枇杷《びわ》くらいの大きさのミニマンゴーは目玉のひとつだったのだ。

「でも、驚いたよ。マンゴーとウイスキーって、合うんだねえ」

「合うんだねえ、じゃないですよ。お土産減っちゃいましたけど、大丈夫なんですか」

「大丈夫、向こうは細かいことを言う人じゃない。君も呑みなさい。旅行なんだ、楽しもう」

父が缶ビールを鞄《かばん》から出し、司に差し出す。司は呆《あき》れた様子ながらも、受け取ってプルトップを開ける。こういう可愛げがあるのが、父のずるいところだ。父が笑って頭を下げれば、大抵のことは丸く収まってしまう。サカキ・エージェンシーが大きく育った原動力のひとつは、社長を務める父のおおらかな人間性にある。

望が手品をせがみ、家族旅行が和気藹々《あいあい》とした空気を取り戻した。

理だけが、一家団欒《だんらん》と切り離されたところで、自分の時間を過ごしていた。

2

ＪＲ水戸《みと》駅でローカル線に乗り換え、一時間ほど揺られると、今回の目的地である吾代《ごしろ》駅に着く。ホームに降りると、山間《やまあい》の冷たい空気が、甘さを感じるほどに美味しかった。

駅前はロータリーになっていて〈ようこそ　やきものと漆器の町・吾代へ〉と書かれた柱が立っている。

「三十年ぶりくらいだなあ」父が、酔いを覚ますように伸びをする。

「こんな田舎町は寂れていく一方だと思ってたけど、立派にやってるねえ。駅舎もまあ、綺麗《きれい》になっちゃって」

父――榊原誠一郎《さかきばらせいいちろう》はここ、茨城県吾代町の出身で、高校生までをこの街で過ごしたのちに上京した。〈家族旅行に行きませんか〉と司が誘ったところ〈それならば久々に故郷に帰りたい〉と、リクエストがあったのだ。

二メートルほどある柱の上には、茶碗《ちゃわん》を象《かたど》ったオブジェがある。理は興味を惹《ひ》かれたのか、じっとそれを見つめている。

「吾代はもともと陶芸や漆芸が盛んでね。一時期は工業製品に押されて落ち込んでいたが、最近はＩターンを推進してて、若い芸術家が移住して盛り返していると聞くよ」

町では明後日《あさって》まで〈吾代フェス〉というお祭りをやっているようで、ロータリーから延びる商店街は多くの人でごった返している。道端には露店が並び、茶碗や花瓶や鉄器などが売りに出されているようだ。

「ああ……〈すがわら〉、閉店しちゃったのかあ」

商店街の入り口あたりまで歩くと、見るからに営業していない喫茶店の前で父が言った。

「お義父さんが通っていた店ですか」

「私がというより、みんなのたまり場だった店だね。お汁粉がとにかく絶品でねえ。店主が陶芸をやる人で、自分で作った器でコーヒーやおやつを出すのが売りだった。あれで器の面白さに目覚める子供も、多かったものだよ」

店頭にはいまだにサンプルケースがあり、漆器に入ったお汁粉やあんみつが並んでいる。器に力がある、と思った。茶碗も漆器もやや歪《いびつ》な形をしているけれど、その向こうに作った人がいることが伝わってくる。

寂しそうな父を促しつつ、商店街を歩く。

通りの終端近くにあるお店が、今回の目的地だった。

〈やきものカフェ　ＦＵＭＩＫＯ〉

ガラス張りのカフェに、そんな看板が出ていた。テーブルが四つにカウンターがあるだけの、小さな店だ。

「誠ちゃん！　久しぶり！」

父が中に入ると、奥にいる男性三人のグループから声が上がった。

父の旧友のようだった。すでにお酒が入っているのか、声が大きい。父もパッと破顔し、

「不義理をしてごめんよ」と言いながら近づいていく。

「誠一郎くん」

すらりとした着物姿の女性が、店の奥から現れた。

「おお、範《のり》ちゃんかあ」

「久しぶり。変わってないね」

「君は変わったねえ、こんな立派な店のオーナーになっちゃって」

「全然、立派なんかじゃないわよ。ごらんの通り、今日もガラガラだし」

「お店を開いて、ずっと続けてるんだ。たいしたもんだよ」

父の反応を見て、少しホッとした。父から〈会いたい人がいる〉と聞かされ、それが女性であると知ってから、昔の恋人か何かだったらどうしようと思っていたのだ。父が女性に向ける目は、かつての想い人に対するものというより、妹を見守るようなものだった。

「唐沢《からさわ》範子です。誠一郎くんとは、幼馴染《おさななじ》みで」

父たちが同窓会をはじめた横で、わたしたちも席についた。店が空《す》いていることもあるのか、着物姿の女性は店員に厨房《ちゅうぼう》を任せ、わたしの正面に座った。

「今日はお世話になります。ホテルがなかったので、助かりました」

司が範子さんに、果物の詰め合わせとクッキーのセットを渡した。今日は〈吾代フェス〉の混雑のせいでホテルが取れず、彼女の家に泊めてもらうことになっているのだ。

「いえ、いいんですよ。いつもひとりで寝てるだけですから、賑《にぎ》やかで嬉《うれ》しいわ」

「父がお世話になっています。素敵なカフェがあると聞いて、楽しみにしていました」

「たいした店じゃないんですけどね。ここはもともと母の陶芸店で、私が受け継いで改装したんです。家賃の支払いがない飲食店なんて、楽なものですよ」

範子さんの母、唐沢芙美子《ふみこ》は、この町を代表する陶芸家だったようだ。

吾代町は森が深く、地層からいい粘土が取れるので、陶器や漆器を主産業として発展した。芙美子はそんな吾代に生まれ、若いころから陶芸にのめり込んでいた。旺盛な創作意欲は晩年まで続いたが、十三年前、震災の年に亡くなったとネットに書いてあった。

注文したショートケーキを食べたところで望がぐずり出したので、司が外へ連れていった。落ち着いたところで、わたしはコーヒーカップを持つ。

「すごいですね」

〈喫茶店のコーヒーカップ〉という単語から思いつくものとは、かけ離れていた。全体的に緑がかった白めの色合いだが、底面のあたりが固まった溶岩のように赤茶けている。持ち手や全体のフォルムが歪《ゆが》んでいて、撫《な》でるとザラザラとした石のような感触が指に残った。人ではなく、大地が作ったような器だ。活火山の火口付近に転がっていたものを拾ってきてそのまま使っているような、凝縮された生命力が感じられる。

「お母様の作品なんですよね、これ」

「はい。ここで出す器はすべて、母が作ったものです。色々な人に気軽に、母の作品に触れてもらいたいと思って、この店を開いたんですよ」

唐沢芙美子の作品で飲食できるのが、この店の売りのようだ。芙美子の作品はどれも無骨で、カップもソーサーもケーキの皿も、岩に触れているような重厚感がある。にもかかわらず、コーヒーを注いでケーキを載せると、それらを引き立たせるように陰に回る。器自体が生きて役割を演じ分けているような、不思議な柔軟性があった。

ふと、視線を感じた。

父の一団にいるひとりの男性が、こちらを見つめていた。

男性はなぜか、睨《にら》みつけるように範子さんを見ていた。わたしと目が合うと、慌てたように視線を逸《そ》らす。なんだろう。いまの会話の、何かが癇《かん》に障ったのだろうか。

「みどりさんは、お仕事は何を？」

範子さんが言う。わたしは彼女に向き直った。

「探偵です。父の会社で働いています」

「探偵？　女性なのに？」

「意外に思われることも多いのですが、実は探偵は女性向けの仕事だと思っています。弊社にくるお客さんの八割は女性なので、こちらも女性だと安心していただけますし、身体が小さいので尾行もしやすく……」

「みどりは、変わってるのさ」

父が口を挟んできた。同級生に歓待されて、ますます上機嫌になっている。

「昔から探偵の真似事をしてて、変わったやつだった。せっかくいい大学を出て、役所でも大企業でも行けるってときにうちの社員になりたいって言いはじめて……あのときは困ったもんだよ」

「よく言うわよ。誠一郎くんだって、変わり者だったじゃない」

「私が？　どこがだよ」

「海賊団のキャプテンだった！」男性のひとりが、声を上げた。

「ほら、小学生のころ、誠ちゃんが海賊団を作るって言って、俺たちをあちこち連れ回してただろ。宝探しと言って街中のゴミ箱を漁《あさ》ったり、賞金稼ぎだと言って落ちてる小銭を拾って回ったり。誠ちゃんといると、まあ飽きなかったよ。海もないのに何が海賊なんだって、みんな言ってたけどな」

「いつの話をしてるんだよ」

「いまの話だよ。娘さんのことを言える人間じゃないだろってことさ」

「ガマズミを取りに行ったの、覚えてる？」

範子さんが口を挟んだ。

「森の奥にガマズミがたくさん生えてる場所があるから、お腹いっぱい食べに行こうって……十歳くらいのときだったかしらね」

「そんなこと、あったかねえ……よく覚えてるな、範ちゃん」

「すごく楽しかったからね。あのあと反動で寝込んじゃって、三日くらい学校に行けなかった。覚えてないの？」

「うーん、ガマズミ、ガマズミ……。記憶にないなあ」

「そう」

範子さんの声のトーンが変わった。父が覚えていないことに落胆したのか、声が暗くなる。

「……ガマズミって、何？」

突如口を開いたのは、ここまで黙っていた理だった。

出て行った司と望にはついていかず、理はケーキを食べながら何度も読み返した本を読んでいた。司に言われてスマートフォンを父に返したので、読むものに困っているようだった。顔を上げ、範子さんを見る目には、矢を向けるような鋭い好奇心がある。

「ガマズミ、都会の子は知らないか。森の中に生えてる、赤い果物よ」

「果物が森の中にあるの？　どれくらいの大きさ？　サクランボくらい？」

「もうちょっと小さいかな。ピーナッツくらいの大きさよ」

「味は？」

「結構酸っぱいわよ。でも酸っぱさの中にほんのりと甘さがあって、とても美味しいの」

「いつぐらいに生《な》るの？　夏？　冬？　鹿とか熊とかが食べたりしない？」

「理、その辺にしなさい」

わたしが注意すると、理は即座に本に視線を落とし、ページをめくりはじめる。〈なんだこの子は〉という白けた空気が、場に漂った。

子供の好奇心の芽を摘むようなことは、なるべくしたくない。でも周囲とは、もう少し上手《うま》くやってほしい。理は何かが気になると執拗《しつよう》に質問を重ねる癖があり、相手を疲れさせてしまう。ほどほどにしなさいと言っても、その塩梅《あんばい》が判らないようだ。

——みどりは、変わってるのさ。

父から言われたとき、わたしは少し嫌な気分になった。

でも、全く同じことを、理に対して思ってしまっている。

そんな言葉は、絶対に口にはしないと決めている。それでも、無言のうちに伝わってしまうかもしれないことを、わたしはずっと恐れている。

3

範子さんの家は、中心街から車で十分ほどの山間にある古民家だった。築何年かも判らないほどに古びた家だけれど、障子は板のようにピンと貼られていて、床も綺麗に磨き上げられている。母から受け継いだ家をきちんと保っていくのだという意志が、隅々まで漲《みなぎ》っていた。

「どうか遠慮しないでね。自分の家だと思って、くつろいでちょうだい」

座敷に案内され、畳に腰を下ろしたところでお茶を出してくれる。父は旧友と話が弾んで疲れたのか、部屋の隅に転がって寝息を立てはじめた。

「誠一郎くんを見ていると、昔のことを思い出すわ……」

範子さんは、身の上話をはじめた。

父が高校を出てすぐに上京したように、範子さんも二十歳のころに水戸市の男性と結婚し、吾代から出たそうだ。それ以来主婦として四人の子供を産み、育て上げたが、夫との関係は早い段階で冷えていて、一番下の娘が大学を卒業したタイミングで離婚した。

そして吾代町に戻り、母の芙美子と暮らしていたそうだ。

「あれは、陶芸用の窯ですか」

座敷から、広い庭が見える。丁寧に整えられた木々の向こう、少し離れた場所に、巨大な芋虫のような形をした構造物があった。四つに分かれた〈節〉の側面には、それぞれ半円形の穴が空いている。〈芋虫〉の終端からは二本の煙突が出ていて、全体を山型の屋根が覆っていた。

「そうです。連房式登り窯《れんぼうしきのぼりがま》っていうもので、あの四つの房に、それぞれ器を入れて焼くの」

「範子さんが使っているんですか？」

「ううん。いまは、吾代町の陶芸家の皆さんが使ってるわ。登り窯で焼成すると、独特の味が出て面白いんですって」

窯の持ち主は、範子さんではなく吾代町だそうだ。町では古い大型窯をいくつか所持していて、あの窯はそれらを代表する逸品らしい。

「でも、扱いが難しいの。大昔、窯の炉から火が出て、山火事になったことがあったりね」

「その火事って、もしかして、お母様が？」

「いいえ、この家の前の持ち主よ。火を出してしまったことでその人は吾代の窯を使用禁止にされて、どこかに引っ越していった。そこに、父が目をつけたの。この家が売りに出されたのを見て、すぐに買い取ったんですって」

「お父様も陶芸家だったんですか？」

「もうこの世に、父の作品は残ってないけれどね」

気がつくと、話しているのは私と範子さんだけだった。司は、庭で走り回っている望を追いかけている。理は本にも飽きてしまったのか、〈吾代フェス〉のパンフレットを繰り返し読んでいる。

「もともと陶芸家だったのは、父のほうなの。幼いころから焼きものをやっていて、サラリーマンをやりながら吾代に引っ越し、陶芸を続けていた。母は吾代の女で、若いころに結婚して私が産まれた。そのあと妹をふたり産んだんだけど、両方とも死産でね。私はひとりっ子として育てられた」

庭のほうから、望が楽しげな声を上げた。死産という言葉と彼とを結びつけたくなくて、わたしはそちらを見ないようにした。

「母はある日、思いついたように陶芸をはじめた。最初は父に教えてもらって、気晴らしにやっていたみたいだけど……だんだん母は、陶芸に熱中していった。家事を忘れて、一日中土を捏《こ》ねていたり、窯の様子を見ていたり……少し、怖いほどだった」

範子さんが十歳のとき、吾代町が主催する陶芸展があり、公募によるコンテストが行われた。芙美子はそれに応募し、五百分の十という難関をくぐりぬけ、審査員特別賞を受賞した。

「これが、そのときのもの」

範子さんがアルバムを開いて見せてくれたのは、花瓶の写真だった。

異様な形をしていた。丸い花瓶の中央が大きくひしゃげ、花を差そうとしても潰《つぶ》れた部分に遮られ奥に入っていけないように見える。色は、土をそのまま固めたような茶色をしていた。生半可な花なら、差した端から生命力を吸い取られてしまいそうな、捕食者のような佇《たたず》まいだった。

「これはいま、どちらにあるんですか」

「ない。父が嫉妬して、割ってしまったから」

唐沢芙美子には、才能があったのだ。十年二十年にもわたる凡人の努力を短時間で蹴散《けち》らしてしまう、残酷なほどの能力が。

「母が注目されはじめると、父は荒れた。女が窯を使うなと言って近づけないようにして、〈お前のような暇人が結果を出すのは当然だ〉と怒った。〈俺は仕事をやりながら陶芸をやっている〉〈これ以上お前が続けるなら、俺も仕事をやめて、すべての時間を陶芸に使うぞ〉ってね。この家は父の給料で成り立っていたから、母も困ったと思う。少し結果が出たといっても、陶芸なんかほとんど儲《もう》からないしね」

「でもお母様は、陶芸を続けられたんですよね？」

「そう。父を追い出してね」

「離婚されたんですか？　でも、収入は……」

「年下の公務員と、すぐに再婚した。それで、お金の問題は解決」

「すごい情熱ですね」

話を聞いているだけなのに、芙美子の陶芸への執念が、絡みついてくる気がする。

「私は父とは何もなかったから、両親の離婚はつらかったわ。でもそのころの母にとって、結婚や家族は、陶芸の道具にすぎなかった。障害を排除した母は、ますます陶芸にのめり込んだ。大量の器を焼き、名声を得て、再婚相手が先に亡くなっても皿や器を焼き続けた。そして亡くなり、私がこの家を受け継いだってわけ」

「なぜ範子さんは、吾代にお戻りになったんですか」

「母のことが、好きだった――からかな」

「そうなんですか」

少し意外だった。ここまでの話からは、家族を顧みずに仕事に打ち込む、利己的な母親像が見えていたからだ。

「私は昔から、母の純粋さに憧《あこが》れていたんだと思う。母は、ひとつのことに人生のすべてを捧《ささ》げていた。私にはそこまで情熱を傾けるものは、なかった。結婚して子供を育てただけで、人生が終わっちゃったから」

「とても立派なことだと思いますけどね」

「といっても、これは後づけの理由かもしれない。私も離婚して、これからどうすればいいか不安で……そんなときに母に会いたいと、なんとなく思っただけなのかもしれない。また一緒に暮らすようになってから一年後、母は心筋梗塞《こうそく》であっさりと死んじゃって……だから、あのとき決断してよかったと思う」

家庭には、色々な形がある。家庭を顧みずに仕事に打ち込んでいる親が慕われることもあれば、家族を第一に考えて家庭サービスに邁進《まいしん》していた親が捨てられることもある。範子さんにとっては、芙美子はいい母親だったのだろう。

「範子さんは、陶芸家になろうとは思わなかったんですか」

「私？」

「はい。お母様に教えてもらったとか、そういうことは？」

「やろうとすら思わなかったかな。陶芸は、偶然の芸術だしね」

「どういうことですか」

「陶芸と絵画の一番の違いはね、最終的な出来を窯が決めることにあるのよ。準備段階で完璧《かんぺき》にやっても、窯の気まぐれで全部をひっくり返される。気に入ったものを焼くためには、何度も完璧な準備をして、しつこく焼成をし続ける必要がある。何十回と窯に裏切られてもやり直しを続ける母を見て、とても真似できないと思った。だから、陶芸家は、無理」

範子さんはそこで、わたしの背後に目をやった。

「でも、一度だけ真似事をしたことがある――誠一郎くん、覚えてる？」

振り返ると、眠っていたはずの父が目覚めていた。

「ん？　範ちゃん、何か作ってたっけ？」

「森の中で木とか落ち葉を集めていたとき、手伝ってくれたじゃない。覚えてない？」

「手伝った？　私が？　そんなこと、あったかなあ……」

「あったわよ。何も覚えてないのね」

範子さんは呆れたように言いながら、昔話をはじめる。

「あれは、高校二年生の夏のことだった……」

十七歳の夏、範子さんはふと陶芸をやってみようと思い立ち、芙美子に相談した。すると〈森に入って、木を集めてこい〉と言われたのだという。

範子さんは吾代で育ったものの、あまり山や森を歩いたことがなかった。虫に刺されたら嫌だと思い、真夏にもかかわらず作業着を着込み、軍手とマスクをして森の中に入った。そこで、父と出会ったのだ。

「ああ……少しだけ思い出した。範ちゃん、変な恰好《かっこう》をしてたな」

「誠一郎くんはTシャツに半ズボンだったものね。私、ちょっと恥ずかしかった」

「父さんは何をしに森に行ったの」

「なんだっけなあ。森を散歩するのは好きだったから、特に理由はなかったんじゃないかな」

「私にそのあと付きまとってきたこと、忘れちゃった?」

〈付きまとう〉というネガティブな言葉を使いつつも、範子さんの口調はどこか悪戯《いたずら》っぽい。

その日、父は枝葉を抱える範子さんを見掛けるや、〈僕が持つよ〉と言って近づいてきたのだという。ひとりでもできる。手伝ってもらったら母に怒られる。初めての陶芸だから、ひとりでやってみたいの。何度も断ったが父は〈いいから、いいから〉と言って聞かず、抱えていたものを奪うようにして無理やり手伝ってくれたのだそうだ。

「出足がそんな感じだったからやる気が削《そ》がれちゃって、結局器を焼くまで進まなかった。誠一郎くんのせいよ」

「それは、悪いことをしたね……」

「まあ、やったところでものにはならなかったと思うけどね。ほら、高一のときも……」

思い出話がはじまったのを見て、わたしは静かに席を外した。

父らしいエピソードだと思った。古参の社員が父を語るときには〈探偵としての腕はともかく〉という枕詞《まくらことば》がついたあとに、〈周囲を巻き込んでしまう、わけの判らないエネルギーはあった〉〈社長に困ったことをされても、なぜか許せてしまう愛嬌《あいきょう》がある〉といった言葉が続く。森で会ったときは迷惑に思ったはずなのに、範子さんは楽しい思い出のように過去を振り返っていた。父は昔から、父だったのだ。

父を誘ってよかったと思う。嬉しそうにしてくれていることが、わたしも嬉しい。いい旅行になりそうだと思いつつ、わたしは廊下を歩いていく。

そこで、右側にあるクローゼットの引き戸が目に留まった。閉め忘れているのか、わずかに隙間が開いている。閉じてあげようと思って、わたしは近づいた。

取っ手にかけた手が、ぴたりと止まった。

クローゼットは、枕棚と中段で三つに分かれている。奥行きがあるせいで、中は暗い。

中段に新聞紙が敷かれ、巨大な壺《つぼ》が置かれていた。

無惨に割れた壺だった。

暗がりの中にあるせいか、死骸《しがい》が横たわっているような印象を覚えた。割れた壺の断面は、引き裂かれた傷痕《きずあと》のようだった。

岩のようにゴツゴツとした、無骨な外観。

素人目に見ても、それは唐沢芙美子の作品だった。

4

〈ちょっと疲れちゃって、今日は休ませてもらおうかな〉

翌日はレンタカーを借り、日立市《ひたち》にある動物園に行く予定だったが、わたしは休むことにした。範子さんもカフェに出勤してしまったので、いまは古民家にひとりで留《とど》まっている。

この家は古く、廊下を歩くと床が窪《くぼ》んで音が鳴る。あたりは深い静寂に包まれていて、響くのは私の足音だけだ。

わたしは、クローゼットの扉を開けた。

中段に、割れた壺が横たわっている。

高さが一メートルほどある巨大なもので、わたしの力では持ち上げられなさそうだった。真ん中から真っ二つに割れていて、破片が隅にまとめられている。無惨な印象は、変わらない。

わたしはかがみ込み、下段を覗《のぞ》き込んだ。

小さな段ボールや、新聞紙に包まれた何かが、いくつも置かれていた。段ボールを取り出して蓋《ふた》を開けると、中には粉々に割れた茶碗が入っていた。新聞紙の包みをほどくと、やはりふたつに割れた皿が出てくる。

思った通りだった。

ここに収められているのは、すべて、破壊された唐沢芙美子の作品なのだ。

割れた陶器は、ざっと見ただけで三十個はある。〈割れたものを大切に取っておいている〉と言えばそうなのかもしれないが、それにしては数が多い。

〈父が嫉妬して、割ってしまったから〉

これらを割ったのは、たぶん範子さんの父ではない。芙美子が離婚したのは、もう四十年も前の話で、元夫に壊されたものを後生大事に取っておくとは思えない。

わたしの中に、もやもやとした違和感が生まれていた。その正体がなんなのかはまだ判らないが、これが生まれてしまったらどうにもならないことを、わたしは知っていた。

ふと、外から車の音がした。

玄関を開けると、日産のワゴン車が止まっていた。

「すみません、お邪魔します」

車から出てきたのは、坊主頭の青年だった。肌が黒く焼けていて、身体つきもたくましい。青年は「石田《いしだ》」と名乗った。美大を出て陶芸家を目指している若者で、Iターンで吾代に移住してきたらしい。今日は庭の向こうにある登り窯のメンテナンスにきたのだという。

「登り窯で焼く陶器は、面白いんですよ」

窯を見せてくれるというので、わたしは彼についていくことにした。

「いまは温度管理が簡単な電気窯やガス窯で焼成することが圧倒的に多いですけど、登り窯を使うと、いい〈景色〉が生まれるんです」

「〈景色〉?」

「作品に生まれる微妙な表情のことを〈景色〉って言うんです。登り窯は、大量の火と風を使って焼成するので、焼く前には予想もしなかった色や模様が生まれるんです。ロマンありますよねえ。その代わり失敗も多いし、労力も半端なくかかるんですけど」

例えば、と石田くんは言う。

「薪《まき》をくべるだけでも、大変です。あの窯だと、三日間ぶっ通しで火を焚《た》きます。少しでも途切れたら、終わりです」

「なぜですか」

「安定した温度で焼き続けないと、〈景色〉や強度に問題が出ちゃうんです。登り窯の火の番は過酷で、ものすごい集中力と体力が必要になります」

近くで見ると、登り窯は煉瓦《れんが》で組み上げられていた。緩やかな坂の上に作られていて、四つのドーム型の房が徐々に階段を上っていくように連なっている。

「結構、新しいんですね。すごく昔からあると聞きましたが」

「新しいですよ。これは五年前に建て直したやつですから」

「え、前の窯が壊れてしまったんですか」

「というより、煉瓦って使える回数に上限があるんです。この窯は定期的に火を入れてますから、十五年くらいで限界になって、そのたびに町のほうで作り直してます。これは六代目の窯ですよ」

そういえば、窯自体は吾代町の持ちものだと聞いた。芙美子が住んでいたころから、経年劣化した窯は適宜作り直していたのだろう。

「先代は、すごいです」石田くんは、窯の煉瓦を撫でながら言う。

「唐沢芙美子さんはこの窯で、五百回以上焼成をしているはずです。この窯で生涯にわたって優れた陶器を焼き続けてくれたので、吾代町も登り窯の真価を理解できた。登り窯の火の番って、本当にキツいんですよ。体力が削られるし、炎を見つめ続けるので目もやられてしまう。それを先代は、たったひとりでやり続けた」

「火の番は、交代でやるんじゃないんですか」

「それが理想ではありますけど、登り窯の火加減はめちゃくちゃ難しいですからね。温度を安定させるには、窯の隅々までを知って、適切なタイミングで薪を追加していく必要があります。そんな微妙な塩梅が判る陶芸家は、そうはいません。先代は火入れをしたら、三日間つきっきりで火を見ていたそうです。先代が亡くなったあと、しばらく窯焚きをできる人がいなくて、困ったらしいですから」

「すごい陶芸家だったんですね」

「陶芸にしか興味がない、鬼みたいな人だったそうです。一回、指導してほしかったです」

「ちょっと質問なんですけど……」わたしは、声を落とした。

「この窯を使って焼くと、何割くらいが商品になるんですか」

「うーん、四割か五割くらいじゃないですかね。こういう難しい窯で大量の不良品が出るのは、仕方ないんです」

「出てしまった不良品は、記念に取っておくんですか」

「まさか。その場で全部割りますよ」

「どうしてですか」

「不良品が間違って市場に出てしまったら、大変ですから。自家用に使うにしても少ししかいらないし、その場で壊すのが普通なんじゃないかな。あっちに専用の捨て場もありますよ」

石田くんは、傾斜の上のほうを指差す。不良品はその場で割り、捨て場に捨てる——ということは、クローゼットの割れた器たちは、焼成の段階で生まれた不良品ではない。

「もうひとつ、教えてください。お気に入りの陶器が割れてしまった場合、石田さんなら、どうしますか」

「お気に入りの陶器ですよね？　そりゃ、修復しますね」

「接着剤でくっつけるということですか」

「百均の器とかならともかく、いいものなら、普通は金継ぎをしますね」

金継ぎという技法があることは、以前テレビで見たことがあるので知っていた。確か、割れた陶器を溶かした金で接着するもので、金の差し色が入ることでより独自の味わいが出るというものだ。

「割れた陶器を修復せず、そのまま保管しておくことってありますか」

「そういう人もいるんじゃないですか。割れたまま置いとくなんて、俺なら哀しくて見てられないですけど」

「唐沢芙美子さんは、そういうことをする人でしたか」

「そこまでは知りませんけど……先代なら、金継ぎして活《い》かそうとするんじゃないかなあ。いくつか、そうしてる作品もあったはずですし」

石田くんに言語化してもらい、わたしはもやもやした違和感の正体を摑《つか》むことができた。

なぜ範子さんは、割れた大量の器を、そのままにしているのか。

いらないのなら捨てればいいし、大切なものなら修復すればいい。なぜそうしないのか。

もちろん、ただなんとなく捨てられないだけかもしれない。だが、どちらの選択肢も取られない宙ぶらりんのものがあれほどたくさん置かれていることに、しかもそれらが尊敬する母の作品であることに、違和感を覚えているのだ。

「範子さんと芙美子さんは、仲がよかったんですよね」

心の奥で醸成されていた疑問が、一点にまとまっていく。ふたりは本当に、信頼関係のある母娘《おやこ》だったのか。

「よかったんじゃないですか。範子さんのカフェ、知ってるでしょう？」

「お母様の器を使ったカフェですよね」

「はい。あんな店を作るくらいですから、先代のことは尊敬してるでしょう。開店前の朝礼でも、よく先代への感謝を言っています」

「朝礼？」

「ええ。俺、あそこで働いてるんです。この辺の陶芸家は、結構ヘルプで入ってるんですよ。俺もこのあと、店番の予定です」

「なるほど。でも芙美子さんは、陶芸の鬼と呼ばれたほどの人です。生活の全部を陶芸に注いでいた――そんな人が親だと、娘は相当苦労すると思いますけど」

「なんでそんなことが気になるんですか」

ここまで辛抱強く付き合ってくれた石田くんも、さすがに不審に思ったようだ。

「父が、範子さんの同級生なんです」わたしは、用意していた話を口にした。

「昔はあまり家族仲がよくなかったのに、お母様の器を使ったカフェをやっている——そのことを父は、心配していました。お母様の遺言とかで、無理してやってないならいいけどって」

「無理なんかしてないと思いますよ。楽しそうですけどね」

石田くんはわたしから離れ、窯の反対側に歩いていく。

その先には、大量の薪が積まれた棚があった。傍らに斧《おの》も置かれているので、定期的に薪割りをやっているのだろう。石田くんは地面を箒《ほうき》で掃きつつ、薪を手に取って見ている。

「この薪は、森から拾ってきたものなんですか」

「まさか。材木屋から買ってます。窯の温度管理はシビアですから、その辺で拾った枝なんか使えないですよ」

疑問が生まれた。確か範子さんは陶芸を習うときに、森から木を拾ってきたのではなかったか。

「それ、たぶん灰釉《かいゆう》作りだと思います」

石田くんは、庭のほうを指差す。その先には、小さな焼却炉のようなものがある。

「釉薬って、聞いたことがありますか」

「ありますけど、詳しくはないです」

「粘土を成形して素焼きしたあと、器に釉薬というものを塗るんです。器の基本的な色合いを決めるもので、例えば青磁釉を塗ると、焼成の段階で鉄分が変化して青い器になります。先代は、土とか石とか、大地の素朴な色合いを大切にする人でした。好んで使ってたのが、自家製の灰釉だったんです」

芙美子は山々で木を集め、庭にある焼却炉で灰にしていた。それをもとに釉薬を作り、焼きものに使用していたのだという。範子さんが集めていた枝は、そのためのものだったのだ。

「そろそろ、店に行かないと」石田くんが、腕時計を見た。

「今日は窯の掃除と、薪の乾燥具合を見にきただけなんです。再来週の土曜に火入れをするので、そのときにきてもらえれば、窯焚きの様子が見れますけどね」

「興味はありますけど、明日《あした》、自宅に帰るんです。埼玉のほうに」

「吾代はアクセス、悪いですからねえ。フェスが終わったら、この街も静かになるなあ……」

石田くんは、少し感傷的な口調になった。いまは街が賑わっているが、普段はこうやって初対面の人と話すこと自体、少ないのかもしれない。

「うちのボス、紹介しましょうか」

「え？」

「昔から吾代の芸術家をまとめてる人がいるんです。この時間は暇してると思いますから、紹介できますよ。先代について聞きたいんですよね」

――いいんですか？

そう口にしようとして、わたしは押しとどめた。恐らくは、気まぐれで出た言葉だ。心変わりをされては困る。

「ありがとうございます。ぜひ、紹介してください」

即答して頭を下げると、石田くんは気まずそうに頬をかいた。

5

石田くんに市街まで送ってもらい、わたしは観光客で賑わう商店街を歩いていた。今日のフェスは漆器が中心らしく、道端には漆塗りの箸《はし》や器を並べた店が大量に出ている。吾代は漆の産地でもあり、地場の漆を使った漆芸も盛んなようだ。

商店街の入り口まで歩くと、昨日父が教えてくれた〈すがわら〉という店が目に入った。わたしはその前で待つことにした。

——どうかしてる。

家族旅行にきてまで、わたしは謎を追いかけている。範子さんと芙美子の関係は、本当はどういうものだったのか。違和感に刃《やいば》の先端をねじ込み、ほじくり返そうとしている。

スマートフォンをフリックし続ける、理の姿が浮かんだ。彼を注意する資格など、わたしにはない。わたしのほうがよほど異常な行動を取っていて、判っているのに己を止められない。

「あれ？　話を聞きたいっての、あんたか」

背後から、声をかけられた。

振り向くと、昨日カフェで父を歓待してくれた男性のひとりが、立っていた。

敵意のこもった目で、範子さんを睨んでいた人物だった。

「小池《こいけ》です。いまさらだけど」

裏路地に入ったところにある喫茶店に、小池さんは案内してくれた。フェスのさなかなのに店内はほどよく空いていて、穴場の店のようだ。

小池さんはもともと吾代町の役場に勤めていて、芸術事業を長く手がけていたそうだ。町の窯を守り、芸術家の卵たちのＩターンを推進し、吾代の陶芸を支え続けた。定年退職する前に〈吾代フェス〉を発案したのも、彼らしい。

「芙美子さんと範子について、聞きたいんだって？」

小池さんは、いきなり本題に入ってくる。その勢いに、やや面食らった。

「いいんですか。わたしみたいな部外者に、ご友人の話をして」

「範子のことか？　あれは別に、友人なんかじゃない。誠ちゃんにも、気をつけるように言っといてくれ」悪しざまに罵《ののし》る小池さんを前に、わたしは少し啞然《あぜん》としてしまった。

「範子がいつ吾代に戻ってきたのか、知っているか」

「十三、四年前ですよね。芙美子さんがご存命のうちに、なんとか帰ってこれたとか」

「ものは言いようだな。母親が死にそうになっているのを知って、慌ててすり寄ってきたとも言える」

「それは、つまり――遺産が目当てだった、ということですか」

よく判ってるじゃないかと言うように、小池さんは口角を上げた。

「芙美子さんには、ご自宅や作品を吾代町に寄付していただくことで話がまとまっていた。それなのに範子が帰ってきたせいで、すべてがひっくり返った。作品の多くは範子に持っていかれ、あの家も陶芸センターに改装して活用する計画があったんだが、すべてがパーだ。極めつけは、あのカフェだよ。全く、いまいましい」

「素敵なカフェだと思いましたが……」

「唐沢芙美子の作品を、あんなに気軽に使われては困るんだよ」

炎に薪をくべたように、小池さんの語気は強さを増す。

「芙美子さんは、本物の芸術家だった。審美眼のある人間にしか作品を売らなかったし、窯で焼いた作品も、少しでも不出来なものは容赦なく叩き潰した。作品に対しても、それを使う人間に対しても、高いものを要求していたんだ。ところが範子は、選ばれた人間しか入ることを許されなかった店を閉じ、チャラチャラしたカフェに改装してしまった。いまは観光にきた大学生が、芙美子さんの器でコーヒーを飲んでいる。信じ難い冒瀆《ぼうとく》だ」

「生前の芙美子さんは、範子さんがカフェを開くことを、知っていたんでしょうか」

「知っていたら、絶対に許していないよ。そもそも、カフェというのがまたふざけている」

「なぜですか」

「さっき〈すがわら〉って店があっただろう？　〈自前の器で料理を出すカフェ〉というのは、もともとはあの店のコンセプトだったんだよ。だが範子は〈すがわら〉に近づかなかった。あいつを〈すがわら〉に誘って断られた人間が、何人もいる。コンセプトだけを盗んでいくなど、ひどい話だろう」

「すみません、気になっていることがあるのですが……」

問題の核に触れるときが、きたようだった。

「そもそも範子さんと芙美子さんは、仲がよかったんでしょうか」

「最悪だったよ。範子は芙美子さんを、心底嫌っていた」

薄々予想していた言葉が、小池さんの口から飛び出した。

「もっとも、昔の私は、どちらかというと範子に同情していたよ。母親が陶芸にかまけて家のことをやらず、自分の父親を追い出し、次の男を引っ張り込んでまでやり続けてるんだ。そりゃあ娘もつらいだろう」

「それは範子さんから聞いたんですか」

「本人から聞いたこともあるし、噂として聞いたこともある。というより、ひと目見て判るくらい、範子は不安定だったよ。学校で突然泣き出すこともあったし、飛び降り騒動もあった」

「飛び降り？」

「高校生のころ、学校の屋上から飛び降りようとしたんだよ。近くにいた教師が引き止めて何事もなかったが、それくらい追い詰められていたのさ」

「でも、範子さんはお母様に陶芸を習おうとしたそうですよ。実際にお手伝いもしていたと」

「嘘じゃないのか？　とてもそんなことをする関係だったとは思えないね」

嘘ではない。範子さんが森で木々を集めていたことは、父の記憶にも残っていた。ただ、小池さんの話にも真実味がある。範子さんが自殺未遂をするくらい追い詰められていたのだとしたら、その元凶となっていた人間に、陶芸を習おうとするものだろうか。

「範子が若くして実家を出て行ったときは、みんなよかったと思っていた。新しい場所で幸せになってほしいってね。だけどね、母親の晩年になって戻ってきて、遺産を食い散らかすような真似をするなんて、いくらなんでもあんまりじゃないか？　芙美子さんは母親としては失格だったかもしれないが、吾代にとっては大切な人なんだ」

小池さんの言葉を聞きながら、わたしは、ふたりの関係性に惹かれている理由を理解した。

わたしも、唐沢芙美子だからだ。

探偵業にのめり込み、家族旅行を放棄してまで謎を追っている。自分なりにバランスを取っていたつもりだったけれど、いざとなるとこの様だ。芙美子が三日三晩登り窯の火を見続けても平気だったように、わたしも謎を追いかけるためなら、何日でも費やせるだろう。

芙美子はその結果、家庭を壊してしまった。晩年、娘との関係は修復されたように見えるが、内実はどうも怪しい。

範子さんは、芙美子に復讐《ふくしゅう》し続けているのではないか。

選ばれた客のみを相手にする母のスタイルを踏みにじり、価値の判らない客に器を使わせている。それだけではない。クローゼットの中に放置されていた、割れた大量の器。もしかしたら範子さんは、芙美子の器を意図的に割り、残骸をため込んでいるのではないか。時折それを眺めながら、昏《くら》い復讐心を慰撫《いぶ》しているのではないか——。

理の姿を、思い出した。

彼はもともと、何かを調べ尽くすことに精力を傾ける子だ。でもその傾向の萌芽《ほうが》に、わたしの不干渉は関係していないか。子供が生まれてからも、わたしは仕事をさほどセーブすることなく続けている。わたしから注がれるはずの愛情の不足が、理の偏りに拍車をかけているのだとしたら——。

わたしもいつか、子供たちから復讐をされるのではないか。

そのとき、わたしのスマートフォンに着信があった。

発信者は、司だった。画面をタップし、電話に出る。

「みどりさん？」

第一声を聞いた瞬間に、緊張が走った。声が切迫していて、何か不測の事態が起きたことが判った。

「みどりさん、落ち着いて聞いて。いま、どこにいるの？」

「いま――商店街にいるよ。ちょっと体調よくなったから、出かけることにして」

「駅前にこられる？　お義父さんが、迎えに行くって」

「迎えって……何があったの？」

「理が、いなくなった」

「え？」

正面にいる小池さんが反射的に肩を震わせるほど、鋭い声が出てしまった。

「さっきから姿が見えないんだ。あいつは――森に行ったかもしれない」

6

迎えにきてくれた父のレンタカーに乗り、範子さんの家へと戻る。車中で、憔悴《しょうすい》した様子の父が状況を説明してくれた。

動物園を見終えた父たちは、海沿いの公園で遊んでから吾代に戻ってきた。この時点で十六時ごろ――わたしが小池さんを待っていた時間帯だ。

「本屋に行ったんだ。理が〈果物のことを調べたい〉と言って、司くんに果物の図鑑を買ってもらった。あいつは、ガマズミに興味を惹かれているみたいだった」

理は帰ってきてからもずっと図鑑を読んでいた。それだけではなく、父を捕まえて、森のどこにガマズミが生えているのかをしつこく聞いていた。

そして気がつくと、家の中から理の姿が消えていた。

「家の中を隅々まで捜したが、どこにもいなかった。理は私のスマホも持っていったようだ。司くんが電話をしても出なかったから、意図的に無視をしているんだと思う。ガマズミなんかの、何がそんなに気になるのか……」

後部座席にいる望は、ドライブが楽しいとでも言うように、外を見ながら笑っている。その不自然な笑みに、六歳の次男の心の揺れが表れていた。望は不安を無理して押さえつけ、楽しさを演じている。たまらない気持ちになった。

「司くんはひとりで森に捜しに行った。警察には通報したが、〈吾代フェス〉に警備が割かれていて、人手が揃うまで時間がかかるそうだ。帰ったら、私も森に行く」

「俺もだろう、誠ちゃん」望の隣には、小池さんが乗り込んでいた。

「人手の確保は任せとけよ。いま町の人間に、片っ端から声をかけてるから」

「ありがとう、助かるよ……」

後部座席の小池さんは、ひっきりなしに電話をかけている。父は気が動転しているのか、わたしと小池さんが一緒にいることに何も触れてこなかった。

範子さんの家に着く。司は「また連絡する」と言っていたが、三十分近く連絡をしてこない。

「お前はここにいて、警察がきたら事情を説明してくれ。手伝いの人たちもきてくれるだろうから、その人たちにも。望のことも、頼むぞ」

「判った。もう夕方だし、気をつけて」

「この森のことはよく知ってる。大丈夫だ」

父は頼もしげに振る舞おうとしてくれているが、不安を隠し切れていない。小池さんが父の肩を叩《たた》き、ふたりは森へと向かっていった。

望の面倒を見なければと思ったが、彼は疲れてしまったのか、畳の上で寝息を立てていた。小さな身体にブランケットをかけ、その傍らに腰を下ろす。望の髪を撫でると、理のものと同じ感触がして、胸が締めつけられた。

静かだ。

山間に満ちる深い静寂は、都市にいると味わえない。

午前、この家にひとりでいたときには心をリラックスさせてくれていた静寂が、ひどく恐ろしいものに思えた。たまに鳴る葉擦れの音や鳥の声が、巨大な手で握りつぶされたように消え、もとの静寂に戻る。怖かった。この深い静寂の中に幼い理までもが飲み込まれ、向こうの世界に連れていかれてしまったように思えた。

ちゃぶ台の下に、果物図鑑が置かれている。

見ると、ガマズミのページが開かれていた。わたしは、図鑑に触ることができなかった。ページから理の温度が感じられなかったら、もう二度と理の感触を思い出せない気がした。

小池さんは地元の人に声をかけてくれたようで、四人の男性が集団でやってきて、森に向かっていく。司は無事かと思い電話をかけてみたけれど、電波が届かない場所にいるのか、つながらない。

わたしが、調査などしていなければ――。

後悔の念が湧き上がってくる。今日は、男児ふたりを父と司とで見なければならなかった。活発でどこに行ってしまうか判らない望のほうに、多くの注意は割かれただろう。理へのケアが散漫になっていたことが、彼の失踪《しっそう》につながった気がしてならない。その原因は、わたしが調査にかまけていたことだ。

そもそも――理の度を越した好奇心は、わたしから受け継がれたものなのではないか。わたしがこんな性格でなかったなら、理はもっと普通の子供に育っていたのではないか。彼のことを否定したくない。でも、こんな状況を招いてしまった原因の大部分は、わたしにある気がした。

気がつくとわたしは、望の手を握っていた。

助けてほしいと思いながら我が子に触るのは、初めてのことだった。

「あのー……」

聞いたことのある声がして顔を上げると、庭に、石田くんがきていた。

「子供がいなくなったって聞いて、手伝いにきました。森に行っちゃったんですか？」

「はい、たぶん。お忙しいのに、ありがとうございます」

「気にしないでください。範子さんにはいつもお世話になってますから、これくらいは」

「範子さん？　小池さんから頼まれたのでは、ないのですか」

「はい。店番してたんですけど、子供がいなくなったと店に電話があって、手伝いに行ってほしいって言われて。あんまり森に入ったことないので、戦力になるか判んないですけど」

少し、意外に思った。このあたりは、範子さんの生活圏だ。店を彼に任せて、範子さん本人がきてくれてもよさそうなものなのに。

「みんなバラバラに森に入ってるんですよね。大丈夫かな。そんな危ないところはないはずですけど、たまに遭難して救助隊が出ることもありますから」

「夫に、電話してみましょうか」

「無駄だと思いますよ。森の中、電波つながらないですから」

「森の全域でつながらないんですか」

「ええ、アンテナが届かないみたいで。まさか旦那《だんな》さん、ひとりで行動してないですよね。慣れない森の中を歩くのって、ただでさえ危ないのに。この辺、熊が出ることもあるんですよ」

ほかに誰かこないかなあと言い、石田くんは庭をうろつきはじめる。司に電話をかけてみたが、やはり〈電波の届かないところにいる〉という応答があっただけだった。

いつか、こんなことになる気がしていた。

わたしは探偵として、多くの人を傷つけてきた。いつかその刃が自分自身に向き、わたしの肉や骨を切り裂くときがくる。そうなったらそうなったまでだと、覚悟をしていたつもりだった。

だが、覚悟などできていなかったのだ。

最愛の家族をふたり、同時に失うかもしれない。自分の行動の果てにこんなものが待っているなど、想像すらしたことがなかった。

こうなることを知っていたら、わたしは探偵をやめていただろうか。

〈やめていた〉と、即答できなかった。家族を傷つけてでも、わたしは真実を求めてしまう。わたしは、そういう生きものなのだ。この期に及んで自らの性《さが》を捨てられない自分に、深く絶望した。

そのときだった。

父の言葉が、脳裏をよぎった。

「どうしたんですか」

石田くんの声を聞きながら、わたしは庭に下り、歩きはじめていた。

理は、ガマズミのことを気にかけていた。どこに生えているのかを父に聞き、姿を消した。

だけど、そう考えると、おかしなことがある。

〈理は私のスマホも持っていったようだ。司くんが電話をしても出なかったから、意図的に無視をしているんだと思う〉

父たちは、理に電話をしている。そのとき、理が持ち出したスマートフォンには電波が入っていたのだ。だけど、森に入った司に電話をかけても、一向につながらない。森の中は、電波が届かないという。

たまたまかもしれない。電波が届かないといっても、場所によってつながることもあるだろうし、使っているキャリアによっても違うだろう。でも。

——理が、森にいないのだとしたら？

ガマズミのことをしきりに聞いていたことに、別の理由があったのだとしたら？

わたしは庭を横切り、歩き続けた。足裏に、切りつけられたような鋭い痛みが走る。そこで自分が素足だということに気がついた。割れた陶器の欠片《かけら》のようなものを、いつの間にか踏んでしまっていたようだった。

構わずに歩き続ける。わたしの直感が、理の居場所を囁《ささや》いていた。

わたしは、登り窯の前に立った。

傾斜を上る。登り窯は巨大な芋虫のように四つの房に分かれて、それぞれに入り口がある。

そのうちのひとつを、覗き込む。暗闇が広がっているだけだった。

わたしは構わずに、二番目の房を覗き込む。

闇の奥に、理がいた。

地面に腰を下ろし、数秒前まで見ていたであろうスマートフォンから顔を上げた理は、さすがに申し訳なさそうな顔をしていた。

「みんながどれほど心配してるか、判ってるの？」

「ごめんなさい」

「そんな軽く謝っただけで、済むことじゃない」

自分がきちんと怒れているのかが判らなかった。

怒りを吹き飛ばすほどの圧倒的な安堵《あんど》が、心の奥から溢《あふ》れて仕方がなかった。

7

「本当に、申し訳ありませんでした」

翌日、朝食をいただいたところで、司が改めて範子さんに頭を下げる。

「昨日はお騒がせしてしまって、すみませんでした。理、もう一度謝れ」

「……ごめんなさい」

「いいんですよ。こちらこそ、お手伝いできなくて悪かったわね。頭なんか、下げないで」

「けじめですから。ほら、理」

範子さんに甘えることなく、司は理の頭を押さえつけ無理やり頭を下げさせる。温厚な彼も、森の中をさんざん歩かされて堪忍袋の緒が切れたようだった。こういうことは男親に任せたほうがいいと思い、わたしは遠巻きに見ていた。

昨日。

理は果物図鑑を読んでいて、判らないことをネットで調べたくなった。だが祖父のスマートフォンは没収されてしまい、次はいつ使えるか判らない。理は仕方なく、隙をついてスマートフォンを持ち出し、窯の中に入って存分に検索をしていたそうだ。

〈スマホに夢中で、僕を捜してることに気づかなかった〉

そう言った理の弁明を、司は嘘だと捉《とら》えたみたいだった。他人に迷惑をかけた上に、嘘までついている。彼が見たことがないくらい怒っているのは、そう解釈しているせいでもある。

わたしの見解は、異なる。わたしも何かに夢中になると、周囲のことが見えなくなるからだ。素足で庭に出てしまい、足の裏に負った切り傷が、何よりの証左だった。

「みどりさん。温泉でも入ってから帰ろうか」

軒先で、わたしと司は並んで座っていた。司は家族旅行で英気を養うどころではなく、ひどく疲れをため込んでしまったみたいだった。

「うん、いいよ。北関東は有名な温泉、結構あるでしょ」

「ここからだと鬼怒川《きぬがわ》かなあ。伊香保《いかほ》や草津《くさつ》は、さすがに遠い……っていうか、温泉街じゃなくても、スーパー銭湯に寄って帰るだけでもいいかもね」

「子供たちもいるから、そっちのほうが楽だと思う」

「おし、探してみるかあ」

スマートフォンの地図を見ながら、司は強めに手首をかく。「痒《かゆ》いの？」と聞くと、司は腕をまくった。男性にしてはきめ細かい彼の肌に、いくつもの赤い湿疹《しっしん》ができていた。

「昨日、森で虫に刺されたっぽい。今朝からえらく痒くて」

「医者で診てもらったほうがいいんじゃない？　毒虫とかだったら、大変だよ」

「まあ、ムカデかなんかだろ。殺虫スプレーしたつもりだったんだけどな。山の虫は、やっぱり強いんだね。このくらい、ほっときゃ治るでしょ」

「ムカデは、虫じゃない」

通りがかった理が、静かに言った。司の表情が、さっと冷たいものになる。それでも理は、どこ吹く風で続ける。

「ムカデは節足動物だから、虫じゃない。それに、咬《か》まれるとすごい痛いから、父さんも気づくよ。そんなに何カ所も赤くなってるのも変だし」

「理、黙りなさい」

「森の中を歩いたんだよね。なら、それはたぶん」

「いい加減にしろ。反省してないのか、お前」

「司さん、ちょっと待って」

慌てて口を挟んだ。彼の怒りも判るけれど、いくらなんでも感情的になりすぎている。

それよりも――。

「たぶん、何？」理が言葉を飲み込んでしまったことが、わたしは気になった。

「湿疹の原因が、理には判るの？」

「うん、たぶん」

「虫刺されじゃないってこと？」

「虫じゃない。前に図鑑で読んだけど……」

理は、口ごもってから言った。

「それ、漆、だと思う」

「漆？」

「図鑑で見た写真にすごく似てる。漆にかぶれると、そんな風に手が真っ赤になるんだって。

ヤマウルシの木とか、触らなかった？」

「どれが何の木かなんて、判るわけないだろ」

司が投げやりに言うのを聞きながら、わたしは、思考に沈んでいった。

〈ようこそ　やきものと漆器の町・吾代へ〉

吾代駅前のロータリーにある柱には、そう書かれていた。この旅では陶器にばかり縁があったが、漆器もまた、吾代の名産品なのだ。

この森の中には、漆の木が生えている——。

何かが、わたしの中で嚙み合いだしていた。この旅行の最中、そこかしこで感じていた違和感が、ひとつの仮説へと組み上げられていく。

わたしはスマートフォンを取り出した。理の手前、親のこんな姿を見せるわけにはいかないと思い、庭に下りて登り窯のほうに向かって歩く。検索をはじめると、山間の貧弱な電波が、時間をかけて検索結果を描画していった。

「……みどりさん?」

どれくらいネットを見ていただろうか。その声で、我に返った。

範子さんが、目の前に立っていた。

「どうしたの? みんな捜してたわよ。そろそろ帰るって」

「ええ……」わたしは、意を決して言った。

「範子さん。少し、お話をさせていただいていいですか」

「何? ここで?」

「はい」

わたしは、自分の仮説を確かめたかった。範子と芙美子の関係性。この旅の中で感じていた、いくつかの違和感について。

「昨日、範子さんはどうして、理の捜索にいらしてくれなかったんですか」

責められていると思ったのか、範子さんの表情がこわばった。

「父は範子さんのお店に電話をして、事情を説明したんですよね。ところがきたのは、このあたりの地理をよく知らない石田さんでした。なぜ範子さんは、きてくれなかったんですか」

「昨日は仕事をしてたの。店主が店を抜けるわけにはいかない」

「でも一昨日《おととい》は、店番の人に任せて、範子さんはわたしたちと卓を囲んでいました。そもそも石田さんが抜けられたということは、そこまで混んでもいなかったのでは？」

「あのねえ、私だって子供がいなくなったって聞いて、動転してたの。そんな冷静な判断は、できないわよ」

「そうでしょうか」

秘密。沈黙。隠しごと。それらに刃を突き立て、血が噴き出そうともえぐり、ほじくり出す。わたしはこれからまた、それをやる。わたしと理は、同じだ。制御することができない、厄介な炎を抱えている。

「範子さんは、森に入ることができなかった。なぜなら――」

わたしは炎を、範子さんに向けた。

「範子さんは漆アレルギーだからです。違いますか」

彼女の目が、驚きに見開かれた。仮説が裏付けられ真実の影が現れたことに、わたしはほとんど反射的に高揚した。

「そういう前提で考えてみると、いくつか気になることがあります。まず――子供のころ、範子さんは父に連れられて、森の中を探検したんですよね」

父は小学生のころ〈海賊団〉を作り、ガマズミを食べに行こうと森の中に入った。範子さんもその一団にいたと、本人が言っていた。

「森に入ったあと、範子さんは三日くらい学校を休んだ。〈楽しくて反動がきた〉と仰《おつしや》っていましたが、本当は漆アレルギーに、苦しんでいたのではないですか」

漆アレルギーは重篤な場合、全身にむくみが出たり、呼吸困難になったりする場合もあるらしい。人によっては、漆の木の近くを歩くだけで発疹が出ることもあるそうだ。

「範子さんは、父に対してそのことは言わなかった。言えば、探検を企画した父に責任が降りかかってしまうからです。範子さんは、優しいんですね」

「……だから、何？」

「範子さんのアレルギーは、かなり重篤なのだと思います。だから昨日も森に入るわけにはいかなかったし、みんなのたまり場である〈すがわら〉にも近づかなかった」

〈すがわら〉は店主が自作した器を使い、食事を提供する店だ。店頭に置かれていたサンプルを見る限り、お汁粉やあんみつには、漆器が使われていた。

「……だから、何なの？」

範子さんは、苛立《いらだ》ったように言う。

「確かに私は、漆が大の苦手です。乾いた漆器ならともかく、手作りの生乾きの漆器を使って全身が痒くなったこともある。それがどうしたの？　捜索を手伝わなかったのは申し訳なかったけど、アレルギーなのは仕方ないでしょう？」

「範子さんは、お母様のことを尊敬しているんですよね」

「もちろん。だからカフェを出してるの」

「でも生前の芙美子さんは、器を売る相手を厳選していました。そんなお母様の器を、カフェで誰にでも出していることを、問題視している人もいるようですが」

範子さんは、話にならないというように両手を上げた。突き立てた刃が、真相という硬い石に近づいている感触があった。

「範子さんが漆アレルギーだとすると、おかしなことがあるんです」

まだあるのかというように、範子さんが眉《まゆ》を上げる。

「高校生のときに、範子さんは、森へ入ったんですよね」

これも、彼女が言っていた話だ。範子さんは陶芸を習おうと思い立ち、母の命に従って灰を作るための木や葉を集めていた。夏なのにやけに厚着をしていたから目についたと、父も言っていた。

「そもそも、なぜ陶芸を習おうと思ったんですか。あなたとお母様は関係が悪かったと言っている人もいますが」

「そんなことない。私たちは、仲のいい母子だった」

「そうだとしても、なぜ木や葉を集めることに？　あなたは子供のころ、漆アレルギーで学校を休んでいます。お母様もあなたの体質を、少なくともそのときには知ったでしょう。それなのに、なぜあなたを森に向かわせたんですか。粘土を成形したり、薪を割ったり、ほかにできることはあったのでは？」

「それは……」

答えようとした範子さんは、黙ってしまった。その沈黙の、先にあるもの――。

「お母様はそんな依頼はしていない。あなたは勝手に、漆の木を集めていたのではないですか？」

刃が、一番奥まで突き当たった感触がした。

「あなたはその木を使って、死のうとしていたのではないでしょうか」

「あなたと芙美子さんの関係は、悪かった。あなたは家庭を壊してまで陶芸にのめり込む芙美子さんを、恨んでいた」

言葉がそのまま、自分に降りかかってくる。家族旅行を反故《ほご》にしてまで、父と範子さんの関係を壊す危険を冒してまで、わたしは探偵にのめり込んでいる。

「あなたは高校では飛び降り未遂を起こすほどに、精神的に追い詰められていたそうですね。あなたはあるとき、決断したんです。芙美子さんから陶芸を取り上げることを」

「母からどうやって陶芸を取り上げるの？　器を作るために生まれてきたような人なのよ」

「山火事、です」

わたしは、庭の奥にある巨大な登り窯を見つめる。

「あなたのご両親がこの家を買う前、ここには別の陶芸家が住んでいた。ところがその人は、あの窯から山火事を引き起こしてしまい、吾代町が管理する窯を使うことができなくなった。そこにあなたのご両親が入居してきた」

「我が家の歴史くらい、教えてもらわなくても知ってるわ」

「つまり、陶芸に関係した重大な事故を起こせば、芙美子さんは吾代の窯を使えなくなる。芙美子さんは、登り窯の不安定な火と風の中から作品を生み出す芸術家でした。あの窯を奪われることは、陶芸家としての死を意味する」

わたしは、視線の先をずらした。

庭の隅にある、小型の焼却炉に目をやった。

「芙美子さんは、山の木や草を燃やして灰にし、釉薬を作る人でした。あなたが集めた木も、当然あそこで燃やされる。あなたは芙美子さんに——漆の木を燃やさせるつもりだった」

芙美子は、娘が木を集めていたことを知らずに、ある日焼却炉に火を入れる。煙突からは、漆を燃やした煙が発生する。

「あなたはその煙を吸い込み、漆アレルギーに陥るつもりだったんです。漆の木はそもそも、燃やしてはいけないそうですね。アレルギー持ちの人が煙を吸い込むと、気管がかぶれて呼吸不全を起こし、最悪命を落としてしまうとか」

範子さんの目が、驚きに見開かれていく。

「あなたは当時、自殺未遂をするほどに自暴自棄になっていました。あなたは〈母に自分を殺させる〉ことで、芙美子さんから陶芸を取り上げようとした。自分の命と引き換えに、陶芸家としての唐沢芙美子を殺すつもりだった。あなたは母のことを、それほどまでに憎んでいたのです」

静寂が、あたりを覆った。

以前感じたような、心のこわばりをほどいてくれるようなものでも、すべてを飲み込む怪物のようなものでもない。耳に痛いほどの、鋭利な針のような静けさだった。

「……すごい」範子さんは、諦《あきら》めたように言った。

「どうしてそんなことが判るの？　誠一郎くんとは大違い。あの人は、昔あったことも全部忘れてるくらいなのに」

「でも、父には人から愛される力があります。わたしにはないものです」

「あの日、誠一郎くんに漆集めを手伝わせてしまったこと、ずっと心に引っかかってたの。半分無理やりとはいえ、下手したら人殺しの手伝いをさせていたんだもの。久しぶりにこっちにくるって言うから、謝れないかと思ってた。でも、話を振っても、思い出してと言っても、彼はろくに覚えてすらいなかった。なんか、拍子抜けしちゃって」

「木は集まったのに、計画は上手くいかなかったんですか」

「そう。母が焼却炉に火を入れてその場を離れたときに、私は近づいて煙を浴びた。喉がいがらっぽくなるほど、吸い込んでみたわ。でも、素人の浅知恵だったんでしょうね。アレルギー反応は起きなくて、ただ気分が悪くなっただけだった」

「失敗してよかったです。死んでしまったら、取り返しがつきません」

「でもそれで空気が抜けたというか……色々馬鹿馬鹿しくなって、家を出ることにしたの。それから四十年くらい、母とは一度も会わなかった」

範子さんは、家屋のほうを見る。いま自分が母の家にいる奇縁を、感じているようだった。

「私のことを悪く言う人がいるのは、知ってます。この家を乗っ取るように住んでいることも、母の器を使ってカフェを出していることも。でもね――信じてもらえないかもしれないけど、四十年ぶりに会って、私たちは和解したのよ」

「そうなんですか？」

「久しぶりに会う母は老いていた。陶芸に対する情熱は枯れてなかったけれど、人間としては柔軟に、寛容になっていた」

「出て行った範子さんを、受け入れてくれたんですか」

「それだけじゃない。かつては頑《かたく》なにお客さんを選んでいたのに、もっと気軽に、もっと多くの人に作品を使ってもらいたいと考えるようになっていた。カフェを出したのは、母の気持ちの変化を知っていたからなの。もっとも、あの店が開かれる前に、母は死んでしまったけど」

範子さんは、疲れたように肩を落とした。

「でも、誰も信じてはくれない」

重たい諦念《ていねん》が、絡みついたような口調だった。

「録音や証書が残ってるわけじゃない。私が母と一緒に生活するうちに、感じ取ったことだから。私は吾代の人にとって、街の誇りに泥を塗る罪人だわ。私は死ぬまで非難される。それでもいいの。私と母が和解したことを、私は知ってるから」

「信じます。範子さんのことを」

「ありがとう。口先だけの言葉でも、嬉しいわ」

「口先じゃないです。確かな証拠があることを、知っています」

「証拠――?」

わたしは、頷《うなず》いた。

家のほうを見た。その中にある、〈証拠〉のほうを――。

8

帰りの電車。

スーパー銭湯に入って気が抜けたのか、司は缶ビールを飲んで泥のように眠ってしまった。望はウトウトしていて、理は相変わらず果物図鑑を読んでいる。父はおなかの調子がよくないようで、何度目かのトイレに立ったきり、帰ってこない。

わたしは、範子さんとのやりとりを思い出していた。

範子さんの家には、大量の割れた器があった。捨てられることも、修復されることもなく、無惨に打ち捨てられているように見えた、芙美子の作品たち。

〈思い入れのあるものなら、普通は金継ぎをして修復をしますよね〉

石田くんが言っていたことだ。母の器が大切ならば、金継ぎをして修復する。芙美子は実際に、自分の作品をそうやって直していたこともある。

だけど、それができない理由があったのだ。

〈金継ぎに使う接着剤は、漆なんですね〉

わたしの言葉に、範子さんは驚いたように頷いた。

調べてみて初めて知ったが、金継ぎとは漆を接着剤にして割れた器を貼り合わせ、最後に金粉や銀粉を蒔《ま》いて装飾する技法なのだ。極度の漆アレルギーの範子さんには、芙美子の器を修復したくとも、できない事情があった。

それでも範子さんは、芙美子の割れた器を保管し続けている。使い道がなくなった陶器を捨てない理由は、ひとつだ。

母を尊敬し、愛情を抱いているからだ。

打ち捨てられたように見えた残骸たちは、母への愛の証《あか》しだった——。

「理」

わたしは、我が子に話しかけた。

「なんで、果物図鑑を読んでるの？」

「……行くときに、パパが知らない果物をたくさん買ってたから」

「果物に特別、興味が湧いた？」

「別に、特別じゃない。調べたいことは、一杯あるから」

「わたしも、知りたいことはたくさんあるよ。わたしたち、気が合うかもね」

理はつまらなそうに首をかしげて、再び本に目を落としてしまう。はねのけるようなぶっきらぼうな仕草が、愛《いと》おしく思えた。

「見る？」

不意に、理がページを開いて渡してくれた。関心がなさそうに振る舞っているけれど、興味の先を共有できることが、嬉しいみたいだった。

理は行きがけに買った果物の詰め合わせについて調べていたようで、いくつかのページに折り目がついていた。シャインマスカット。白イチゴ。旺盛な好奇心を表すように、あちこちの文章に線が引かれている。よく考えると、理が似ているのはわたしだけではない。本を読み込んであちこちに線を引くのは、読書家である司の血だ。自分の視野は、いつの間にか狭くなっていたのかもしれない。

ページをめくる指が、そこで止まった。

書かれている内容から、わたしは目が離せなくなった。理が〈どうした？〉というように覗き込んでくる。わたしは本を返し、「望を見てて」と言って立ち上がった。

トイレのほうに向かうと、ちょうど父が出てくるところだった。わたしは父を呼び止め、乗車口の前のスペースに父を誘導した。

「父さん。ちょっと聞きたいんだけど」

前のめりになってしまうのを感じながら、わたしは聞いた。

「父さんは――範子さんが漆アレルギーだってことを、知ってたの？」

「なんだ、急に。漆アレルギー？　範ちゃんが？」

「範子さんは重度の漆アレルギーで、そのことを父さんに隠していた。でも、本当はそのことを知っていた。違う？」

「何を言ってるんだ。話の脈絡が見えんぞ」

自分でも言葉がまとまっていないのが判る。それでも父には、何を言いたいのかが伝わっている気がした。

「ミニマンゴー」

わたしの言葉に、父はピクリとこめかみを動かした。

「どうして行きの電車で、ミニマンゴーをつまみ食いしたの？　目玉のひとつだと司さんが言っていたのに――」

答えはひとつしかない。理の図鑑に、書いてあったこと。

マンゴーは、ウルシ科の植物なのだ。

父は、範子さんがガマズミ探検のあとに学校を休んでいたことも、おかしな恰好で木を集めていたことも忘れていた。範子さんが話を振っても、ほとんど思い出せないようだった。

それが、演技だったのだとしたら。

父は範子さんが漆アレルギーだということを、昔から知っていた。芙美子と上手くいっていないことも、精神的に追い詰められていることも。そんな折、彼女が異様な恰好で枝や葉を集めている姿に遭遇した。その瞬間に、真相を看破したのだとしたら。

〈アレルギー反応は起きなくて、ただ気分が悪くなっただけだった〉

集めた漆の枝を、父が範子さんの知らないところで、別のものに差し替えていたのだとしたら――。

「いま、範ちゃんは幸せに暮らしている。それで充分だろう」

わたしの混乱を包み込むように、父は穏やかに笑った。

「お前のことを変わり者だと言ってしまって、悪かったよ。私も子供のころから、何かが気になったら確かめずにはいられない人間だった。親はずいぶん気を揉《も》んだようだし、その気苦労は、自分が親になってみて判った」

「父さんも、わたしのことが心配だったの？」

「当たり前だろう。私のよくない性質を受け継がせてしまったんじゃないかと、ずっと不安だった。いまも、ちょっとな」

そうだったのか――。

わたしが理に向けている気持ちを、父もまた、わたしに向けていた――。

「大丈夫だよ」

父は、安心させるように言う。

「私とお前、ふたりとも大丈夫だったじゃないか。理もきっと、大丈夫だよ」

謎があったら調べ尽くさないと気が済まない。そのためには他人に白い目で見られようが、意に介さない。父もわたしと同じく、そういう人間だった。

わたしも、探偵の子だったのだ。

——大丈夫だ。

何の根拠もないし、全く論理的でもないけれど、そんな気がした。理はきっと、大丈夫。わたしを見守り続けた父がそう言ってくれたのだから、間違いない。

そんな風に思わせてしまうのだから、父は、本当にずるい人だ。

「そろそろ戻ろう。望が騒いだら、司くんが起きてしまうよ」

「うん」

歩き出した父に続いて、わたしは足を踏みだした。家族の待つほうへ。

〈参考文献〉
織田一朗『時計の科学　人と時間の5000年の歴史』（講談社ブルーバックス）
髙木教雄『世界一わかりやすい　腕時計のしくみ』（世界文化社）
デイヴィッド・ルーニー著、東郷えりか訳『世界を変えた12の時計　時間と人間の1万年史』（河出書房新社）
十亀好雄『ふしぎな花時計　身近な花で時間を知ろう』（青木書店）
イアン・ローランド著、福岡洋一訳『コールド・リーディング　人の心を一瞬でつかむ技術』（楽工社）
鴇沢哲雄『日本で生きるクルド人』（ぶなのもり）
川上洋一『クルド人　もうひとつの中東問題』（集英社新書）
山口昭彦編著『クルド人を知るための55章』（明石書店）
野村昌二『ぼくたちクルド人　日本で生まれても、住み続けられないのはなぜ?』（合同出版）
中島直美『クルドの食卓』（ぶなのもり）
松浦範子『クルディスタンを訪ねて　トルコに暮らす国なき民』（新泉社）
中島由佳利『新月の夜が明けるとき　北クルディスタンの人びと』（新泉社）
今井宏平『トルコ現代史　オスマン帝国崩壊からエルドアンの時代まで』（中公新書）
宮下遼『物語 イスタンブールの歴史　「世界帝都」の1600年』（中公新書）
ムラトハン・ムンガン編、磯部加代子訳『あるデルスィムの物語　クルド文学短編集』（さわらび舎）
クルドを知る会編『地図になき、故郷からの声』（クルドを知る会）
陶工房編集部編『やきものの教科書　基礎知識から陶芸技法・全国産地情報まで』（誠文堂新光社）

その他多くの書籍、論文、ウェブサイト、映像などを参考にしました。

〈初出〉
時の子　「小説 野性時代」特別編集 二〇二三年冬号
陸橋の向こう側　「小説 野性時代」特別編集 二〇二二年冬号
書籍化にあたり加筆修正を行いました。
他は書き下ろしです。

〈謝辞〉
クルドの文化や在日クルド人の置かれている現状につきまして、「クルドを知る会」の中島由佳利さん、磯部加代子さんから知見を賜りました。誠にありがとうございました。なお、作品内の記述の誤りについては、すべて著者の責任によるものです。

この作品はフィクションです。
実在の人物・団体・事件とは一切関係がありません。

逸木 裕（いつき　ゆう）
1980年東京都生まれ。学習院大学法学部法学科卒。フリーランスのウェブエンジニア業の傍ら、小説を執筆。2016年『虹を待つ彼女』で第36回横溝正史ミステリ大賞を受賞し、デビュー。22年「スケーターズ・ワルツ」で第75回日本推理作家協会賞〈短編部門〉受賞。同作を含む『五つの季節に探偵は』の他、『少女は夜を綴らない』『星空の16進数』『銀色の国』『空想クラブ』『四重奏』など著書多数。

彼女《かのじょ》が探偵《たんてい》でなければ

2024年９月28日　初版発行
2025年７月10日　３版発行

著者／逸木《いつき》 裕《ゆう》

発行者／山下直久

発行／株式会社KADOKAWA
〒102-8177　東京都千代田区富士見2-13-3
電話　0570-002-301（ナビダイヤル）

印刷所／株式会社ＤＮＰ出版プロダクツ

製本所／本間製本株式会社

本書の無断複製（コピー、スキャン、デジタル化等）並びに
無断複製物の譲渡及び配信は、著作権法上での例外を除き禁じられています。
また、本書を代行業者などの第三者に依頼して複製する行為は、
たとえ個人や家庭内での利用であっても一切認められておりません。

●お問い合わせ
https://www.kadokawa.co.jp/（「お問い合わせ」へお進みください）
※内容によっては、お答えできない場合があります。
※サポートは日本国内のみとさせていただきます。
※Japanese text only

定価はカバーに表示してあります。

©Yu Itsuki 2024　Printed in Japan
ISBN 978-4-04-113477-1　C0093